Yasmina

Isabelle Eberhardt

Yasmina
et autres nouvelles algériennes

Choisies et présentées par
Marie-Odile Delacour et Jean-René Huleu

LIANA LEVI *piccolo*

Note de l'éditeur:

Les mots arabes figurant en italique dans le texte renvoient à un lexique en fin d'ouvrage.

Certains passages ou certains mots qui figurent dans le texte italique sont ceux qu'Isabelle Eberhardt avait souligné dans ses manuscrits.

Illustration de couverture: d'après une aquarelle de Robert Talbot-Kelly

© 1986, Éditions Liana Levi
6ᵉ édition

Présentation

> *... L'Orient qu'on s'imagine comme origine, comme point vertigineux où naissent la nostalgie et la promesse du retour, l'Orient qui est offert au rationalisme colonial de l'Occident et qui, néanmoins, reste infiniment inaccessible puisqu'il est toujours frontière... Cet Orient représente pour l'Occident tout ce qui n'est pas lui-même et où cependant il doit chercher ce qui signifie sa vérité première...*
>
> Michel Foucault

Il n'est pas si fréquent, pour un écrivain, de parvenir à hisser sa vie au niveau des ambitions de son œuvre.

Être soi-même, aussi bien dans ses écrits que dans ses actes, au mépris des modes littéraires et des préjugés de son temps, c'est ce qu'Isabelle Eberhardt a tenté de réaliser au cours de sa brève existence; une trajectoire fulgurante que l'on a souvent comparée à celle d'un Rimbaud et qui la mena des rives du lac Léman aux confins des territoires sahariens colonisés par la France.

On a beaucoup écrit sur elle depuis sa mort et l'on écrira encore. Mais qu'importe le nombre des biographies, les secrets, les mystères d'une vie ne sont-ils pas scellés à jamais, une fois disparus les derniers témoins... Avec le temps chacun prendra la liberté de les interpréter à sa guise.

Ses contemporains se plaisaient déjà à créer et à entretenir la légende de « l'amazone des sables, la bonne nomade, l'errante du Sahara... », ou encore « l'excentrique, la débauchée... ». Laissons à Isabelle le soin de se présenter elle-même. Le 27 avril 1903 elle use de son droit de réponse pour rectifier le portrait qu'avait tracé d'elle le reporter d'un quotidien de la région bordelaise :

« Monsieur le rédacteur en chef,
On me communique un article de la *Petite Gironde* qui m'est consacré.

J'ai été douloureusement surprise en constatant combien votre envoyé spécial avait été mal renseigné à mon sujet : en effet, il m'attribue un rôle que je déclare hautement n'avoir jamais joué : celui d'ennemie de la France, de propagatrice d'idées antifrançaises parmi les musulmans d'Algérie!

« Je ne saurais protester assez énergiquement contre une telle accusation. Votre correspondant retrace ma biographie, j'ai donc le droit de la rectifier, car elle est fausse d'un bout à l'autre, et il est clair qu'on a induit votre envoyé en erreur.

« Ma véritable histoire est peut-être moins romanesque, sûrement plus modeste que la légende en question, mais je crois de mon devoir de la conter.

« Fille de père sujet russe musulman et de mère russe chrétienne, je suis née musulmane et n'ai jamais changé de religion. Mon père étant mort peu après ma naissance, à Genève, où il habitait, ma mère demeura dans cette ville avec mon vieux grand'oncle qui m'éleva absolument en garçon, ce qui explique comment, depuis de longues années, je porte le costume masculin.

« Je commençai d'abord des études médicales que j'abandonnai bientôt, irrésistiblement entraînée vers la carrière d'écrivain.

« A ma vingtième année, en 1897, je suivis ma mère à Bône, en Algérie, où elle mourut sous peu après avoir embrassé la foi musulmane. Je retournai alors à Genève pour y accomplir mon devoir filial

PRÉSENTATION

auprès de mon grand'oncle, qui mourut bientôt, lui aussi, me laissant une petite fortune. Alors seule, avide d'inconnu et de vie errante, je retournai en Afrique où je parcourus à cheval et seule la Tunisie et l'Est algérien, ainsi que le Sahara constantinois. Pour plus de commodité et par goût esthétique, je m'accoutumai à porter le costume arabe, parlant assez bien la langue du pays, que j'avais apprise à Bône.

« En 1900, je me trouvais à El Oued, dans l'extrême Sud constantinois. J'y rencontrai M. Slimane Ehnni, alors maréchal des spahis. Nous nous mariâmes selon le rite musulman.

« En général, dans les territoires militaires, les journalistes sont mal vus en leur qualité d'empêcheurs de danser en rond... Tel fut mon cas : dès le début, l'autorité militaire qui est là-bas en même temps administrative (bureaux arabes), me témoigna beaucoup d'hostilité ; aussi, quand nous manifestâmes, mon mari et moi, notre désir de consolider notre mariage religieux par une union civile, l'autorisation nous en fut refusée.

« Notre séjour à El Oued dura jusqu'en janvier 1901, époque à laquelle je fus, dans les circonstances les plus mystérieuses, victime d'une tentative d'assassinat de la part d'une sorte de fou indigène. Malgré mes efforts, la lumière ne fut pas faite sur cette histoire lors du procès qui eut lieu en juin 1901, devant le Conseil de Guerre de Constantine.

« Au sortir du Conseil de Guerre où j'avais, naturellement, dû comparaître comme principal témoin, je fus brusquement expulsée du territoire algérien (et non de France) sans qu'on daignât même m'exposer les motifs de cette mesure. Je fus donc brutalement séparée de mon mari : étant naturalisé français, son mariage musulman n'était pas valable.

« Je me réfugiai auprès de mon frère de mère, à Marseille, où mon mari vint bientôt me rejoindre, permutant au 9ᵉ Hussards. Là, l'autorisation de nous marier nous fut accordée après enquête et sans aucune difficulté... Il est vrai que c'était en France, bien loin

11

des proconsulats militaires du Sud algérien! Nous nous mariâmes à Marseille le 17 octobre 1901.

« En février 1902, le rengagement de mon mari expirant, il quitta l'armée et nous rentrâmes en Algérie. Mon mari fut bientôt nommé *khodja* (secrétaire interprète) à la commune mixte de Ténès, dans le nord du district d'Alger, où il est encore.

« Telle est ma vraie vie, celle d'une âme aventureuse, affranchie des mille petites tyrannies qu'on appelle les " usages ", le " reçu "... et avide de vie au grand soleil, changeante et libre.

« Je n'ai jamais joué aucun rôle politique, me bornant à celui de journaliste, étudiant de près cette vie indigène que j'aime et qui est si mal connue et si défigurée par ceux qui, l'ignorant, prétendent la peindre.

« Je n'ai jamais fait *aucune propagande* parmi les indigènes et il est réellement ridicule de dire que je pose en pythonisse!

« Partout, toutes les fois que j'en ai trouvé l'occasion, je me suis attachée à donner à mes amis indigènes des idées justes et raisonnables et à leur expliquer que, pour eux, la domination française est bien préférable à celle des Turcs et à toute autre.

« Il est donc injuste de m'accuser de menées antifrançaises.

« Quant à la teinte d'antisémitisme que m'attribue votre envoyé spécial, elle m'est d'autant plus étrangère que, collaboratrice à la *Revue blanche*, à la *Grande France*, au *Petit Journal illustré* et à la *Dépêche algérienne* où je suis rédactrice attitrée, j'ai collaboré aux *Nouvelles* (Alger), qui, sous la rédaction en chef de M. Victor Barrucand, ont si largement contribué à détruire ici la tyrannie antisémite. J'ai passé à l'*Akhbar* en même temps que M. Barrucand qui fondait à nouveau ce vieux journal pour y poursuivre son œuvre essentiellement *française* et *républicaine* et pour y défendre les principes de justice et de vérité qui doivent s'appliquer ici à tous sans distinction de religion et de race.

PRÉSENTATION

« J'espère, monsieur le rédacteur en chef, que vous voudrez bien insérer ma rectification, et faire ainsi droit à ma défense que je crois très légitime.

« Agréez mes salutations les plus distinguées.

« Isabelle Ehnni, née Eberhardt. »

« Ténès, département d'Alger. »

Isabelle a vingt-six ans quand elle écrit cette lettre et signe ses articles dans les journaux d'Alger du nom de Mahmoud Saadi. Ce personnage énigmatique, vêtu d'un burnous blanc et coiffé du turban des nomades, ne peut manquer d'attirer l'attention des journalistes (dont celui de la *Petite Gironde*) venus accompagner le président Émile Loubet en visite officielle en Algérie.

Pourtant, si elle n'en avait pas fait la confidence, aucun des reporters n'aurait deviné que ce grand jeune homme désinvolte, au regard volontaire, était une femme.

Au moment où la conquête des territoires du Sud n'est pas encore achevée et où certains posent encore la question de l'utilité de la colonisation, Isabelle Eberhardt adopte une démarche inverse de celle des colons : elle va vers la société musulmane pour s'y fondre. Voilà un comportement propre à exciter l'imagination des reporters réunis en banquet, enchantés de découvrir à Alger une « consœur » aussi originale.

Personnage fascinant pour la métropole – l'orientalisme est à la mode et l'on découvre enfin qu'il existe de par le monde d'autres grandes civilisations –, surtout quand on le compare à la Kahena, la guerrière berbère de l'Aurès qui parcourait les tribus pour y prêcher la haine de l'envahisseur.

Personnage irritant, pour les colons évidemment, mais pour beaucoup d'autres aussi parce que insaisissable et entouré de mystères. Mystères qu'Isabelle contribue parfois à épaissir, notamment quand il est question de ses origines.

Le père qu'elle désigne au début de sa lettre à la *Petite*

Gironde, n'a certainement jamais existé et jamais elle n'en a livré le nom. L'acte de naissance de cette exilée volontaire, comme celui d'une fille naturelle, ne stipule que le nom de sa mère – Nathalie, Charlotte, Dorothée Eberhardt –, née à Moscou et veuve depuis 1873 (soit quatre ans avant la naissance d'Isabelle) du général Paul Carlowitch de Moerder, aide de camp du tsar.

En réalité « Mahmoud Saadi » est l'héritier d'une lignée de femmes. Sa mère ne porte pas non plus le nom de son père, le Russe Nicolas Korf, mais le patronyme de sa propre mère, Eberhardt.

Ainsi la vie d'Isabelle-Mahmoud débute par une énigme. Il n'est pas impossible qu'elle-même n'ait jamais su qui était son père. On dirait qu'elle joue autour de ce thème : elle évoque dans d'autres lettres un père médecin turc musulman...

Aucun de ses biographes n'a pu apporter de réponse satisfaisante sur ce point. La plupart, en particulier Victor Barrucand et Robert Randau, qui tous deux ont connu Isabelle de son vivant et ont été ses amis, ses défenseurs, ont attribué cette paternité à celui qu'elle désigne dans sa lettre à la *Petite Gironde* comme son « vieux grand'oncle ». Il s'agit d'Alexandre Trophimowsky, arménien, pope défroqué qui fut le précepteur des cinq enfants de madame de Moerder. Mais il fit mieux : ce libre penseur bouleversa l'existence de la famille en séduisant la générale, fuyant avec elle et sa progéniture l'étouffante société tsariste de Saint-Pétersbourg.

D'autres auteurs ont poussé la hardiesse beaucoup plus loin, notamment Pierre Arnoult, spécialiste d'Arthur Rimbaud, dont les thèses furent reprises par Françoise d'Eaubonne dans *La Couronne de sable* (Flammarion, 1967). Il attribua au poète maudit la paternité d'Isabelle.

Isabelle Eberhardt, fille de l'homme aux semelles de vent? Séduisante hypothèse mais qui ne s'appuie sur aucun élément irréfutable. Pierre Arnoult établit sa conviction sur trois présomptions : une ressemblance frappante entre

PRÉSENTATION

deux photographies; la singularité du choix des prénoms – Isabelle, comme la sœur préférée de Rimbaud, Wilhemine, comme la reine de Hollande, dans l'armée de laquelle Rimbaud s'était engagé pour partir à Java; le fait qu'un mois auparavant il avait séjourné dans les Alpes et probablement à Genève à l'époque de la conception d'Isabelle.

Plus convaincante reste la similitude de ces deux destinées météoriques, une même fascination de l'ailleurs et un silence trop précoce. Mais faut-il vraiment s'étonner de cette sorte de filiation spirituelle issue d'une époque où des Européens cherchaient à échapper au XIXe siècle étriqué pour partir à l'aventure vers des terres vierges de tous préjugés bourgeois?

Élaborant elle-même sa propre histoire dans sa lettre à la *Petite Gironde*, Isabelle Eberhardt annonce qu'elle est née musulmane. Ailleurs elle explique que n'ayant jamais eu de religion elle n'a pas eu à en changer. A quel moment la croire? On sait seulement qu'elle s'est initiée à la langue arabe à partir de 1896 et que dans ses lettres d'alors elle utilise les formules rituelles propres à l'islam. On n'a jamais su exactement à quelle époque de sa vie elle s'était convertie. Reihid Bey, un prétendant turc qui la demande en mariage en juillet 1898, lui écrit : « (...) Pour que le mariage soit légal en Turquie, il suffit que l'imam de l'ambassade nous unit *(sic)* comme cela se passe entre deux musulmans et que le consulat en prenne acte (...), l'imam nous unira, mais tu restes chrétienne, tu verras la loi. »

Mais à El Oued, où elle vivait en 1900, elle est initiée par faveur spéciale à la confrérie des Qadriya, en qualité de *khouan* (frère); cette secte musulmane suivait la doctrine soufiste. Elle n'a pas pu à ce moment-là ne pas prononcer la « chahâda », acte d'allégeance à l'islam.

Élevée par un libre penseur, un nihiliste, nourrie de positivisme, comme elle le disait elle-même, cette chercheuse d'absolu devint par la suite une vraie mystique. Après l'attentat, auquel elle échappe par miracle, elle semble parfois persuadée qu'Allah lui réserve un destin

15

égal à celui des marabouts, les saints de l'islam. Elle effectuera plusieurs séjours dans des *zaouïa* célèbres pour la qualité de leur enseignement religieux. Mais elle n'y trouve qu'une sérénité intérieure éphémère et souvent le doute revient; un doute sur elle-même. Paradoxale, elle souffre de la dualité de son personnage. « Ce qui me fait le plus mal, écrivait-elle à vingt ans à Aly Abdul Wahab, l'un de ses rares confidents, c'est la prodigieuse mobilité de ma nature, et l'instabilité vraiment désolante de mes états d'esprit qui se succèdent les uns aux autres avec une rapidité inouïe. Cela me fait souffrir et je n'y connais d'autres remèdes que la contemplation muette de la nature, loin des hommes, face à face avec le Grand Inconcevable, unique refuge des âmes en détresse. » Et elle inscrivait dans son journal en 1900 : « Pour la galerie, j'arbore le masque d'emprunt du cynique, du débauché et du je m'enfoutiste... Personne jusqu'à ce jour n'a su percer ce masque et apercevoir ma *vraie* âme, cette âme sensitive et pure qui plane si haut au-dessus des bassesses et des avilissements où il me plaît, par dédain des conventions, et, aussi, par un étrange besoin de souffrir, de traîner mon être physique... »

Ainsi elle passe des lieux saints aux quartiers mal famés, de la mosquée au bordel. Son costume masculin n'est ni un simple déguisement, ni une tenue pratique pour voyager (comme elle le prétend parfois) mais l'attribut du personnage qu'elle a le génie d'inventer et auquel elle s'identifie totalement. Au point de se désigner au masculin dans ses *Journaliers* et sa correspondance privée. Ce personnage de Mahmoud Saadi le *taleb,* le lettré, sera toujours crédible aux yeux de ses compagnons, tout au long de son périple saharien, et finira par se substituer (presque) tout à fait à la jeune femme à la fin de sa vie.

En avril 1903, quand Isabelle écrit à la *Petite Gironde,* elle vient d'être victime d'une cabale politicienne ourdie par un groupe de colons de la Mitidja qui dénoncent ses prises de position arabophiles; ces menées antifrançaises

PRÉSENTATION

dont elle se disculpe. Elle continuera néanmoins à défendre ses frères musulmans dans l'*Akhbar* et dans la *Dépêche algérienne* pour qui elle ne va pas tarder à partir en reportage dans le Sud oranais où de sérieux combats viennent d'opposer les tribus encore insoumises à l'armée coloniale. La voilà reporter de guerre. Un reporter portant un nom arabe et dont la profonde connaissance des mœurs musulmanes est particulièrement précieuse.

Le gouverneur Jonnart, plus libéral que ses prédécesseurs lui accorde les autorisations nécessaires. En France le gouvernement radical et l'opinion s'inquiètent enfin du sort réservé aux indigènes par les colons.

Isabelle repart vers le Sud à l'automne, là où, périodiquement, elle tente de retrouver son harmonie intérieure au sein du « vieil islam ». A Aïn Sefra elle a la chance de rencontrer Lyautey qui vient d'être nommé général et à qui incombe la charge de rétablir l'ordre à la frontière algéro-marocaine. C'est une chance, en effet, car Lyautey, qui prône le protectorat plutôt que la colonisation – qu'il juge imbécile, inefficace et insupportable aux populations d'origine – est fasciné par le personnage de Mahmoud, l'être vrai, l'amoureux de liberté, le rebelle, et admire sa connaissance parfaite de l'Afrique. Grâce à leur amitié, Isabelle peut mener ses enquêtes à sa manière : elle circule dans les zones dangereuses, séjourne dans les campements, les villes de garnison, partage la vie des légionnaires et des soldats « indigènes ». Toujours vêtue en cavalier arabe, elle s'attarde dans les *ksour*, les villages sahariens, et les lieux saints, poursuivant sa quête mystique.

C'est peut-être la période la plus heureuse de son existence ; la plus éprouvante aussi, car elle va jusqu'à s'enrôler dans un *goum*, un détachement formé d'hommes des tribus et dirigé par un officier français. Sans jamais se plaindre elle subit la discipline militaire – elle accepte tout à condition qu'on la traite en homme –, suit les expéditions harassantes à travers les djebels désertiques, à la recherche d'un ennemi le plus souvent invisible. Parfois, seule, elle se risque jusque chez les rebelles. C'est un reporter à la Jack London, dont elle est l'aînée d'un an. Un reporter à la Gunter Wallraff, cet écrivain allemand contemporain qui, pour témoigner des conditions de vie des ouvriers turcs exilés en RFA, passa plusieurs mois à travailler parmi eux.

Certains ont prétendu qu'elle servait d'émissaire à Lyautey auprès des chefs religieux mais, quand après huit mois passés dans le Sud oranais, le *bled el baroud,* elle s'enferme dans la *zaouïa* de Kenadsa, alors en territoire marocain, c'est bien pour y suivre l'enseignement religieux d'un cheikh renommé et apprendre les pratiques du soufisme qui doivent la conduire à l'extase mystique.

La maladie interrompt l'expérience. Elle rentre se faire soigner à l'hôpital militaire d'Aïn Sefra et renonce à d'autres voyages. A ceux qui l'ont approchée elle apparaît alors à bout de forces. Peut-être est-elle prête à se laisser emporter vers cet au-delà qui la fascine de plus en plus.

Un matin d'automne au Sahara, le 21 octobre 1904, après des pluies torrentielles, la crue de l'oued ravage la bourgade d'Aïn Sefra. Il y aura une vingtaine de victimes. Isabelle est portée disparue. On retrouvera son corps trois jours plus tard dans la boue, sous les décombres de sa maison. Noyée en plein désert, absorbée par les sables, la terre d'Afrique où elle repose tournée vers La Mecque, grâce aux soins de Lyautey.

C'est certainement ce militaire peu conformiste qui a écrit sur Isabelle le plus bel éloge funèbre :

« Nous nous étions bien compris, cette pauvre Mahmoud et moi, et je garderai toujours le souvenir exquis de nos causeries du soir. Elle était ce qui m'attire le plus au monde : une réfractaire. Trouver quelqu'un qui est vraiment soi, qui est hors de tout préjugé, de toute inféodation, de tout cliché et qui passe à travers la vie aussi libéré de tout que l'oiseau dans l'espace, quel régal ! Je l'aimais pour ce qu'elle était et pour ce qu'elle n'était pas.

PRÉSENTATION

J'aimais ce prodigieux tempérament d'artiste, et aussi ce qui en elle faisait tressauter les notaires, les caporaux, les mandarins de tout poil. Pauvre Mahmoud. »

Morte à vingt-sept ans, elle laisse derrière elle ses nombreux articles publiés dans la presse d'Algérie. Son étrange destinée et la publication posthume de ses écrits vont la rendre célèbre. Plus de quatre-vingts ans après sa mort, elle est loin d'être oubliée. On a dit d'Isabelle, comme de Rimbaud, qu'elle avait fait de sa vie son grand roman. Mais sa notoriété n'est pas seulement due à son personnage, sur lequel se branchent tous les fantasmes d'aventure et d'exotisme, mais bien aussi à l'originalité de son œuvre, et à la qualité de son témoignage.

Pourquoi et pour qui écrivait-elle? Isabelle Eberhardt était torturée par ces questions, pour elles fondamentales. On trouve des bribes de réponses dans sa correspondance et dans son journal où le mot amour revient souvent quand elle évoque ce sujet. « J'écris parce que j'aime le processus de création littéraire; j'écris comme j'aime, parce que telle est ma destinée, probablement. Et c'est ma seule vraie consolation. » Longtemps, elle a préféré les sentiments, les émotions, aux idées : « Je n'aime qu'à m'émouvoir et à émouvoir. »

Écrire, une consolation? « Il n'y a qu'une chose qui puisse m'aider à passer les quelques années de vie terrestre qui me sont destinées : c'est le travail littéraire, cette vie factice qui a son charme et qui a cet énorme avantage de laisser presque entièrement le champ libre à notre volonté, de nous permettre de nous extérioriser sans souffrir des contacts douloureux de l'extérieur. C'est une chose précieuse quels qu'en soient les résultats au point de vue carrière ou profit, et j'espère qu'avec le temps, acquérant de plus en plus la conviction sincère que la vie réelle est hostile et inextricable, je saurai me résigner à vivre de cette vie-là, si douce et si paisible. »

Écrire, afin de mieux supporter les mesquineries et les souffrances du réel? Pour assumer sa fascination devant la mort, peut-être : « La mort m'est toujours apparue sous une forme attirante dans son immense mélancolie... », « La pensée de la mort m'est familière depuis longtemps, depuis mon extrême jeunesse. En elle, il n'est rien d'horrible ou d'effrayant pour moi. »

Écrire, pour défier le sort qui s'est acharné à détruire sa famille et accéder à la notoriété comme on accomplit une vengeance : « Je tâcherai du moins de me faire un nom dans la presse algérienne, en attendant de pouvoir en faire autant dans celle de Paris, qui, seule, vaut la peine qu'on s'en occupe et qui, seule, fait une réputation. »

Mais Isabelle ne se fait pas d'illusion sur la célébrité journalistique; ce n'est à ses yeux qu'une étape sur le chemin de la réalisation de ses ambitions littéraires. Pourtant, chaque fois qu'elle évoque cet espoir, c'est pour en douter aussitôt.

Jusqu'alors, elle s'était attachée à rendre sensible sa fascination pour le désert et tentait d'ébaucher un roman, *Rakhil*, dont elle voulait faire un plaidoyer en faveur du Coran et de la vie musulmane. Un événement va orienter plus précisément son inspiration.

Le 26 avril 1901, une centaine de *fellah,* les « insurgés de Margueritte » se révoltaient et tuaient six Européens en investissant un bourg de colonisation situé à une centaine de kilomètres à l'ouest d'Alger, dont l'établissement les avait spoliés de leurs terres et réduits à la misère. Une répression implacable écrasa la rébellion. Dix-sept « indigènes » furent tués et plus d'une centaine incarcérés. Au moment de leur procès, en décembre 1902, Isabelle assiste, dans la région de Ténès, à l'accaparement des terres par l'administration au profit des colons et s'émeut vivement du désespoir des *fellah* qui n'étaient indemnisés le plus souvent de la perte de leurs meilleures terres qu'avec quelques centimes.

Définitivement persuadée que la colonisation et les tares de la civilisation occidentale détruisent les valeurs de la société islamique, elle prend cette résolution : « Commencer ma carrière en me posant carrément en défenseur de mes frères, les musulmans d'Algérie. (...) Oh! si seulement je pouvais dire tout ce que je sais, tout ce que je pense là-dessus, toute la vérité! Quelle bonne œuvre qui, continuée, deviendrait féconde et qui en même temps me ferait un nom. »

Ce vœu se réalisera, mais seulement après sa mort. A vingt-cinq ans, elle a toutes les peines du monde à faire publier quelques textes par des revues littéraires parisiennes ou des journaux algériens. Pourtant, elle écrit depuis près de dix ans : ses premiers essais avaient été tentés en collaboration avec son frère le plus proche, Augustin. Ils avaient rédigé ensemble des *Rêves azurés* dont il ne reste nulle trace aujourd'hui.

Ses premiers articles parurent à partir de 1895 dans l'*Athénée,* dont elle connaissait le directeur, monsieur de Bonneval, avec lequel elle entretenait une correspondance régulière. En 1897 elle y fait partager au public français sa passion pour le poète russe Siméon Y. Nadson, emporté à vingt-quatre ans par la phtisie, « la misère et les ineptes persécutions ». Isabelle semble avoir trouvé auprès des auteurs russes, Dostoïevski, Tourgueniev, Tolstoï, un écho à son déchirement intérieur et subit d'autant plus facilement leur influence littéraire. De même qu'elle avait découvert dès son plus jeune âge, dans Fromentin et Loti, la passion de l'Afrique et de l'Orient.

Ses premières « nouvelles algériennes » – *Moghreb* et *Printemps au désert* – furent publiées dans *la Dépêche,* après le retentissant procès de Constantine qui révéla aux coloniaux l'étonnant personnage qu'était cette jeune fille russe transformée en nomade du Grand Sud.

Après un an d'exil à Marseille, elle parvient à faire

paraître en février 1902, dans le quotidien de Bône, le *Progrès de l'Est,* son premier travail d'envergure : *Yasmina,* une longue nouvelle transformée en feuilleton.

Mises à part de rares parutions dans la *Grande France,* la *Revue blanche,* le *Petit Journal illustré* et les *Nouvelles d'Alger,* Isabelle Eberhardt devra attendre 1903 pour trouver une tribune. Elle devient alors la collaboratrice du quotidien la *Dépêche* et du journal l'*Akhbar* dirigé par son ami Victor Barrucand, le journaliste (algérois d'adoption) le plus admiré pour son talent et le plus haï pour ses idées progressistes (c'est lui qui fonda en 1900 la Ligue Algérienne des Droits de l'Homme).

Son roman *Le Trimardeur,* inspiré de sa vie et de celle de son frère Augustin, et sur lequel elle travaille depuis son arrivée en Algérie en 1897, sort également en feuilleton dans l'*Akhbar* du 9 août jusqu'au 1er novembre 1903, du 17 janvier au 10 juillet 1904, puis après sa mort, du 13 novembre au 4 décembre 1904. Le séjour à Kenadsa, la maladie et la crue de l'oued empêcheront Isabelle de le terminer.

C'est incontestablement entre 1902 et 1904 que se situe la période littéraire la plus féconde de sa vie, puisqu'à cette époque on trouve dans l'*Akhbar* et la *Dépêche algérienne* les impressions et les récits du Sud oranais qui constitueront une partie de *Dans l'Ombre chaude de l'Islam* et de *Notes de route,* les deux premiers ouvrages publiés après sa mort.

De la boue d'Aïn Sefra, plusieurs semaines après la découverte du corps d'Isabelle, on parvient à exhumer ses derniers manuscrits grâce aux recherches systématiques que le général Lyautey a fait entreprendre par la troupe. Le 27 novembre 1904, il écrit à Victor Barrucand : « Nous venons enfin de retrouver sous les décombres le précieux manuscrit de *Sud oranais,* bien maculé, abîmé mais, semble-t-il, à peu près intact. Il va y avoir tout un travail à faire pour nettoyer les pages, les sécher, les colliger, mais il se fera mieux certainement à Alger qu'ici. Je réunis donc dans un carton tout ce qu'on a trouvé ici : 1° le *Sud oranais,* tel quel, 2° les coupures de journaux demeurant à côté et contenant les articles parus, 3° un cahier de notes prises par Si Mahmoud à la suite de ses lectures.

« Pour ne pas exposer ces documents auxquels vous, moi et d'autres, attachons tant de prix, aux risques et aux retards de la poste, je les confie à un jeune officier de confiance. Il doit vous les porter lui-même et vous remettre ce carton en main propre. »

Tout naturellement, Barrucand, qui a été pendant la dernière période de sa vie le meilleur soutien d'Isabelle, toujours guettée par la misère, toujours meurtrie par les aspérités d'une réalité qu'elle méprisait, devint le dépositaire de son œuvre. Mais malheureusement, il ne se contente pas du mérite de la faire éditer. Peut-être pour partager la gloire posthume de son amie commet-il l'erreur de co-signer, en 1906, le premier recueil publié chez Fasquelle, qu'il intitule *Dans l'Ombre chaude de l'Islam.* Emporté sans doute par ses habitudes de rédacteur en chef, il se permet de corriger et de remodeler certains passages des récits d'Isabelle où transparaît pourtant une intimité avec le monde musulman, ses rites et ses lieux les plus secrets, que lui-même ne pouvait connaître.

Un tollé s'élève parmi les érudits, les intellectuels fascinés par le personnage et émus par sa mort tragique. Devant les protestations indignées dans lesquelles entre probablement une part d'envie, Barrucand croit nécessaire de se justifier : « [Le manuscrit] ne présentait plus aucune suite. Pour en raccorder les fragments, nous avons été amené, en reprenant toute la rédaction, à les relier entre eux par des réflexions empruntées à la correspondance d'Isabelle Eberhardt, à ses papiers, à ses cahiers de notes et le plus souvent librement inspirées de nos longues causeries et de notre collaboration fraternelle. (...) Cette méthode de reconstitution était la seule qui nous permit de sauver d'un enterrement définitif les fragments de scènes sahariennes que nous avions entre les mains.

« D'une façon générale, toute la documentation pittoresque et scénique du livre posthume est de l'écriture d'Isabelle Eberhardt. Nous avons, de plus, placé l'auteur dans son œùvre.

« Les réflexions que nous lui avons prêtées sont celles qui expliquent sa vie et son caractère.

« Cette " explication de sa psychologie ", qu'elle nous demandait quelques jours avant sa mort, nous avons été amené à la fondre dans son propre texte et à faire revivre ainsi pieusement notre amie, en ressemblance à l'image que nous en avions gardée.

« Il y a certainement dans cette manière de peindre un peu de roman, très peu. »

Il semble, à la lecture, que le journaliste s'abstiendra de trop intervenir sur les textes publiés par la suite, et *Notes de route* sort chez Fasquelle en 1908 sous le seul nom d'Isabelle Eberhardt.

Tout en déplorant cette altération partielle de l'œuvre, on ne peut dénier à Barrucand l'immense mérite d'avoir fait accéder Isabelle à la notoriété (ce qui permettra plus tard à d'autres d'achever la publication de ses écrits). Il s'en félicite d'ailleurs : « Hantée par le sentiment d'une fin tragique, qu'elle tenait de son sang russe, de sa famille et de son fatalisme, Isabelle Eberhardt nous avait laissé ses papiers, sa correspondance, ses ébauches et ses notes quand elle nous quitta pour la dernière fois [1]. Nous devions, en cas " d'accident ", la défendre après sa mort comme nous l'avions fait de son vivant et continuer notre œuvre commune, car l'*Akhbar* était sa maison morale, notre tribune et notre voix... Nous avons sauvé des eaux et de l'oubli les vestiges de son labeur et de sa fraîche imagi-

---

1. La plupart de ces documents figurent aujourd'hui dans le fonds I. Eberhardt, au dépôt des Archives d'outre-mer à Aix-en-Provence.

nation. Nous les avons restaurés... Pour ainsi dire, nous avons établi hautement son nom. Alors, nous avons pu sourire des critiques irréfléchies qui ne pouvaient plus rien détruire, puisque nous avions réussi dans l'entreprise la plus difficile : celle de prolonger la vie et d'assurer la mémoire d'un être cher. »

Soit, mais Barrucand a le tort de sous-estimer la valeur de l'œuvre – « Isabelle Eberhardt était à nos yeux le plus intéressant de ses personnages » – dont l'originalité se révèle davantage avec le recul du temps et de l'Histoire.

Aux dépens de l'œuvre aussi, Barrucand a contribué à faire naître la légende de la « walkyrie du désert », de l'« amazone des sables », de « la sœur de charité de l'islam moderne ».

« Apôtre serein, admirable nihiliste, quoique seulement contemplative, écrivain français de race, excellent cavalier arabe, persécutée politique, belle jeune femme, (...) adolescent botté de rouge, enveloppé des blancheurs bédouines, cabré et souriant sur son grand cheval sauvage... », écrit en décembre 1904 Lucie Delarue Mardrus, poétesse célèbre, habituée des salons littéraires de la Belle Époque, dans le vibrant hommage qu'elle rend à la disparue après un pèlerinage sur sa tombe.

Beaucoup d'autres à sa suite emprunteront, au pied des premières dunes sahariennes, le chemin du cimetière musulman d'Aïn Sefra.

Beaucoup d'autres écriront. Séverine, André Billy, André Chastain, Émile Henriot, Robert Kempf, Jacques de Lacretelle, Victor Margueritte... pour ne citer que les plus connus. Dans le *Gil Blas*, le *Mercure de France*, le *Figaro*, la *Revue bleue*, la *Revue blanche*, la *Tribune de Genève*... Certains commentent l'œuvre mais la plupart restent attachés à la légende du personnage et les premiers biographes ne réussissent pas à dissiper l'aura de mystère qui entoure Isabelle, parfois même ils contribuent à la rendre plus opaque. Ce mystère devient un enjeu dans les milieux littéraires au point de susciter une vocation de faussaire.

25

YASMINA

En 1913, Paul Vigné d'Octon, auteur de romans exotiques et de pamphlets anticolonialistes, par ailleurs ancien médecin de la Marine et ancien député de l'Hérault, prétend posséder un manuscrit original d'Isabelle Eberhardt. Il le fait publier sous le titre *Mektoub*, avec une préface de son cru : « Révélations sensationnelles sur la grande passionnée de l'islam. » On découvrira plus tard que *Mektoub* n'est qu'un faux.

En Algérie, on donne le nom d'Isabelle Eberhardt à des rues, à des places; on commémore les anniversaires de sa mort. Même les journaux conservateurs qui, autrefois, l'avaient accablée, voire diffamée, font son éloge. Morte, elle ne gêne plus.

En 1913, encore, une découverte permettra à un hagiographe de talent, René-Louis Doyon, de relancer quelques années plus tard la polémique sur le vrai visage de la « bonne nomade » et l'altération de son œuvre. A Bône, une admiratrice d'Isabelle, Chloé Bulliod, achète à la famille du mari de la défunte, Slimène Ehnni (mort en 1907), un lot de manuscrits que Barrucand, se posant en légataire, avait refusé d'acquérir. Elle n'en utilise qu'une infime partie pour éditer en 1914 une plaquette de luxe de 8 pages, intitulée par ses soins *Au Pays des sables*. Il s'agit d'une évocation d'El Oued, telle que l'a découverte Isabelle pour la première fois en 1899.

Quelques années plus tard, Chloé Bulliod confie les précieux documents à René-Louis Doyon qui entreprend de les déchiffrer, de les classer et d'en assurer la publication.

On se retrouve donc en présence de deux éditeurs des œuvres d'Isabelle. De 1920 à 1930, exploitant leurs fonds respectifs, ils vont se livrer à une concurrence acharnée, par publications interposées, à travers des préfaces justicières et vengeresses; chacun étant certain de détenir toute la vérité, rien que la vérité, et accusant l'autre de vouloir se tailler « un pourpoint de velours dans le burnous troué de l'errante ».

PRÉSENTATION

Barrucand inaugure cette décade avec *Pages d'Islam*, édité en 1920 chez Fasquelle. Pour la première fois se trouvent réunies des nouvelles où la fiction tient une part importante ; la plupart écrites entre 1903 et 1904, une époque où leur auteur commence à posséder la maîtrise littéraire. Par leur inspiration et le choix des sujets, ces nouvelles reflètent bien les idées qu'Isabelle cherchait à défendre. Barrucand le souligne dans sa préface, sans oublier de revendiquer une fois de plus sa légitimité d'éditeur : « (Nous estimons) avoir servi de notre mieux la mémoire de notre affectionnée collaboratrice en terminant, selon son vœu, ses œuvres inachevées et en assurant le choix et la publication de ses notes (...). Il y a dans ces nouvelles l'initiation à un monde africain qui pourrait être celui des contes merveilleux si on ne savait qu'il est aussi celui de la souffrance. (...) D'un point de vue qui n'est pas étranger à la civilisation, nous avons nous-même beaucoup à apprendre des musulmans, mais cela, nous ne le savons pas encore. Isabelle Eberhardt va plus loin, trop loin sans doute ; elle renverse la proposition quand elle suggère que l'assimilation pourrait se faire à rebours et géographiquement.

« C'est une remarque historique non sans valeur que les vainqueurs risquent d'être absorbés par les vaincus. La terre d'Afrique ne s'est jamais laissé prendre tout à fait (...). Les pierres romaines de Timgad et de Volubilis ne parlent plus qu'une langue morte à côté du gourbi où le dialecte berbère s'est transmis sans écriture. »

L'histoire, depuis, a donné amplement raison à Isabelle Eberhardt. Ce n'est pas son moindre mérite que d'avoir, dès 1904, pressenti le devenir de la colonie.

Après que Barrucand eut publié *Le Trimardeur* chez Fasquelle en 1922, affirmant en avoir rédigé la fin, René-Louis Doyon entre en scène avec sa publication de *Mes Journaliers* (en 1923) dont la préface est une tentative de biographie : « La vie tragique de la Bonne Nomade ». Originaire de Blida, l'homme qui livre au public une partie des journaux intimes d'Isabelle, avait fondé à Paris en 1917 une revue et une maison d'édition, « La Connaissance ». Il sera plus tard le premier éditeur d'André Malraux et le mentor littéraire de Jules Roy. Déjà passionné de Rimbaud, Doyon s'empare jalousement d'Isabelle Eberhardt et prétendra dissiper définitivement son mystère : « La Vie tragique de la Bonne Nomade eut le sort réservé aux révélations pressenties. Des lettres confirmèrent les moindres hypothèses (...) et une presse spontanée, attentive, saluait une Isabelle Eberhardt retrouvée, réelle... »

Or, la « Bonne Nomade » comporte bien des omissions, des inexactitudes et des contradictions. Doyon se glorifie d'être le premier à publier des textes non retouchés d'Isabelle et du coup, déprécie tous les autres : « Toute la part ornementale, puriste, parfois affectée, le trait monté en escarboucle, pour n'échapper point à l'effet, ce qui prend dans les notations lyriques une ampleur un peu solennelle, savante, perdant de leur naïveté pour devenir *littéraire*, cela est de M. Barrucand. Les titres et sous-titres sortent de son imagination; le vocabulaire d'Isabelle n'a pas de ressources parnassiennes ni de recherches plastiques. » Il a raison, mais surtout en ce qui concerne certains passages de *Dans l'Ombre chaude de l'Islam*.

La querelle se complique encore car, lors de chaque publication, un troisième homme, Raoul Stéphan, intervient dans la presse pour mettre en doute la bonne foi des deux biographes ennemis. Il tire sa légitimité d'un travail personnel qu'il fera paraître en 1930 chez Flammarion, sous le titre *Isabelle Eberhardt ou la Révélation du Sahara*. Doyon s'empresse de lui régler son compte en ces termes : « A l'occasion de la Foire Coloniale du Bois de Vincennes, un cuisinier de textes publia sous un faux nom un livre commercial (...). L'auteur qui consacra quelques années à exécrer V. Barrucand ne vit jamais un seul manuscrit d'Isabelle, voulut lui élever une statue prudhommesque, a taillé son bouquin à coups de ciseaux dans Barrucand et dans

PRÉSENTATION

les *Journaliers*, saupoudrant le tout de considérations et d'appréciations qui sentent son régent de collège et inventant un mélodrame sur un fleuve! Le livre a disparu sans éclat. »

Doyon ne désarme pas. En 1939, il rédige *Infortune et Ivresse d'une errante*, un long texte à la gloire d'Isabelle, complété de pièces documentaires, de lettres, et de notes biographiques, qui introduit un deuxième recueil de nouvelles : « Contes et Souvenirs », déjà publié par Doyon en 1925 dans une édition de luxe tirée à 138 exemplaires. Ce livre ne pourra paraître chez l'éditeur Sorlot sous le titre *Au Pays des sables*, qu'après la Libération, à la fin de l'année 1944. On peut y retrouver, entre autres, la nouvelle *Yasmina*, sous-titrée « conte algérien ».

Même la Deuxième Guerre mondiale n'a pu faire oublier Isabelle Eberhardt, cette « amoureuse de la liberté ». Le *Pays des sables* fut en France l'une des premières publications délivrées de la censure allemande.

Les biographies vont à nouveau se succéder. En 1945, paraît l'une des plus intéressantes, parce qu'il s'agit d'un livre de souvenirs, l'*Isabelle Eberhardt* de Robert Randau, un écrivain « algérianiste ». Confident d'Isabelle, il l'encouragea à écrire en 1902 à Ténès, l'année où elle fut le plus violemment calomniée.

Avec le début des années 50, la renommée de l'écrivain nomade traverse les continents. Pourtant restée populaire dans l'Algérie encore coloniale, Isabelle ne semble plus intéresser qu'une « élite » en Occident : écrivains, universitaires, amoureux du désert, non conformistes, derniers orientalistes... Les ouvrages qui lui sont encore consacrés obtiennent un succès certain mais ne touchent pas le grand public.

En 1951 paraît à Londres, *The Destiny of Isabelle Eberhardt* de Cecily McWorth, qui sera traduit en 1956 en français par André Lebois et édité à Oran, puis publié à nouveau en anglais à New York en 1975. En 1953 *Portrait*

YASMINA

of a Legend, de Lesley Blanch [1]. Puis aux États-Unis, *The Oblivion Seekers* du romancier Paul Bowles, et *Vision of Isabelle*, de Robert Bayer. En 1961 de Jean Noel, à Alger, *Isabelle Eberhardt, l'aventureuse du Sahara*. En 1967, *La Couronne de sable* de Françoise d'Eaubonne chez Flammarion. En 1979 une thèse de Denise Enslen, *Isabelle Eberhardt et l'Algérie*, à l'Université de Californie du Sud, et un autre texte universitaire de Kheira Belkacem, « Traces et Jalons anticolonialistes dans l'œuvre de la passionnée de l'Islam », dans la *Revue des Langues vivantes étrangères* de l'Université d'Oran. En 1981, une note de lecture de Michel Tournier dans *Le Vol du vampire* (Mercure de France). En 1983, un essai de Denise Brahimi *Requiem pour Isabelle*, édité en France (Publisud) et en Algérie (Enal). Enfin, en 1984 Isabelle Eberhardt entre dans la collection des Classiques maghrébins, de l'Office des Publications Universitaires d'Alger, grâce à Simone Rezzoug, qui propose une étude sur son œuvre. Isabelle figure en bonne place dans l'ouvrage de Jean Déjeux, *La Littérature algérienne contemporaine* (PUF), qui montre qu'elle est « le précurseur des écrivains algériens de langue française ».

Plus de quatre-vingts ans après sa mort, Isabelle Eberhardt est toujours chez elle en Algérie. Une inscription malhabile, tracée sur un mur ocre, juste en face de l'hôtel Aurassi, cet immense bloc de béton qui domine la baie d'Alger, nous en apporta la certitude : « Rue Isabelle-Eberhardt », avait-on écrit à la peinture noire. Au cours de récents voyages sur des traces que nous pensions disparues, nous l'avons retrouvée bien des fois : dans une chanson murmurée par une vieille femme de l'oued Souf; dans les souvenirs de l'ancien caïd d'El Oued, un octogénaire semblable aux érudits, aux vieux sages d'autrefois; dans la bibliothèque de certains notables, dans la collection de photos d'un père blanc, à Aïn Sefra, qui veille sur son souvenir; dans la curiosité de jeunes gens, non seulement

---

1. Édité en France sous le titre : *Les Rives sauvages de l'amour.*

PRÉSENTATION

des rêveurs ou des intellectuels, attachés aux formes de vie et aux valeurs du désert; dans des journaux ou des revues aussi officiels que le *Moujahid* ou *Révolution africaine;* enfin dans *Algérie Actualité* où l'évocation erronée de sa vie déclencha une avalanche de lettres passionnées, le courrier le plus important que l'hebdomadaire ait jamais reçu. Dans l'histoire de ce jeune homme d'El Oued qui, comme le héros de *Dans la Dune,* mais quatre-vingts ans après, enleva sa fiancée pour l'épouser malgré l'opposition de sa famille. Lui est employé de commerce, elle est comptable et porte des jeans.

Mais en Algérie une polémique subsiste encore, rappelant celles d'autrefois. Isabelle Eberhardt a ses partisans et ses détracteurs. Certains lui reconnaissent de grands mérites, et vont même jusqu'à la considérer comme un frère, un personnage émouvant du combat de l'Algérie indépendante. Mohammed Salah Dembri écrivait en octobre 1970, dans un article intitulé : « Isabelle Eberhardt est-elle algérienne? » : « Ce n'est pas en effet, le moindre mérite d'Isabelle, qui avait une connaissance étendue de la littérature française, d'avoir contribué à détruire la mythologie orientaliste et exotique qui avait fleuri au XIXe siècle, à contrebalancer les prises de position politiques des littérateurs, visiteurs ou non de l'Algérie. »

« Elle abhorrait le colonial et sa petitesse congénitale, écrivait le 6 juin 1985 un éditorialiste d'*Algérie Actualité,* Abdelkrim Djaad. Elle vivait de ce côté-là du pays : dans la misère, la gueuserie, la maladie, l'oppression (...). Isabelle ne posait pas de regard sur l'Algérie, elle la vivait du dedans, comme quelque chose de beau et de douloureux à la fois. »

Mais persistent, dans la rumeur qui s'alimente encore aux contradictions de sa vie, des doutes sur son rôle politique. Des membres de l'Office du Tourisme d'Aïn Sefra racontaient en mars 1986 : « Nous avons le projet depuis plusieurs mois d'organiser une rencontre de quelques jours sur le thème Redécouverte d'Isabelle Eberhardt, mais nous butons sur ceux qui disent : " C'est une espionne, elle a ouvert la voie du Sud aux colonialistes. " Comment fonder une telle accusation? L'amitié d'Isabelle pour Lyautey n'était pas forcément une adhésion à ses thèses, et peut-on exiger qu'elle fît en 1900 la même analyse du colonialisme que les idéologues de l'Algérie socialiste d'aujourd'hui? »

Qu'importent les querelles, car échappant aux modes et aux idéologies, en poussant à l'extrême sa recherche de sincérité, Isabelle Eberhardt n'a pas vieilli et ses écrits ont défié le temps.

Cette mystique du désert demeure l'initiatrice, le guide idéal pour une approche sensible du monde musulman, car son œuvre permet toujours de corriger les visions stéréotypées qu'en offrent d'ordinaire les médias. Au temps des colonies, l'originalité de la démarche d'Isabelle prenait son sens car son témoignage permettait aux Français de mieux comprendre les musulmans, si méprisés par la majorité des colons. Aujourd'hui cette démarche n'a rien perdu de sa nécessité car, malgré, ou, à cause de l'immigration, les passerelles sont rares entre les deux civilisations, et les conflits actuels du Moyen-Orient ne font qu'aggraver l'incompréhension mutuelle.

L'œuvre est inégale, parfois, inachevée, encore en train de se faire, mais sa place est à côté de celles de Fromentin, de Maupassant et de Gide, quand ils viennent chercher leur inspiration sous le ciel algérien, encore que ces deux derniers aient été plutôt « imagiers » que révélateurs.

La force des écrits de cette errante convertie à l'islam s'alimente à son tempérament fervent et passionné, aux souffrances partagées avec ceux qu'elle dépeint, aux destins qu'elle croise pour nous les restituer dans leur authenticité.

Isabelle n'eut pas le loisir de laisser de directives pré-

PRÉSENTATION

cises pour l'édition de ses écrits. Aussi avons-nous puisé librement dans les ouvrages publiés pour réunir un ensemble de « nouvelles algériennes » répondant à deux critères :

– Le sujet principal ou le point de vue du narrateur sont « indigènes » ou du côté des « indigènes », pour reprendre l'expression d'alors.

– La forme est celle de la fiction. L'auteur raconte une histoire, fait vivre des personnages inventés ou réels dans de petits drames inspirés des choses de l'islam et de la réalité coloniale.

Isabelle avait pour la « route » une passion jamais assouvie et ne trouvait son équilibre, son harmonie intérieure, que loin des villes, « loin de la civilisation et de ses comédies hypocrites ». Elle prête à Orschanow, le héros du *Trimardeur*, une aspiration qui lui convient à merveille : « Oh! être seul, être libre, inconnu, sans attaches ni entraves sur la terre accueillante et douce aux errants... » L'éloge de l'errance, fil d'ariane qui conduit sa vie, est l'un des thèmes principaux de son œuvre. C'est pourquoi nous avons choisi de placer en tête de ce recueil *La Rivale* qui apporte un éclairage particulier à l'ensemble des nouvelles réunies. *La Rivale* place Isabelle sous les traits de son personnage masculin, au cœur de son propos. C'est précisément cette attirance irrésistible pour l'ailleurs qui lui fournira les mille occasions de ses récits.

En route, elle rencontre des femmes. Son costume, son nom (Mahmoud Saadi) lui interdirent la fréquentation ordinaire des filles, des épouses ou des mères arabes dont la vie se déroule dans le huis clos des maisons. S'il lui arrivait, parfois, de forcer l'intimité des familles en claironnant bien fort « Je suis une femme, ne craignez rien! », son costume de cavalier semait cependant le doute et la panique. Les femmes que rencontre donc Isabelle ne sont pas celles qui passent dans les rues pudiquement voilées. Ce sont les « danseuses », les prostituées. A Tunis, Alger et dans les villes du Sud, Batna, Biskra, avec ses compa-

33

gnons de voyage ou seule, elle fréquentait les bouges, les bordels, s'attardait avec les Ouled Naïls dont elle ne se lassait jamais d'écouter les histoires. Toute une série de textes de la même veine s'inspirent de cette attirance. Il semble que dans l'islam, tel qu'elle le montre, l'amour passion n'ait pas de place dans le mariage. Celles que la passion amoureuse emporte s'affranchissent du joug de l'autorité du père, du frère aîné, du mari, mais elles se condamnent à l'amère liberté de la prostitution. C'est le destin émouvant de *Yasmina*, la jeune bergère de l'Aurès que l'amour entraîne dans la déchéance du bordel, ou celui de *Tessaadith* qui choisit la prostitution comme seul moyen possible d'émancipation. Histoires mélodramatiques, mais Isabelle, sans doute inspirée par Pierre Loti, montre une maîtrise propre à réhabiliter ce genre désuet habituellement méprisé. *Rakhil*, l'ébauche d'un roman resté inédit parce que trop inachevé, révèle dans son canevas tout le talent de dramaturge de l'écrivain. On lira donc ces drames de l'amour dans *Pleurs d'amandiers*, *Fiancée* et le *Portrait de l'Ouled Naïl*.

Au cœur de la casbah d'Alger, sur les terres marécageuses de l'oued Rir'h, dans un cimetière saharien, Isabelle se laisse fasciner par les ancestrales pratiques de sorcellerie et, en nous les livrant, fait resurgir du fond des âges un savoir mystérieux : celui du *Magicien*, de *Oum Zahar* et de la silhouette inquiétante évoquée dans *La Main*.

Toutefois, dans l'Algérie de 1900, la réalité est celle de la colonisation, du malheur et du désespoir qu'elle engendre en détruisant les structures traditionnelles de l'islam. Expropriation des terres qui confine au vol d'État, écrasement permanent de la moindre tentative de résistance ou de rébellion, séduction trompeuse de l'uniforme, seule alternative à la misère, tels sont les thèmes de *Criminel*, *Ilotes du Sud* et *Les Enjôlés*.

Mais l'armée coloniale paraît être, à cette époque, l'un des lieux privilégiés de la rencontre entre musulmans et roumis, et, parfois, frères de combat, ils apprennent à se

PRÉSENTATION

connaître et deviennent amis. Cependant cette rencontre n'est pas toujours possible, surtout quand il s'agit d'un officier et d'une femme arabe, comme dans *Le Major* qui reprend un des thèmes de *Yasmina*. Et ces harkas enrôlées par les Français à la faveur des rivalités de tribus ? Elles continuent de nomadiser dans la guerre coloniale et y apportent les coutumes du jeu guerrier, du baroud rituel. *L'Ami, Douar du Maghzen, Campement,* et *Le Djich* sont autant de tableaux saisissants des conséquences de la guerre.

Dans la folie, les musulmans voient parfois la plus grande expression de la sagesse. Quelle que soit l'originalité de leur chemin, ceux qui ont choisi l'errance – *mahboul,* derouiches, conteurs, musiciens, poètes ou vagabonds – ne sont jamais repoussés comme des marginaux. Ils figurent parmi les compagnons de route d'Isabelle. Ne sont-ils pas *Dans le sentier de Dieu,* comme le *Meddah,* ou *La Derouicha* ? Quant au *Mtourni,* l'ouvrier italien errant, c'est l'itinéraire spirituel d'Isabelle qu'il semble imiter. Des montagnes du Piémont jusqu'à la plaine désertique du Hodna, où il finira par dire : « Il n'y a d'autre Dieu que Dieu... »

Avec *Dans la dune,* Isabelle nous donne un avant-goût de ses récits de voyages. Elle s'y met en scène pour nous faire partager les dangers du désert et les bonheurs qu'ils procurent.

Pour clore ce recueil, nous avons choisi *La Zaouïa,* un texte inédit, une œuvre de jeunesse. Loin d'être abouti dans la forme, il recèle cependant un intérêt particulier : Isabelle s'y dévoile comme elle ne l'a jamais fait. Elle révèle quelques-uns des secrets de sa vie intime : comment se vivait-elle en homme ? De quelles ruses usait-elle pour s'accommoder de cette double identité ? Mais plus encore, elle y exprime une sensualité souvent transcendée dans le reste de son œuvre, sensualité qui constituait l'un des traits forts de son caractère.

Au seuil d'un voyage vers la *zaouïa* secrète de Kenadsa, dont elle ignorait qu'il serait le dernier, enveloppée dans

35

son éternel burnous de laine blanche, elle s'était accroupie contre un mur, dans la petite cour de la redoute de Béchar. Son regard se reposait à contempler la simplicité du lieu avant d'affronter l'inconnu, l'éblouissement de la plaine immense, la hamada marocaine qui s'ouvrait vers des horizons jamais explorés. Avant ce dernier départ, elle nota ces quelques réflexions : « J'ai toujours été très étonnée de constater qu'un chapeau à la mode, un corsage correct, une paire de bottines bien tendues, un petit mobilier de petits meubles encombrants, quelque argenterie et de la porcelaine suffisaient à calmer chez beaucoup de personnes la soif du bonheur. Toute jeune j'ai senti que la terre existait et j'ai voulu en connaître les lointains. Je n'étais pas faite pour tourner dans un manège avec des œillères de soie. Je ne me suis pas composé un idéal : j'ai marché à la découverte. Je sais bien que cette manière de vivre est dangereuse, mais le moment du danger est aussi le moment de l'espérance. D'ailleurs, j'étais pénétrée de cette idée qu'on ne peut jamais tomber plus bas que soi-même. Quand mon cœur souffrait, il commençait à vivre. Bien des fois, sur les routes de ma vie errante, je me suis demandé où j'allais et j'ai fini par comprendre, parmi les gens du peuple et chez les nomades, que je remontais aux sources de la vie, que j'accomplissais un voyage dans les profondeurs de l'humanité. Contrairement à tant de psychologues subtils, je n'ai découvert aucun sentiment nouveau, mais j'ai récapitulé des sensations fortes ; à travers toutes les mesquineries de mes hasards, la courbe voulue de mon existence se dessinait largement... »

Marie-Odile DELACOUR et Jean-René HULEU.

La Rivale

Un matin, les pluies lugubres cessèrent et le soleil se leva dans un ciel pur, lavé des vapeurs ternes de l'hiver, d'un bleu profond.

Dans le jardin discret, le grand arbre de Judée tendit ses bras chargés de fleurs en porcelaine rose.

Vers la droite, la courbe voluptueuse des collines de Mustapha s'étendit et s'éloigna en des transparences infinies.

Il y eut des paillettes d'or sur les façades blanches des villas.

Au loin, les ailes pâles des barques napolitaines s'éployèrent sur la moire du golfe tranquille. Des souffles de caresse passèrent dans l'air tiède. Les choses frissonnèrent. Alors l'illusion d'attendre, de se fixer, et d'être heureux, se réveilla dans le cœur du vagabond.

Il s'isola, avec celle qu'il aimait, dans la petite maison laiteuse où les heures coulaient, insensibles, délicieusement alanguies, derrière le moucharabié de bois sculpté, derrière les rideaux aux teintes fanées.

En face, c'était le grand décor d'Alger qui les conviait à une agonie douce.

Pourquoi s'en aller, pourquoi chercher ailleurs le bonheur, puisque le vagabond le trouvait là, inexprimable, au fond des prunelles changeantes de l'aimée, où il plongeait ses regards, longtemps, longtemps, jusqu'à ce que l'angoisse indicible de la volupté broyât leurs deux êtres?

Pourquoi chercher l'espace, quand leur retraite étroite s'ouvrait sur l'horizon immense, quand ils sentaient l'univers se résumer en eux-mêmes?

Tout ce qui n'était pas son amour s'écarta du vagabond, recula en des lointains vagues.

Il renonça à son rêve de fière solitude. Il renia la joie des logis de hasard et la route amie, la maîtresse tyrannique, ivre de soleil, qui l'avait pris et qu'il avait adorée.

Le vagabond au cœur ardent se laissa bercer, pendant des heures et des jours, au rythme du bonheur qui lui sembla éternel.

La vie et les choses lui parurent belles. Il pensa aussi qu'il était devenu meilleur, car, dans la force trop brutalement saine de son corps brisé, et la trop orgueilleuse énergie de son vouloir alangui, il était plus doux.

... Jadis, aux jours d'exil, dans l'écrasant ennui de la vie sédentaire à la ville, le cœur du vagabond se serrait douloureusement au souvenir des féeries du soleil sur la plaine libre.

Maintenant, couché sur un lit tiède, dans un rayon de soleil qui entrait par la fenêtre ouverte, il pouvait évoquer tout bas, à l'oreille de l'aimée, les visions du pays de rêve, avec la seule mélancolie très douce qui est comme le parfum des choses mortes.

Le vagabond ne regrettait plus rien. Il ne désirait que l'infinie durée de ce qui était.

La nuit chaude tomba sur les jardins. Un silence régna, où seul montait un soupir immense, soupir de la mer qui dormait, tout en bas, sous les étoiles, soupir de la terre en chaleur d'amour.

Comme des joyaux, des feux brillèrent sur la croupe molle des collines. D'autres s'égrenèrent en chapelets d'or le long de la côte; d'autres s'allumèrent, comme des yeux incertains, dans le velours d'ombre des grands arbres.

LA RIVALE

Le vagabond et son aimée sortirent sur la route, où personne ne passait. Ils se tenaient par la main et ils souriaient dans la nuit.

Ils ne parlèrent pas, car ils se comprenaient mieux en silence.

Lentement, ils remontèrent les pentes du Sahel, tandis que la lune tardive émergeait des bois d'eucalyptus, sur les premières ondulations basses de la Mitidja.

Ils s'assirent sur une pierre.

Une lueur bleue coula sur la campagne nocturne et des aigrettes d'argent tremblèrent sur les branches humides.

Longtemps, le vagabond regarda la route, la route large et blanche qui s'en allait au loin.

C'était la route du Sud.

Dans l'âme soudain réveillée du vagabond, un monde de souvenirs s'agitait.

Il ferma les yeux pour chasser ces visions. Il crispa sa main sur celle de l'aimée.

Mais, malgré lui, il rouvrit les yeux.

Son désir ancien de la vieille maîtresse tyrannique, ivre de soleil, le reprenait.

De nouveau, il était à elle, de toutes les fibres de son être.

Une dernière fois, en se levant, il jeta un long regard à la route : il s'était promis à elle.

... Ils rentrèrent dans l'ombre vivante de leur jardin et ils se couchèrent en silence sous un grand camphrier.

Au-dessus de leurs têtes, l'arbre de Judée étendit ses bras chargés de fleurs roses qui semblaient violettes, dans la nuit bleue.

Le vagabond regarda son aimée, près de lui.

Elle n'était plus qu'une vision vaporeuse, inconsistante, qui allait se dissiper dans la clarté lunaire.

L'image de l'aimée était vague, à peine distincte, très lointaine. Alors, le vagabond, qui l'aimait toujours, comprit qu'il allait partir à l'aube, et son cœur se serra.

YASMINA

Il prit l'une des grandes fleurs en chair du camphrier odorant et la baisa pour y étouffer un sanglot.

Le grand soleil rouge s'était abîmé dans un océan de sang, derrière la ligne noire de l'horizon.

Très vite, le jour s'éteignit, et le désert de pierre se noya en des transparences froides.

En un coin de la plaine, quelques feux s'allumèrent.

Des nomades armés de fusils agitèrent leurs longues draperies blanches autour des flammes claires.

Un cheval entravé hennit.

Un homme accroupi à terre, la tête renversée, les yeux clos, comme en rêve, chanta une cantilène ancienne où le mot *amour* alternait avec le mot *mort*...

Puis, tout se tut, dans l'immensité muette.

Près d'un feu à demi éteint, le vagabond était couché, roulé dans son burnous.

La tête appuyée sur son bras replié, les membres las, il s'abandonnait à la douceur infinie de s'endormir seul, inconnu parmi des hommes simples et rudes, à même la terre, la bonne terre berceuse, en un coin de désert qui n'avait pas de nom et où il ne reviendrait jamais.

Note

Nous avons conservé pour l'ensemble des nouvelles les titres qu'elles portaient dans les éditions antérieures.

La Rivale a été écrite en avril 1904 alors qu'Isabelle venait de quitter Alger, pour reprendre la route du Sud oranais. Ce texte, daté d'Aïn Taga, fut envoyé en route à son ami Victor

LA RIVALE

Barrucand, directeur de l'*Akhbar,* journal arabophile auquel la voyageuse collaborait régulièrement.

La Rivale résonne encore plus étrangement lorsqu'on sait qu'Isabelle venait de vivre cet arrachement après un hiver passé à Alger, arrachement qui sera le dernier puisqu'elle n'eut jamais le loisir de remonter vers le nord : la mort l'emporta à l'automne 1904.

Le renoncement au bonheur sédentaire, l'instinct de nomadisme constituent la philosophie personnelle d'Isabelle et les principales sources d'inspiration inhérentes à son œuvre. C'est le thème principal du *Trimardeur,* le roman laissé inachevé.

La Rivale fut publiée d'abord dans l'*Akhbar* en 1906 sous le titre *Le Vagabond,* puis reprise dans *Pages d'Islam,* le recueil de nouvelles proposé au public par Victor Barrucand, en 1920 chez Fasquelle.

Yasmina

Elle avait été élevée dans un site funèbre où, au sein de la désolation environnante, flottait l'âme mystérieuse des millénaires abolis.

Son enfance s'était écoulée là, dans les ruines grises, parmi les décombres et la poussière d'un passé dont elle ignorait tout.

De la grandeur morne de ces lieux, elle avait pris comme une surcharge de fatalisme et de rêve. Étrange, mélancolique, entre toutes les filles de sa race : telle était Yasmina la Bédouine.

Les *gourbis* de son village s'élevaient auprès des ruines romaines de Timgad, au milieu d'une immense plaine pulvérulente, semée de pierres sans âge, anonymes, débris disséminés dans les champs de chardons épineux d'aspect méchant, seule végétation herbacée qui pût résister à la chaleur torride des étés embrasés. Il y en avait là de toutes les tailles, de toutes les couleurs, de ces chardons : d'énormes, à grosses fleurs bleues, soyeuses parmi les épines longues et aiguës, de plus petits, étoilés d'or... et tous rampants enfin, à petites fleurs rose pâle. Par-ci par-là, un maigre buisson de jujubier ou un lentisque roussi par le soleil.

Un arc de triomphe, debout encore, s'ouvrait en une courbe hardie sur l'horizon ardent. Des colonnes géantes, les unes couronnées de leurs chapiteaux, les autres brisées, une légion de colonnes dressées vers le ciel, comme en une rageuse et inutile révolte contre l'inéluctable Mort...

Un amphithéâtre aux gradins récemment déblayés, un forum silencieux, des voies désertes, tout un squelette de grande cité défunte, toute la gloire triomphante des Césars vaincue par le temps et résorbée par les entrailles jalouses de cette terre d'Afrique qui dévore lentement, mais sûrement, toutes les civilisations étrangères ou hostiles à son âme...

Dès l'aube quand, au loin, le Djebel Aurès s'irisait de lueurs diaphanes, Yasmina sortait de son humble *gourbi* et s'en allait doucement, par la plaine, poussant devant elle son maigre troupeau de chèvres noires et de moutons grisâtres.

D'ordinaire, elle le menait dans la gorge tourmentée et sauvage d'un *oued,* assez loin du *douar.*

Là se réunissaient les petits pâtres de la tribu. Cependant, Yasmina se tenait à l'écart, ne se mêlant point aux jeux des autres enfants.

Elle passait toutes ses journées, dans le silence menaçant de la plaine, sans soucis, sans pensées, poursuivant des rêveries vagues, indéfinissables, intraduisibles en aucune langue humaine.

Parfois, pour se distraire, elle cueillait au fond de l'*oued* desséché quelques fleurettes bizarres, épargnées du soleil, et chantait des mélopées arabes.

Le père de Yasmina, El Hadj Salem, était déjà vieux et cassé. Sa mère, Habiba, n'était plus, à trente-cinq ans, qu'une vieille momie sans âge, adonnée aux durs travaux du *gourbi* et du petit champ d'orge.

Yasmina avait deux frères aînés, engagés tous deux aux Spahis. On les avait envoyés tous deux très loin, dans le désert. Sa sœur aînée, Fathma, était mariée et habitait le *douar* principal des Ouled-Mériem. Il n'y avait plus au *gourbi* que les jeunes enfants et Yasmina, l'aînée, qui avait environ quatorze ans.

Ainsi, d'aurore radieuse en crépuscule mélancolique,

YASMINA

la petite Yasmina avait vu s'écouler encore un printemps, très semblable aux autres, qui se confondaient dans sa mémoire.

Or, un soir, au commencement de l'été, Yasmina rentrait avec ses bêtes, remontant vers Timgad illuminée des derniers rayons du soleil à son déclin. La plaine resplendissait, elle aussi, en une pulvérulence rose d'une infinie délicatesse de teinte... Et Yasmina s'en revenait en chantant une complainte saharienne, apprise de son frère Slimène qui était venu en congé un an auparavant, et qu'elle aimait beaucoup :

> *Jeune fille de Constantine,*
> *qu'es-tu venue faire ici,*
> *toi qui n'es point de mon pays,*
> *toi qui n'es point faite pour vivre*
> *dans la dune aveuglante...*
> *Jeune fille de Constantine,*
> *tu es venue et tu as pris mon cœur,*
> *et tu l'emporteras dans ton pays...*
> *Tu as juré de revenir, par le Nom très haut...*
> *Mais quand tu reviendras au pays des palmes,*
> *quand tu reviendras à El Oued,*
> *tu ne me retrouveras plus*
> *dans la* DEMEURE DES PLEURS...
> *Cherche-moi dans la* DEMEURE DE L'ÉTERNITÉ...

Et doucement, la chanson plaintive s'envolait dans l'espace illimité... Et doucement, le prestigieux soleil s'éteignait dans la plaine...

Elle était bien calme, la petite âme solitaire et naïve de Yasmina... Calme et douce comme ces petits lacs purs que les pluies laissent au printemps pour un instant dans les éphémères prairies africaines, et où rien ne se reflète, sauf l'azur infini du ciel sans nuages...

Quand Yasmina rentra, sa mère lui annonça qu'on allait la marier à Mohammed Elaour, cafetier à Batna.

D'abord, Yasmina pleura, parce que Mohammed était

YASMINA

borgne et très laid et parce que c'était si subit et si imprévu, ce mariage.

Puis, elle se calma et sourit, car c'était écrit. Les jours se passèrent. Yasmina n'allait plus au pâturage. Elle cousait, de ses petites mains maladroites, son humble trousseau de fiancée nomade.

Personne, parmi les femmes du *douar*, ne songea à lui demander si elle était contente de ce mariage. On la donnait à Elaour, comme on l'eût donnée à tout autre musulman. C'était dans l'ordre des choses, et il n'y avait là aucune raison d'être contente outre mesure, ni non plus de se désoler.

Yasmina savait même que son sort serait un peu meilleur que celui des autres femmes de sa tribu, puisqu'elle habiterait la ville et qu'elle n'aurait, comme les Mauresques, que son ménage à soigner et ses enfants à élever.

Seuls les enfants la taquinaient parfois, lui criant : « Marte-el-Aour ! – La femme du borgne ! » Aussi évitait-elle d'aller, à la tombée de la nuit, chercher de l'eau à l'*oued*, avec les autres femmes. Il y avait bien une fontaine dans la cour du *bordj* des fouilles, mais le gardien *roumi*, employé des Beaux-Arts, ne permettait point aux gens de la tribu de puiser l'eau pure et fraîche dans cette fontaine. Ils étaient donc réduits à se servir de l'eau saumâtre de l'*oued* où piétinaient, matin et soir, les troupeaux. De là, l'aspect maladif des gens de la tribu continuellement atteints de fièvres malignes.

Un jour, Elaour vint annoncer au père de Yasmina qu'il ne pourrait, avant l'automne, faire les frais de la noce et payer la dot de la jeune fille.

Yasmina avait achevé son trousseau et son petit frère Ahmed qui l'avait remplacée au pâturage, étant tombé malade, elle reprit ses fonctions de bergère et ses longues courses à travers la plaine.

Elle y poursuivait ses rêves imprécis de vierge primitive, que l'approche du mariage n'avait en rien modifiés.

YASMINA

Elle n'espérait ni même ne désirait rien. Elle était inconsciente, donc heureuse.

Il y avait alors à Batna un jeune lieutenant, détaché au Bureau Arabe, nouvellement débarqué de France. Il avait demandé à venir en Algérie, car la vie de caserne qu'il avait menée pendant deux ans, au sortir de Saint-Cyr, l'avait profondément dégoûté. Il avait l'âme aventureuse et rêveuse.

A Batna, il était vite devenu chasseur, par besoin de longues courses à travers cette âpre campagne algérienne qui, dès le début, l'avait charmé singulièrement.

Tous les dimanches, seul, il s'en allait à l'aube, suivant au hasard les routes raboteuses de la plaine et parfois les sentiers ardus de la montagne.

Un jour, accablé par la chaleur de midi, il poussa son cheval dans le ravin sauvage où Yasmina gardait son troupeau.

Assise sur une pierre, à l'ombre d'un rocher rougeâtre où des genévriers odorants croissaient, Yasmina jouait distraitement avec des brindilles vertes et chantait une complainte bédouine où, comme dans la vie, l'amour et la mort se côtoient.

L'officier était las et la poésie sauvage du lieu lui plut.

Quand il eut trouvé la ligne d'ombre pour abriter son cheval, il s'avança vers Yasmina et, ne sachant pas un mot d'arabe, lui dit en français :

– Y a-t-il de l'eau, par ici?

Sans répondre, Yasmina se leva pour s'en aller, inquiète, presque farouche.

– Pourquoi as-tu peur de moi? Je ne te ferai pas de mal, dit-il, amusé déjà par cette rencontre.

Mais elle fuyait l'ennemi de sa race vaincue et elle partit.

Longtemps, l'officier la suivit des yeux.

Yasmina lui était apparue, svelte et fine sous ses haillons bleus, avec son visage bronzé, d'un pur ovale, où les grands yeux noirs de la race berbère scintillaient mysté-

YASMINA

rieusement, avec leur expression sombre et triste, contredisant étrangement le contour sensuel à la fois et enfantin des lèvres sanguines, un peu épaisses. Passés dans le lobe des oreilles gracieuses, deux lourds anneaux de fer encadraient cette figure charmante. Sur le front, juste au milieu, la croix berbère était tracée en bleu, symbole inconnu, inexplicable chez ces peuplades autochtones qui ne furent jamais chrétiennes et que l'islam vint prendre toutes sauvages et fétichistes, pour sa grande floraison de foi et d'espérance.

Sur sa tête aux lourds cheveux laineux, très noirs, Yasmina portait un simple mouchoir rouge, roulé en forme de turban évasé et plat.

Tout en elle était empreint d'un charme presque mystique dont le lieutenant Jacques ne savait s'expliquer la nature.

Il resta longtemps là, assis sur la pierre que Yasmina avait quittée. Il songeait à la Bédouine et à sa race tout entière.

Cette Afrique où il était venu volontairement lui apparaissait encore comme un monde presque chimérique, inconnu profondément, et le peuple arabe, par toutes les manifestations extérieures de son caractère, le plongeait en un constant étonnement. Ne fréquentant presque pas ses camarades du Cercle, il n'avait point encore appris à répéter les clichés ayant cours en Algérie et si nettement hostiles, *a priori*, à tout ce qui est arabe et musulman.

Il était encore sous le coup du grand enchantement, de la griserie intense de l'arrivée, et il s'y abandonnait voluptueusement.

Jacques, issu d'une famille noble des Ardennes, élevé dans l'austérité d'un collège religieux de province, avait gardé, à travers ses années de Saint-Cyrien, une âme de montagnard, encore relativement très fermée à cet « esprit moderne », frondeur et sceptique de parti pris, qui mène rapidement à toutes les décrépitudes morales.

Il savait donc encore voir *par lui-même,* et s'abandonner sincèrement à ses propres impressions.

Sur l'Algérie, il ne savait que l'admirable épopée de la conquête et de la défense, l'héroïsme sans cesse déployé de part et d'autre pendant trente années.

Cependant, intelligent, peu expansif, il était déjà porté à analyser ses sensations, à classifier en quelque sorte ses pensées.

Ainsi, le dimanche suivant, quand il se vit reprendre le chemin de Timgad, eut-il la sensation très nette qu'il n'y allait que pour revoir la petite Bédouine.

Encore très pur et très noble, il n'essayait point de *truquer* avec sa conscience. Il s'avouait parfaitement qu'il n'avait pu résister à l'envie d'acheter des bonbons, dans l'intention de lier connaissance avec cette petite fille dont la grâce étrange le captivait si invinciblement et à laquelle, toute la semaine durant, il n'avait fait que penser.

... Et maintenant, parti dès l'aube par la belle route de Lambèse, il pressait son cheval, pris d'une impatience qui l'étonnait lui-même... Ce n'était en somme que le vide de son cœur à peine sorti des limbes enchantés de l'adolescence, sa vie solitaire loin du pays natal, la presque virginité de sa pensée que les débauches de Paris n'avait point souillée, ce n'était que ce vide profond qui le poussait vers l'inconnu troublant qu'il commençait à entrevoir au-delà de cette ébauche d'aventure bédouine.

... Enfin, il s'enfonça dans l'étroite et profonde gorge de l'*oued* desséché.

Çà et là, sur les grisailles fauves des broussailles, un troupeau de chèvres jetait une tache noire à côté de celle, blanche, d'un troupeau de moutons.

Et Jacques chercha presque anxieusement celui de Yasmina.

– Comment se nomme-t-elle? Quelle âge a-t-elle? Voudra-t-elle me parler, cette fois, ou bien s'enfuira-t-elle comme l'autre jour?

Jacques se posait toutes ces questions avec une inquiétude croissante. D'ailleurs, comment allait-il lui parler, puisque, bien certainement, elle ne comprenait pas un mot de français et que lui ne savait pas même le *sabir*?...

Enfin, dans la partie la plus déserte de l'*oued*, il découvrit Yasmina, couchée à plat ventre parmi ses agneaux, et la tête soutenue par ses deux mains.

Dès qu'elle l'aperçut, elle se leva, hostile de nouveau.

Habituée à la brutalité et au dédain des employés et des ouvriers des ruines, elle haïssait tout ce qui était chrétien.

Mais Jacques souriait, et il n'avait pas l'air de lui vouloir du mal. D'ailleurs, elle voyait bien qu'il était tout jeune et très beau sous sa simple tenue de toile blanche.

Elle avait auprès d'elle une petite *guerba* suspendue entre trois piquets formant faisceau.

Jacques lui demanda à boire, par signes. Sans répondre, elle lui montra du doigt la *guerba*.

Il but. Puis il lui tendit une poignée de bonbons roses. Timidement, sans oser encore avancer la main, elle dit en arabe, avec un demi-sourire et levant pour la première fois ses yeux sur ceux du *roumi* :

– *Ouch-noua?* Qu'est-ce?

– C'est bon, dit-il, riant de son ignorance, mais heureux que la glace fût enfin rompue.

Elle croqua un bonbon, puis, soudain, avec un accent un peu rude, elle dit :

– Merci!

– Non, non, prends-les tous!

– Merci! Merci! Msiou! merci!

– Comment t'appelles-tu?

Longtemps, elle ne comprit pas. Enfin, comme il s'était mis à lui citer tous les noms de femmes arabes qu'il connaissait, elle sourit et dit : « Smina » (Yasmina).

Alors, il voulut la faire asseoir près de lui pour continuer la conversation. Mais, prise d'une frayeur subite, elle s'enfuit.

Toutes les semaines, quand approchait le dimanche,

Jacques se disait qu'il agissait mal, que son devoir était de laisser en paix cette créature innocente dont tout le séparait et qu'il ne pourrait jamais que faire souffrir... Mais il n'était plus libre d'aller à Timgad ou de rester à Batna et il partait...

Bientôt, Yasmina n'eut plus peur de Jacques. Toutes les fois, elle vint d'elle-même s'asseoir près de l'officier, et elle essaya de lui faire comprendre des choses dont le sens lui échappait la plupart du temps, malgré tous les efforts de la jeune fille. Alors voyant qu'il ne parvenait pas à la comprendre, elle se mettait à rire... Et alors, ce rire de gorge qui lui renversait la tête en arrière, découvrait ses dents d'une blancheur laiteuse, donnait à Jacques une sensation de désir et une prescience de voluptés grisantes...

En ville, Jacques s'acharnait à l'étude de l'arabe algérien... Son ardeur faisait sourire ses camarades qui disaient, non sans ironie : « Il doit y avoir une *bicotte* là-dessous. »

Déjà, Jacques aimait Yasmina, follement, avec toute l'intensité débordante d'un premier amour chez un homme à la fois très sensuel et très rêveur en qui l'amour de la chair se spiritualisait, revêtait la forme d'une tendresse vraie...

Cependant, ce que Jacques aimait en Yasmina, en son ignorance absolue de l'âme de la Bédouine, c'était un être purement imaginaire, issu de son imagination, et bien certainement fort peu semblable à la réalité...

Souriante, avec, cependant, une ombre de mélancolie dans le regard, Yasmina écoutait Jacques lui chanter, maladroitement encore, toute sa passion qu'il n'essayait même plus d'enchaîner.

– C'est impossible, disait-elle avec, dans la voix, une tristesse déjà douloureuse. Toi, tu es un *roumi*, un *kéfer*, et moi, je suis musulmane. Tu sais, c'est *haram* chez nous, qu'une musulmane prenne un chrétien ou un juif; et pourtant, tu es beau, tu es bon. Je t'aime...

Un jour, très naïvement, elle lui prit le bras et dit, avec un long regard tendre : « Fais-toi musulman... C'est bien facile! Lève ta main droite, comme ça, et dis, avec moi : *« La illaha illa Allah, Mohammed raçoul Allah »* : « Il n'est point d'autre divinité que Dieu, et Mohammed est l'envoyé de Dieu. »

Lentement, par simple jeu, pour lui faire plaisir, il répéta les paroles chantantes et solennelles qui, prononcées *sincèrement*, suffisent à lier irrévocablement à l'islam... Mais Yasmina ne savait point que l'on peut dire de telles choses sans y croire, et elle pensait que *l'énonciation* seule de la profession de foi musulmane par son *roumi* en ferait un croyant... Et Jacques, ignorant des idées frustes et primitives que se fait de l'islam le peuple illettré, ne se rendait point compte de la portée de ce qu'il venait de faire.

Ce jour-là, au moment de la séparation, spontanément, avec un sourire heureux, Yasmina lui donna un baiser, le premier... Ce fut pour Jacques une ivresse sans nom, infinie...

Désormais, dès qu'il était libre, dès qu'il disposait de quelques heures, il partait au galop pour Timgad.

Pour Yasmina, Jacques n'était plus un *roumi*, un *kéfer*... Il avait attesté l'unité absolue de Dieu et la mission de son Prophète... Et un jour, simplement, avec toute la passion fougueuse de sa race, elle se donna...

Ils eurent un instant d'anéantissement ineffable, après lequel ils se réveillèrent, l'âme illuminée d'une lumière nouvelle, comme s'ils venaient de sortir des ténèbres.

... Maintenant, Jacques pouvait dire à Yasmina presque toutes les choses douces ou poignantes dont était remplie son âme, tant ses progrès en arabe avaient été rapides... Parfois, il la priait de chanter. Alors, couché près de Yasmina, il mettait sa tête sur ses genoux et, les yeux clos, il s'abandonnait à une rêverie imprécise, très douce.

Depuis quelque temps, une idée singulière venait le hanter et quoique la sachant bien enfantine, bien irréali-

sable, il s'y abandonnait, y trouvant une jouissance étrange... Tout quitter, à jamais, renoncer à sa famille, à la France, rester pour toujours en Afrique avec Yasmina... Même démissionner et s'en aller, avec elle toujours, sous le burnous et le turban, mener une existence insoucieuse et lente, dans quelque *ksar* du Sud... Quand Jacques était loin de Yasmina, il retrouvait toute sa lucidité et il souriait de ces enfantillages mélancoliques... Mais dès qu'il se retrouvait auprès d'elle, il se laissait aller à une sorte d'assouplissement intellectuel d'une douceur indicible. Il la prenait dans ses bras, et, plongeant son regard dans l'ombre du sien, il lui répétait à l'infini ce mot de tendresse arabe, si doux :
— *Aziza! Aziza! Aziza!*
Yasmina ne se demandait jamais quelle serait l'issue de ses amours avec Jacques. Elle savait que beaucoup d'entre les filles de sa race avaient des amants, qu'elles se cachaient soigneusement de leurs familles, mais que, généralement, cela finissait par un mariage.
Elle *vivait*. Elle était heureuse simplement, sans réflexion et sans autre désir que celui de voir son bonheur durer éternellement.
Quant à Jacques, il voyait bien clairement que leur amour ne pouvait que durer ainsi, indéfiniment, car il concevait l'impossibilité d'un mariage entre lui qui avait une famille, là-bas, au pays, et cette petite Bédouine qu'il ne pouvait même pas songer à transporter dans un autre milieu, sur un sol lointain et étranger.
Elle lui avait bien dit que l'on devait la marier à un *cahouadji* de la ville, vers la fin de l'automne.
Mais c'était si loin, cette fin d'automne... Et lui aussi, Jacques s'abandonnait à la félicité de l'heure...
— Quand ils voudront me donner au borgne, tu me prendras et tu me cacheras quelque part dans la montagne, loin de la ville, pour qu'ils ne me retrouvent plus jamais. Moi, j'aimerais habiter la montagne, où il y a de grands arbres qui sont plus vieux que les plus anciens des vieil-

lards, et où il y a de l'eau fraîche et pure qui coule à l'ombre... Et puis, il y a des oiseaux qui ont des plumes rouges, vertes et jaunes, et qui chantent...

« Je voudrais les entendre, et dormir à l'ombre, et boire de l'eau fraîche... Tu me cacheras dans la montagne et tu viendras me voir tous les jours... J'apprendrai à chanter comme les oiseaux et je chanterai pour toi. Après, je leur apprendrai ton nom pour qu'ils me le redisent quand tu seras absent. »

Yasmina lui parlait ainsi parfois, avec son étrange regard sérieux et ardent...

— Mais, disait-elle, les oiseaux de Djebel Touggour sont des oiseaux musulmans... Ils ne sauront pas chanter ton nom de *roumi*... Ils ne sauront te dire qu'un nom musulman... et c'est moi qui dois te le donner, pour le leur apprendre... Tu t'appelleras *Mabrouk*, cela nous portera bonheur.

... Pour Jacques, cette langue arabe était devenue une musique suave, parce que c'était sa langue à elle, et que tout ce qui était elle l'enivrait. Jacques ne pensait plus, il vivait.

Et il était heureux.

Un jour, Jacques apprit qu'il était désigné pour un poste du Sud oranais.

Il lut et relut l'ordre implacable, sans autre sens pour lui que celui-ci, partir, quitter Yasmina, la laisser marier à ce cafetier borgne et ne plus jamais la revoir...

Pendant des jours et des jours, désespérément, il chercha un moyen quelconque de ne pas partir, une permutation avec un camarade... mais en vain.

Jusqu'au dernier moment, tant qu'il avait pu conserver la plus faible lueur d'espérance, il avait caché à Yasmina le malheur qui allait les frapper...

Pendant ses nuits d'insomnie et de fièvre, il en était

arrivé à prendre des résolutions extrêmes : tantôt il se décidait à risquer le scandale retentissant d'un enlèvement et d'un mariage, tantôt il songeait à donner sa démission, à tout abandonner pour sa Yasmina, à devenir en réalité ce *Mabrouk* qu'elle rêvait de faire de lui... Mais toujours une pensée venait l'arrêter : il y avait là-bas, dans les Ardennes, un vieux père et une mère aux cheveux blancs qui mourraient certainement de chagrin si leur fils, « le beau lieutenant Jacques », comme on l'appelait au pays, faisait toutes ces choses qui passaient par son cerveau embrasé, aux heures lentes des nuits mauvaises.

Yasmina avait bien remarqué la tristesse et l'inquiétude croissante de son *Mabrouk* et, n'osant encore lui avouer la vérité, il lui disait que sa vieille mère était bien malade, là-bas, *fil Fransa*...

Et Yasmina essayait de le consoler, de lui inculquer son tranquille fatalisme.

— *Mektoub*, disait-elle. Nous sommes tous sous la main de Dieu et tous nous mourrons, pour retourner à Lui... Ne pleure pas ; *Ya Mabrouk*, c'est écrit.

« Oui, songeait-il amèrement, nous devons tous, un jour ou l'autre, être à jamais séparés de tout ce qui nous est cher... Pourquoi donc le sort, ce *mektoub* dont elle me parle, nous sépare-t-il donc prématurément, tant que nous sommes en vie tous deux ? »

Enfin, peu de jours avant celui fixé irrévocablement pour son départ, Jacques partit pour Timgad... Il allait, plein de crainte et d'angoisse, dire la vérité à Yasmina. Cependant, il ne voulait point lui dire que leur séparation serait probablement, certainement même, éternelle...

Il lui parla simplement d'une mission devant durer trois ou quatre mois.

Jacques s'attendait à une explosion de désespoir déchirant...

Mais, debout devant lui, elle ne broncha pas. Elle continua de le regarder bien en face, comme si elle eût voulu lire dans ses pensées les plus secrètes... et ce regard lourd, sans expression compréhensible pour lui, le troubla infiniment... Mon Dieu! allait-elle donc croire qu'il l'abandonnait volontairement?

Comment lui expliquer la vérité, comment lui faire comprendre qu'il n'était pas le maître de sa destinée? Pour elle, un officier français était un être presque tout-puissant, absolument libre de faire tout ce qu'il voulait.

... Et Yasmina continuait de regarder Jacques bien en face, les yeux dans les yeux. Elle gardait le silence...

Il ne put supporter plus longtemps ce regard qui semblait le condamner.

Il la saisit dans ses bras :

— O *Aziza! Aziza!* dit-il. Tu te fâches contre moi! Ne vois-tu donc pas que mon cœur se brise, que je ne m'en irais jamais, si seulement je pouvais rester!

Elle fronça ses fins sourcils noirs.

— Tu mens! dit-elle. Tu mens! Tu n'aimes plus Yasmina, ta maîtresse, ta femme, ta servante, celle à qui tu as pris sa virginité. C'est bien toi qui tiens à t'en aller!... Et tu mens encore quand tu me dis que tu reviendras bientôt... Non, tu ne reviendras jamais, jamais, jamais!

Et ce mot, obstinément répété sur un ton presque solennel, sembla à Jacques le glas funèbre de sa jeunesse. *Abadane! Abadane!* Il y avait, dans le *son* même de ce mot, quelque chose de *définitif*, d'inexorable et de fatal.

— Oui, tu t'en vas... Tu vas te marier avec une *roumia*, là-bas, en France...

Et une flamme sombre s'alluma dans les grands yeux roux de la nomade. Elle s'était dégagée presque brusquement de l'étreinte de Jacques, et elle cracha à terre, avec dédain, en un mouvement d'indignation sauvage.

— Chiens et fils de chiens, tous les *roumis!*

— Oh! Yasmina, comme tu es injuste envers moi! Je te jure que j'ai supplié tous mes camarades l'un après l'autre de partir au lieu de moi... et ils n'ont pas voulu.

— Ah! tu vois bien toi-même que, quand un officier ne veut pas partir, il ne part pas!

YASMINA

— Mais mes camarades, *c'est moi* qui les ai priés de partir à ma place, et ils ne dépendent pas de moi... tandis que moi je dépends du général, du ministre de la Guerre...

Mais Yasmina, incrédule, demeurait hostile et fermée.

Et Jacques regrettait que l'explosion de désespoir qu'il avait tant redoutée en route n'eût pas eu lieu.

Ils restèrent longtemps ainsi, silencieux, séparés déjà par tout un abîme, par toutes ces choses européennes qui dominaient tyranniquement sa vie à lui et qu'elle, Yasmina, ne comprendrait jamais...

Enfin, le cœur débordant d'amertume, Jacques pleura, la tête abandonnée sur les genoux de Yasmina.

Quand elle le vit sangloter si désespérément, elle comprit qu'il était sincère... Elle serra la chère tête aimée contre sa poitrine, pleurant elle aussi, enfin.

— *Mabrouk!* Prunelle de mes yeux! Ma lumière! O petite tache noire de mon cœur! Ne pleure pas, mon seigneur! Ne t'en va pas, *Ya Sidi*. Si tu veux partir, je me coucherai en travers de ton chemin et je mourrai. Et alors, tu devras passer sur le cadavre de ta Yasmina. Ou bien, si tu dois absolument partir, emmène-moi avec toi. Je serai ton esclave. Je soignerai ta maison et ton cheval... Si tu es malade, je te donnerai le sang de mes veines pour te guérir... ou je mourrai pour toi. *Ya Mabrouk! Ya Sidi!* emmène-moi avec toi...

Et comme il gardait le silence, brisé devant l'impossibilité de ce qu'elle demandait, elle reprit :

— Alors, viens, mets des vêtements arabes. Sauvons-nous ensemble dans la montagne, ou bien, plus loin, dans le désert, au pays des Chaâmba et des Touareg... Tu deviendras tout à fait musulman, et tu oublieras la France...

— Je ne puis pas... Ne me demande pas l'impossible. J'ai de vieux parents, là-bas, en France, et ils mourront de chagrin... Oh! Dieu seul sait combien je voudrais pouvoir te garder auprès de moi, toujours.

Il sentait les lèvres chaudes de Yasmina lui caresser doucement les mains, dans le débordement de leurs larmes

YASMINA

mêlées... Ce contact réveilla en lui d'autres pensées, et ils eurent encore un instant de joie si profonde, si absolue qu'ils n'en avaient jamais connue de semblable même aux jours de leur tranquille bonheur.

– Oh! comment nous quitter! bégayait Yasmina, dont les larmes continuaient de couler.

Deux fois encore, Jacques revint et ils retrouvèrent cette indicible extase qui semblait devoir les lier l'un à l'autre, indissolublement et à jamais.

Mais enfin, l'heure solennelle des adieux sonna... de ces adieux que l'un savait et que l'autre *pressentait* éternels...

Dans leur dernier baiser, ils mirent toute leur âme...

Longtemps, Yasmina écouta retentir au loin le galop cadencé du cheval de Jacques... Quand elle ne l'entendit plus, et que la plaine fut retombée au lourd silence accoutumé, la petite Bédouine se jeta la face contre terre et pleura...

Un mois s'étant écoulé depuis le départ de Jacques, Yasmina vivait en une sorte de torpeur morne.

Toute la journée, seule désormais dans son oued sauvage, elle demeurait couchée à terre, immobile.

En elle, aucune révolte contre *Mektoub* auquel, dès sa plus tendre enfance, elle était habituée à attribuer tout ce qui lui arrivait, en bien comme en mal... Simplement une douleur infinie, une souffrance continue, sans trêve ni repos, la souffrance cruelle et *injuste* des êtres inconscients, enfants ou animaux, qui n'ont même pas l'amère consolation de *comprendre* pourquoi et comment ils souffrent...

Comme tous les nomades, mélange confus où le sang asiatique s'est perdu au milieu des tribus autochtones, Chaouïya, Berbères, etc., Yasmina n'avait de l'islam qu'une idée très vague. Elle savait – sans toutefois se rendre compte de ce que cela signifiait – qu'il y a un Dieu, seul, unique, éternel, qui a tout créé et qui est Rab-el-Alémine – Souverain des Univers –, que Mohammed est son Prophète et que le Coran est l'expression écrite de la religion. Elle savait aussi réciter les deux ou trois courtes sourates du Coran qu'aucun musulman n'ignore.

Yasmina ne connaissait d'autres Français que ceux qui gardaient les ruines et travaillaient aux fouilles, et elle savait bien tout ce que sa tribu avait eu à en souffrir. De là, elle concluait que tous les *roumis* étaient les ennemis irréconciliables des Arabes. Jacques avait fait tout son possible pour lui expliquer qu'il y a des Français qui ne haïssent point les musulmans... Mais en lui-même, il savait bien qu'il suffit de quelques fonctionnaires ignorants et brutaux pour rendre la France haïssable aux yeux de pauvres villageois illettrés et obscurs.

Yasmina entendait tous les Arabes des environs se plaindre d'avoir à payer des impôts écrasants, d'être terrorisés par l'administration militaire, d'être spoliés de leurs biens... Et elle en concluait que probablement ces Français bons et humains dont lui parlait Jacques ne venaient pas dans son pays, qu'ils restaient quelque part au loin.

Tout cela, dans sa pauvre intelligence inculte, dont les forces vives dormaient profondément, était très vague et ne la préoccupait d'ailleurs nullement.

Elle n'avait commencé à penser, très vaguement, que du jour où elle avait aimé.

Jadis, quand Jacques la quittait pour rentrer à Batna, elle restait songeuse. Qu'y faisait-il? Où vivait-il? Voyait-il d'autres femmes, des *roumia* qui sortent sans voile et qui ont des robes de soie et des chapeaux comme celles qui venaient visiter les ruines? Et une vague jalousie s'allumait alors dans son cœur.

Mais, depuis que Jacques était parti pour l'Oranie lointaine, Yasmina avait beaucoup souffert et son intelligence commençait à s'affirmer.

Parfois, dans sa solitude désolée, elle se mettait à chanter les complaintes qu'il avait aimées, et alors elle pleurait, entrecoupant de sanglots déchirants les couplets mélancoliques, appelant son *Mabrouk* chéri par les plus doux noms qu'elle avait coutume de lui donner, le suppliant de revenir, comme s'il pouvait l'entendre.

Elle était illettrée, et Jacques ne pouvait lui écrire, car elle n'eût osé montrer à qui que ce soit les lettres de l'officier pour se les faire traduire.

Elle était donc restée sans nouvelles de lui.

Un dimanche, tandis qu'elle rêvait tristement, elle vit arriver du côté de Batna un cavalier indigène, monté sur un fougueux cheval gris. Le cavalier, qui portait la tenue des officiers indigènes de spahis, poussa son cheval dans le lit de l'oued. Il semblait chercher quelqu'un. Apercevant la petite fille, il l'interpella :

— N'es-tu point Smina bent Hadj Salem?

— Qui es-tu, et comment me connais-tu?

— Alors, c'est bien toi! Moi, je suis Chérif ben Aly Chaâmbi, sous-lieutenant de spahis, et ami de Jacques. C'est bien toi qui étais sa maîtresse?

Épouvantée de voir son secret en possession d'un musulman, Yasmina voulut fuir. Mais l'officier la saisit par le poignet et la retint de force.

— Où vas-tu, fille du péché? J'ai fait toute cette longue course pour voir ta figure et tu te sauves?

Elle faisait de vains efforts pour se dégager.

— Lâche-moi! Lâche-moi! Je ne connais personne, je n'étais la maîtresse de personne!

Chérif se mit à rire.

— Si, tu étais sa maîtresse, fille du péché! Et je devrais te couper la tête pour cela, bien que Jacques soit un frère pour moi. Viens là-bas, au fond de l'*oued*. Personne ne doit nous voir. J'ai une lettre de Jacques pour toi et je vais te la lire.

Joyeusement, elle battit des mains.

Jacques lui faisait savoir qu'elle pouvait avoir toute confiance en Chérif et que, s'il lui arrivait jamais malheur, elle devrait s'adresser à lui. Il lui disait qu'il ne pensait

YASMINA

qu'à elle, qu'il lui était toujours resté fidèle. Il terminait en lui jurant de toujours l'aimer, de ne jamais l'oublier et de revenir un jour la reprendre.

... Beaux serments, jeunes résolutions *irrévocables*, et que le temps efface et anéantit bien vite, comme tout le reste!...

Yasmina pria Chérif de répondre à Jacques qu'elle aussi l'aimait toujours, qu'elle lui resterait fidèle tant qu'elle vivrait, qu'elle restait son esclave soumise et aimante, et qu'elle aimerait *être le sol sous ses pieds.*

Chérif sourit.

— Si tu avais aimé un musulman, dit-il, il t'aurait épousée selon la loi, et tu ne serais pas ici à pleurer...

— *Mektoub!*

Et l'officier remonta sur son étalon gris et repartit au galop, soulevant un nuage de poussière.

Jacques craignait d'attirer l'attention des gens du *douar* et il différa longtemps l'envoi de sa seconde lettre à Yasmina... si longtemps que quand il voulut lui écrire, il apprit que Chérif était parti pour un poste du Sahara.

Peu à peu, après le grand désespoir de la première heure, la paix s'est faite dans le cœur de Jacques.

Dans le *ksar* oranais où il vivait, il avait trouvé des camarades français très distingués, très lettrés, et dont l'un possédait une assez vaste bibliothèque. Jacques s'était mis à lire, à étudier des questions qui, jusque-là, lui étaient demeurées absolument étrangères... De nouveaux horizons s'ouvrirent à son esprit...

Plus tard, il changea de poste. A Géryville, il fit la connaissance d'une jeune Espagnole, très belle, dont il devint amoureux.

Et ainsi, l'image charmante de Yasmina se recula dans ces lointains vagues du souvenir, où tout s'embrume et finit de sombrer dans les ténèbres de l'oubli définitif...

YASMINA

Mohammed Elaour vint enfin annoncer qu'il pouvait subvenir aux frais de la noce.

L'on fixa pour celle-ci une date très rapprochée.

Yasmina, passive, s'abandonnait à son sort...

Par instinct d'amoureuse passionnée, elle avait bien senti que Jacques l'avait oubliée, et tout lui était désormais devenu égal.

Cependant, une angoisse étreignait son cœur à la pensée de ce mariage, car elle connaissait trop bien les mœurs de son peuple pour ne pas prévoir la colère de son mari quand il s'apercevrait qu'elle n'était plus intacte.

Elle était déjà certaine de devenir la femme du *cahouadji* borgne quand, brusquement, survint une querelle d'intérêts entre Hadj Salem et Elaour.

Peu de jours après, Yasmina apprit qu'on allait la donner à un homme qu'elle n'avait entrevu qu'une fois, un spahi, Abd-el-Kader ben Smaïl, tout jeune et très beau, qui passait pour un audacieux, un indomptable, mal noté au service pour sa conduite, mais estimé de ses chefs pour son courage et son intelligence.

Il prit Yasmina par amour, l'ayant trouvée très belle, dans l'épanouissement de ses quinze ans... Il avait offert à Hadj Salem une rançon supérieure à celle que promettait Elaour. D'ailleurs, cela flattait l'amour-propre du vieillard de donner sa fille à ce garçon, issu d'une bonne famille de Guelma, quoique brouillé avec ses parents à la suite de son engagement.

Les fêtes de la noce durèrent trois jours, au *douar* d'abord, ensuite en ville.

Au *douar*, l'on avait tiré quelques coups de fusil, fait partir beaucoup de pétards, fait courir les faméliques chevaux, avec de grands cris qui enivraient hommes et bêtes.

A la ville, les femmes avaient dansé au son des *benadir* et de la *r'aïta* bédouines...

Yasmina, vêtue de plusieurs chemises en mousseline blanche à longues et larges manches pagode, d'un *kaftan* de velours bleu galonné d'or, d'une *gandoura* de soie rose,

YASMINA

coiffée d'une petite *chéchia* pointue, cerise et verte, parée de bijoux d'or et d'argent, trônait sur l'unique chaise de la pièce, au milieu des femmes, tandis que les hommes s'amusaient dans la rue et sur les bancs du café maure d'en face.

Par les femmes, Yasmina avait appris le départ de Chérif Chaâmbi, et la dernière lueur d'espoir qu'elle avait encore conservée s'éteignit : elle ne saurait donc plus jamais rien de son Jacques.

Le soir, quand elle fut seule avec Abd-el-Kader, Yasmina n'osa point lever ses yeux sur ceux de son mari. Tremblante, elle songeait à sa colère imminente et au scandale qui en résulterait s'il ne la tuait pas sur le coup.

Elle aimait toujours son *roumi*, et la substitution du spahi à Elaour ne lui causait aucune joie... Au contraire, elle savait qu'Elaour passait pour très bon enfant, tandis qu'Abd-el-Kader avait la réputation d'un homme violent et terrible...

... Quand il apprit ce que Yasmina ne put lui cacher, Abd-el-Kader entra dans une colère d'autant plus terrible qu'il était très amoureux d'elle. Il commença par la battre cruellement, ensuite il exigea qu'elle lui livrât le nom de son amant.

— C'était un officier... un musulman... il y a longtemps... et il est parti...

Épouvantée par les menaces de son mari, elle dit le nom du lieutenant Chaâmbi : puisqu'il n'y était plus, qu'importait? Elle n'avait pas voulu avouer la vérité, dire qu'elle avait été la maîtresse d'un *roumi*, ce qui eût encore aggravé sa faute aux yeux d'Abd-el-Kader...

Mais la passion du spahi avait été plus forte que sa colère... Après tout, le lieutenant n'avait certainement pas parlé, il était parti, et personne ne connaîtrait jamais ce secret.

Abd-el-Kader garda Yasmina, mais il devint la terreur du *douar* de Hadj Salem où il allait souvent réclamer de l'argent à ses beaux-parents qui le craignaient, regrettant déjà de n'avoir pas donné leur fille au tranquille Mohammed Elaour.

Yasmina, toujours triste et silencieuse, passait toutes ses journées à coudre de grossières chemises de toile que Doudja, la vieille tante du spahi, portait à un marchand M'zabi [1].

Il y avait encore, dans la maison, la sœur d'Abd-el-Kader, qui devait sous peu épouser l'un des camarades de son frère.

Quand le spahi n'était pas ivre, il rapportait à sa femme des cadeaux, des chiffons pour sa toilette, voire même des bijoux, des fruits et des gâteaux... Toute sa solde y passait. Mais d'autres fois, Abd-el-Kader rentrait ivre, et alors il battait sa femme sans rime ni raison.

Yasmina restait aussi indifférente aux caresses qu'aux coups, et gardait le silence. Seulement, elle étouffait entre les quatre murs blancs de la cour mauresque où elle était enfermée, et elle regrettait amèrement l'immensité libre de sa plaine natale, et les grandes ruines menaçantes, et son *oued* sauvage.

Abd-el-Kader voyait bien que sa femme ne l'aimait point, et cela l'exaspérait.

Alors, il se mettait à la battre férocement.

Mais, dès qu'il voyait qu'elle pleurait, il la prenait dans ses bras et la couvrait de baisers pour la consoler.

Et Yasmina, obstinément, continuait à aimer son *roumi*, son *Mabrouk*... et sa pensée s'envolait sans cesse vers ce Sud oranais qu'elle ne connaissait point et où elle le croyait encore...

Elle se demandait avec angoisse si jamais son *Mabrouk* allait revenir et dès que personne ne l'observait, elle se mettait à pleurer, longuement, silencieusement.

---

1. M'zabi : mozabite habitant du Mzab, région de Ghardaïa.

Jacques avait oublié depuis longtemps le rêve d'amour qu'il avait fait, à l'aube de sa vie, dans la plaine désolée de Timgad, et qui n'avait duré qu'un été.

A peine une année après son mariage, Abd-el-Kader se fit condamner à dix ans de travaux publics pour voies de fait envers un supérieur en dehors du service... Sa sœur avait suivi son mari dans le Sud, et la vieille tante était morte.

Yasmina resta seule et sans ressources.

Elle ne voulut point retourner dans sa tribu.

Elle avait gardé cet étrange caractère sombre et silencieux qui était devenu le sien depuis le départ de Jacques... Elle ne voulait pas qu'on la remariât encore, puisqu'elle était veuve... Elle voulait être libre pour attendre son *Mabrouk*.

Chez elle aussi, le temps eût dû adoucir la souffrance du cœur... mais elle n'avait rien trouvé, en échange de son amour, et elle continuait à aimer l'absent que, depuis longtemps, elle n'osait plus espérer revoir.

Quand les derniers sous que lui avait laissés Abdel-Kader furent épuisés, Yasmina fit un paquet de ses hardes et rendit la clé au propriétaire de la maison.

A la tombée de la nuit, elle s'en alla vers le Village-Noir, distant de Batna d'à peine cinq cents mètres – un terrain vague où se trouve la mosquée.

Ce village est un amas confus de masures en bois ou en pisé, sales et délabrées, habitées par un peuple de prostituées négresses, bédouines, mauresques, juives et maltaises, vivant là, entassées pêle-mêle avec toutes sortes d'individus plus ou moins suspects, souteneurs et repris de justice pour la plupart.

Il y a là des cafés maures où les femmes dansent et chantent jusqu'à dix heures du soir, et où l'on fume le Kif

YASMINA

toute la nuit, portes closes. Tel est le lieu de divertissement des militaires de la garnison.

Yasmina, depuis qu'elle était restée seule, avait fait la connaissance d'une Mauresque qui vivait au Village-Noir, en compagnie d'une négresse de l'Oued Rir'.

Zohra et Samra étaient employées dans un beuglant tenu par un certain Aly Frank qui se disait musulman et Tunisien, mais le nom semblait indiquer une autre origine. C'était d'ailleurs un repris de justice surveillé par la police.

Les deux chanteuses avaient souvent conseillé à Yasmina de venir partager leur chambre, faisant miroiter à ses yeux les soi-disant avantages de leur condition.

Et quand elle se sentit définitivement seule et abandonnée, Yasmina se rendit chez ses deux amies qui l'accueillirent avec joie.

Ce soir-là, Yasmina dut paraître au café et chanter.

C'était dans une longue salle basse et enfumée dont le sol, hanté par les scorpions, était en terre battue, et dont les murs blanchis à la chaux étaient couverts d'inscriptions et de dessins, la plupart d'une obscénité brutale, œuvre des clients. Le long des deux murs parallèles, des tables et des bancs étaient alignés, laissant au milieu un espace assez large. Au fond, une table de bois servait de comptoir. Derrière, il y avait une sorte d'estrade en terre battue, recouverte de vieilles nattes usées.

Les chanteuses étaient accroupies là. Il y en avait sept : Yasmina, ses deux amies, une Bédouine nommée Hafsia, une Bônoise, Aïcha, et deux Juives, Stitra et Rahil. La dernière, originaire du Kef, portait le costume des danseuses de Tunis, vêtues à la mode d'Égypte : large pantalon blanc, petite veste en soie de couleur et les cheveux flottants, noués seulement par un large ruban rouge. Elle était chaussée de petits souliers de satin blanc, sans quartier, à talons très hauts.

Toutes avaient des bijoux en or et de lourds anneaux passés dans les oreilles. Cependant, la Bédouine et la négresse portaient le costume saharien, une sorte d'ample voile bleu sombre, agrafé sur les épaules et formant tunique. Sur leur tête, elles portaient une coiffure compliquée, composée de grosses tresses en laine rouge tordues avec les cheveux sur les tempes, des mouchoirs superposés, des bijoux attachés par des chaînettes. Quand l'une d'elles se levait pour danser dans la salle, entre les spectateurs, les autres chantaient sur l'estrade, battant des mains et du tambour, tandis qu'un jeune garçon jouait de la flûte arabe et qu'un Juif grattait sur une espèce de mandoline...

Leurs chansons et les gestes de leur danse étaient d'une impudeur ardente qui enflammait peu à peu les spectateurs très nombreux ce soir-là.

Les plaisanteries et les compliments crus pleuvaient, en arabe, en français, plus ou moins mélangés de sabir.

— T'es tout d'même rien gironde, la môme! dit un *Joyeux* [1], enfant de Belleville exilé en Afrique, qui semblait en admiration devant Yasmina, quand, à son tour, elle descendit dans la salle.

Sérieuse et triste comme toujours, enveloppée dans sa résignation et dans son rêve, elle dansait, pour ces hommes dont elle serait la proie dès la fermeture du bouge.

Un brigadier indigène de spahis, qui avait connu Abd-el-Kader ben Smaïl et qui avait vu Yasmina, la reconnut.

— Tiens! dit-il. Voilà la femme d'Abd-el-Kader. L'homme aux *Traves,* la femme en boîte... ça roule, tout de même!

Et ce fut lui qui, ce soir-là, rejoignit Yasmina dans le réduit noir qui lui servait de chambre.

La pleine lune montait, là-bas, à l'Orient, derrière les dentelures assombries des montagnes de l'Aurès...

Une lueur bleuâtre glissait sur les murs et les arbres,

---

1. Joyeux : soldat d'une compagnie disciplinaire.

jetant des ombres profondes dans tous les renfoncements et les recoins qui semblaient des abîmes.

Au milieu du terrain vague et aride qui touche d'un côté à la muraille grise de la ville et à la Porte de Lambèse, et de l'autre aux premières pentes de la montagne, la mosquée s'élevait solitaire... Sans style et sans grâce de jour, dans la lumière magique de la lune, elle apparaissait diaphane et presque translucide, baignée d'un rayonnement imprécis.

Du côté du Village-Noir, des sons assourdis de *benadir* et de *gasba* retentissaient... Devant le café d'Aly Frank, une femme était assise sur le banc de bois, les coudes aux genoux, la tête entre les mains. Elle guettait les passants, mais avec un air d'indifférence profonde, presque de dégoût.

D'une maigreur extrême, les joues d'un rouge sombre, les yeux caves et étrangement étincelants, les lèvres amincies et douloureusement serrées, elle semblait vieillie de dix années, la charmante et fraîche petite Bédouine des ruines de Timgad...

Cependant, dans ce masque de douleur, presque d'agonie, déjà, l'existence qu'elle menait depuis trois années n'avait laissé qu'une ombre de tristesse plus profonde... Et, malgré tout, elle était belle encore, d'une beauté maladive et plus touchante...

Souvent, sa poitrine était douloureusement secouée par une toux prolongée et terrible qui teintait de rouge son mouchoir...

Le chagrin, l'alcool et les mille agents délétères au milieu desquels elle vivait avaient eu raison de sa robuste santé de petite nomade habituée à l'air pur de la plaine.

Cinq années après le départ de Jacques pour le Sud oranais, les fluctuations de la vie militaire l'avaient ramené à Batna.

YASMINA

Il y vint avec sa jeune femme, délicate et jolie Parisienne : ils s'étaient connus et aimés sur la Côte d'Azur, un printemps que Jacques, malade, était venu à Nice, en congé de convalescence.

Jacques s'était bien souvenu de ce qu'il appelait maintenant « son idylle bédouine » et en avait même parlé à sa femme... Mais tout cela était si loin et l'homme qu'il était devenu ressemblait si peu au jeune officier d'autrefois...

— J'étais alors un adolescent rêveur et enthousiaste. Si tu savais, ma chère, quelles idées ridicules étaient alors les miennes! Dire que j'ai failli tout abandonner pour cette petite sauvagesse... Si je m'étais laissé aller à cette folie, que serait-il advenu de moi? Dieu seul le sait!

Ah! comme il lui semblait ridicule, à présent, le petit lieutenant sincère et ardent des débuts!

Et il ne comprenait plus combien cette première forme de son *moi* conscient avait été meilleure et plus belle que la seconde, celle qu'il devait à l'esprit moderne vaniteux, égoïste et frondeur qui l'avait pénétré peu à peu.

Or, ce soir-là, comme il était sorti avec sa femme qui trouvait les quatre ou cinq rues rectilignes de la ville absolument dépourvues de charme, Jacques lui dit :

— Viens, je vais te montrer l'Éden des troupiers... Et surtout, beaucoup d'indulgence, car le spectacle te semblera parfois d'un naturalisme plutôt cru.

En route, ils rencontrèrent l'un des camarades de Jacques, également accompagné de sa femme. L'idée d'aller au Village-Noir leur plut, et ils se mirent en route. Soucieux, à juste raison, d'éclairer le chemin, Jacques avait un peu pris les devants, laissant sa femme au bras de son amie.

Mais, comme il passait devant le café d'Aly Frank, Yasmina bondit et s'écria :

— Mabrouk! Mabrouk! Toi!

Jacques avait, lui aussi, rien qu'à ce nom, reconnu Yasmina. Et un grand froid glacé avait envahi son cœur...

Il ne trouvait pas un mot à lui dire, à celle que son retour réjouissait si follement.

Il se maudissait mentalement d'avoir eu la mauvaise idée d'amener là sa femme... Quel scandale ne ferait pas, en effet, cette créature perdue de débauche quand elle saurait qu'elle n'avait plus rien à espérer de lui!

— Mabrouk! Mabrouk! Tu ne me reconnais donc plus? Je suis ta Smina! Regarde-moi donc, embrasse-moi! Oh! je sais bien, j'ai changé... Mais cela passera, je guérirai pour toi, puisque tu es là!...

Il préféra en finir tout de suite, pour couper court à cette aventure désagréable. Maintenant, il possédait presque en perfection cette langue arabe dont elle lui avait appris, jadis, les premières syllabes, et lui dit :

— Écoute... Ne compte plus sur moi. Tout est fini entre nous. Je suis marié et j'aime ma femme. Laisse-moi et ne cherche plus à me revoir. Oublie-moi, cela vaudra mieux pour nous deux.

Les yeux grands ouverts, stupéfaite, elle le regardait... Alors, c'était donc vrai! La dernière espérance qui la faisait vivre venait de s'éteindre.

Il l'avait oubliée, il était marié et il aimait la *roumia*, sa *femme!*... Et elle, elle qui l'avait adoré, il ne lui restait plus qu'à se coucher dans un coin et à y mourir comme un chien abandonné.

Dans son âme obscure, une révolte surgit contre l'injustice cruelle qui l'accablait.

Elle se redressa soudain, hardie, menaçante.

— Alors, pourquoi es-tu venu me chercher au fond de l'*oued*, dans mon *douar*, où je vivais paisiblement avec mes chèvres et mes moutons? Pourquoi m'y avoir poursuivie? Pourquoi as-tu usé de toutes les ruses, de tous les sortilèges pour me séduire, m'entraîner, me prendre ma virginité? Pourquoi avoir répété traîtreusement avec moi les paroles qui font musulman celui qui les prononce? Pourquoi m'avoir menti et promis de revenir un jour me reprendre pour toujours? Oh! j'ai toujours sur moi avec mes amulettes la terre que m'avait apportée le lieutenant Chaâmbi!... (Et elle tira de son sein une vieille enveloppe toute jaunie et déchirée, qu'elle brandit comme une arme, comme un irréfutable témoignage...) Oui, pourquoi, *roumi*, chien, fils de chien, viens-tu encore à cette heure, avec ta femme trois fois maudite, me narguer jusque dans ce bouge où tu m'as jetée, en m'abandonnant pour que j'y meure?

Des sanglots et une toux rauque et caverneuse l'interrompirent et elle jeta à la figure de Jacques son mouchoir ensanglanté.

– Tiens, chacal, bois mon sang! Bois et sois content, assassin!

Jacques souffrait... Une honte et un regret lui étaient venus en face de tant de misère. Mais que pouvait-il faire, à présent? Entre la nomade et lui, l'abîme s'était creusé, plus profond que jamais.

Pour le combler et, en même temps, pour se débarrasser à jamais de la malheureuse créature, il crut qu'il suffisait d'un peu d'or... Il tendit sa bourse à Yasmina :

– Tiens, dit-il... Tu es pauvre et malade, il faut te soigner. Prends ce peu d'argent... et adieu.

Il balbutiait, honteux tout à coup de ce qu'il venait d'oser faire.

Yasmina, immobile, muette, le regarda pendant une minute, comme jadis, là-bas, dans *l'oued* desséché de Timgad, à l'heure déchirante des adieux. Puis, brusquement, elle le saisit au poignet, le tordant et dispersant dans la poussière les pièces jaunes.

– Chien! lâche! *Kéfer!*

Et Jacques, courbant la tête, s'en alla pour rejoindre le groupe qui attendait non loin de là, masqué par des masures...

Yasmina était alors retombée sur son banc, secouée par des sanglots convulsifs... Samra, la négresse, était accourue au bruit et avait soigneusement recueilli les pièces d'or de l'officier. Samra enlaça de ses bras noirs le cou de son amie.

YASMINA

– Smina, ma sœur, mon âme, ne pleure pas... Ils sont tous comme ça, les *roumis*, les chiens fils de chiens... Mais avec l'argent qu'il t'a donné, nous achèterons des robes, des bijoux et des remèdes pour ta poitrine. Seulement, il ne faut rien dire à Aly, qui nous prendrait l'argent.

Mais rien ne pouvait plus consoler Yasmina.

Elle avait cessé de pleurer et, sombre et muette, elle avait repris sa pose d'attente... Attente de qui, de quoi?

Yasmina n'attendait plus que la mort, résignée déjà à son sort.

C'était écrit, et il n'y avait point à se lamenter. Il fallait attendre la fin, tout simplement... Tout venait de s'écrouler en elle et autour d'elle, et rien n'avait plus le pouvoir de toucher son cœur, de le réjouir ou de l'attrister.

Sa douleur était cependant infinie... Elle souffrait surtout de savoir Jacques vivant et si près d'elle... si près, et en même temps si loin, si loin!...

Oh! comme elle eût préféré le savoir mort, et couché là-bas dans ce cimetière des *roumis*, derrière la Porte de Constantine.

Elle eût pu – inconsciemment – revivre là les heures charmantes de jadis, les heures d'ivresse et d'amour vécues dans l'oued desséché.

Elle eût encore goûté là une joie douce et mélancolique, au lieu de ressentir les tourments effroyables de l'heure présente...

Et surtout, il n'eût point aimé une autre femme, une *roumia!*

Elle sentait bien qu'elle en mourrait de douleur atroce : jusque-là, seule l'espérance obstinée de revoir un jour Jacques, seule la volonté farouche de vivre encore pour le revoir lui avaient donné une force factice pour lutter contre la phtisie dévorante, rapide.

Maintenant, Yasmina n'était plus qu'une loque de chair abandonnée à la maladie et à la mort, sans résistance... D'un seul coup, le ressort de la vie s'était brisé en elle.

Mais aucune révolte ne subsistait plus en son âme presque éteinte.

C'était écrit, et il n'est point de remède contre ce qui est écrit.

Vers onze heures, un spahi permissionnaire passa. Il s'étonna de la voir encore là, le dos appuyé contre le mur, les bras ballants, la tête retombant.

– Hé, Smina! Que fais-tu là? Je monte?

Comme elle ne répondit pas, le beau soldat rouge revint sur ses pas.

– Hé bien! dit-il, surpris. A quoi penses-tu, ma fille... Ou bien tu es soûle?

Il prit la main de Yasmina et se pencha sur elle...

Le musulman se redressa aussitôt, un peu pâle.

– Il n'y a de force et de puissance qu'en Dieu! dit-il.

Yasmina la Bédouine n'était plus.

Note

Yasmina constitue sans doute l'un des premiers essais d'écriture d'Isabelle Eberhardt. C'est du moins ce qu'affirme René-Louis Doyon. D'après lui Isabelle en aurait livré la première version en la glissant « dans la boîte aux lettres d'un petit journal bônois en 1897 ». Mais nous n'avons retrouvé aucune trace d'une publication aussi précoce. A l'époque, Isabelle Eberhardt commençait à travailler aux premières ébauches d'un roman, presque autobiographique et jamais achevé, intitulé d'abord *A la Dérive*, et qui allait devenir plus tard *Le Trimardeur*.

Souvent reprise en de multiples versions au fur et à mesure des premiers voyages de son auteur, *Yasmina* devint cette longue nouvelle où toutes les maladresses de style d'un débutant n'ont pas été gommées.

Doyon, pour sa publication dans *Au Pays des sables* (Sorlot, 1944), avec le sous-titre « conte algérien », évoque un manuscrit réécrit : « d'une belle graphie d'élève consciencieuse », lors du deuxième séjour d'Isabelle Eberhardt à El Oued (août 1900-

YASMINA

février 1901). Mais dans ce recueil la nouvelle signée Mahmoud Saadi se termine par cette mention : Batna, juillet 1899.

On sait qu'à cette dernière date Isabelle était de passage à Batna et à Timgad. Venant de Tunis elle commençait un long voyage initiatique dans le Sahara, qui allait la conduire jusqu'à El Oued, au cœur du Grand Erg Oriental, dans le Sud constantinois.

Sans préjuger de l'existence de premières ébauches d'un thème si cher à Isabelle – la rencontre de l'Occident et de l'Orient à travers les personnages d'un lieutenant français et d'une jeune musulmane, repris entre autres dans *Le Major* (in *Au Pays des sables*) – la date de 1899 nous paraît plutôt celle où l'auteur croise pour la première fois les modèles qui lui serviront à construire ses personnages plutôt que celle d'une écriture définitive.

Au printemps 1901, contrainte de quitter El Oued, Isabelle revient à Batna, cette « triste » ville de garnison où elle a tout loisir de reprendre son sujet.

Ayant obtenu la nationalité française par son mariage avec Slimène Ehnni, le beau spahi rencontré à El Oued, à Marseille en octobre 1901 où elle était en exil, Isabelle peut revenir à Bône (Annaba) en 1902 et *Yasmina* paraîtra en feuilleton dans *Le Progrès de l'Est* à partir du 4 février.

Yasmina a donc été réécrite ou écrite en 1899 et 1902 pendant qu'Isabelle Eberhardt liait définitivement sa vie à celle de Slimène. Ce n'est sans doute pas un hasard.

Pleurs d'amandiers

A Maxime Noiré, le peintre des horizons en feu et des amandiers en pleurs.

Bou-Saada, la reine fauve vêtue de ses jardins obscurs et gardée par ses collines violettes, dort, voluptueuse, au bord escarpé de l'*oued* où l'eau bruisse sur les cailloux blancs et roses. Penchés comme en une nonchalance de rêve sur les petits murs terreux, les amandiers pleurent leurs larmes blanches sous la caresse du vent... Leur parfum doux plane dans la tiédeur molle de l'air, évoquant une mélancolie charmante...

C'est le printemps et, sous ces apparences de langueur, et de fin attendrie des choses, la vie couve, violente, pleine d'amour et d'ardeur, la sève puissante monte des réservoirs mystérieux de la terre, pour éclore bientôt en une ivresse de renouveau.

Le silence des cités du Sud règne sur Bou-Saada et, dans la ville arabe, les passants sont rares. Dans *l'oued* pourtant, circulent parfois des théories de femmes et de fillettes en costumes éclatants.

Mlahfa violettes, vert émeraude, rose vif, jaune citron, grenat, bleu de ciel, orange, rouges ou blanches brodées de fleurs et d'étoiles multicolores... Têtes coiffées du lourd édifice de la coiffure saharienne, composée de tresses, de mains d'or ou d'argent, de chaînettes, de petits miroirs et d'amulettes, ou couronnées de diadèmes ornés de plumes noires. Tout cela passe, chatoie au soleil, les groupes se forment et se déforment en un arc-en-ciel sans cesse changeant, comme des essaims de papillons charmants.

Et ce sont encore des groupes d'hommes vêtus et encapuchonnés de blanc, aux visages graves et bronzés, qui débouchent en silence des ruelles ocreuses...

Depuis des années, devant une masure en boue séchée au soleil ami, deux vieilles femmes sont assises du matin au soir. Elles portent des *mlahfa* rouge sombre, dont la laine épaisse forme des plis lourds autour de leur corps de momies. Coiffées selon l'usage du pays, avec des tresses de laine rouge et des tresses de cheveux gris teints au henné en orangé vif, elles portent de lourds anneaux dans leurs oreilles fatiguées, que soutiennent des chaînettes d'argent agrafées dans les mouchoirs de soie de la coiffure. Des colliers de pièces d'or et de pâte aromatique durcie, de lourdes plaques d'argent ciselé couvrent leurs poitrines affaissées ; à chacun de leurs mouvements rares et lents, toutes ces parures et les bracelets à clous de leurs chevilles et de leurs poignets osseux, tintent.

Immobiles comme de vieilles idoles oubliées, elles regardent, à travers la fumée bleue de leurs cigarettes, passer les hommes qui n'ont plus un regard pour elles, les cavaliers, les cortèges de noces, les caravanes de chameaux ou de mulets, les vieillards caducs qui ont été leurs amants, jadis... tout ce mouvement de la vie qui ne les touche plus.

Leurs yeux ternes, démesurément agrandis par le *kehol* leurs joues fardées quand même, malgré les rides, leurs lèvres rougies, tout cet apparat jette comme une ombre sinistre sur ces vieux visages émaciés et édentés.

... Quand elles étaient jeunes, Saâdia, à la fine figure aquiline et bronzée, et Habiba, blanche et frêle, charmaient les loisirs des Bou-Saâdi et des nomades.

Maintenant, riches, parées du produit de leur rapacité d'antan, elles contemplent en paix le décor chatoyant de la grande cité où le Tell se rencontre avec le Sahara, où les races d'Afrique viennent se mêler. Et elles sourient...

PLEURS D'AMANDIERS

à la vie qui continue immuable et sans elles, ou à leurs souvenirs... qui sait?

Aux heures où la voix lente et plaintive des *moueddhen* appelle les croyants, les deux amies se lèvent et se prosternent sur une natte insouillée, avec un grand cliquetis de bijoux. Puis elles reprennent leur place et leur songerie, comme si elles attendaient quelqu'un qui ne vient pas...

Rarement, elles échangent quelques paroles.

— Regarde, ô Saâdia, là-bas. Si Châlal, le cadi... Te souviens-tu du temps où il était mon amant? Quel fringant cavalier c'était alors! Comme il enlevait adroitement sa jument noire! Et comme il était généreux, quoique simple adel encore. A présent, il est vieux... Il lui faut deux serviteurs pour le faire monter sur sa mule aussi sage que lui, et les femmes n'osent plus le regarder en face... lui dont je mangeais les yeux de baisers!

— Oui... Et Si Ali, le lieutenant, qui, simple spahi, était venu avec Si Çhâlal, et que j'ai tant aimé? T'en souviens-tu? Lui aussi, c'était un cavalier hardi et un joli garçon... Comme j'ai pleuré, quand il est parti pour Médéah! Lui, il riait, il était heureux; on venait de le nommer brigadier et il m'oubliait déjà... Les hommes sont ainsi... Il est mort l'an dernier... Dieu lui accorde sa miséricorde!

Parfois, elles chantent des couplets d'amour qui sonnent étrangement dans leurs bouches à la voix chevrotante, presque éteinte déjà.

Et elles vivent ainsi, insouciantes, parmi les fantômes des jours passés, attendant que l'heure sonne.

... Le soleil rouge monte lentement derrière les montagnes drapées de brume légère. Une lueur pourpre passe à la face des choses, comme un voile de pudeur. Les rayons naissants sèment des aigrettes de feu à la cime des dattiers et les coupoles d'argent des *marabouts* semblent en or mas-

YASMINA

sif. Pendant un instant, toute la vieille ville fauve flambe, comme calcinée par une flamme intérieure, tandis que les dessous des jardins, le lit de *l'oued,* les sentiers étroits demeurent dans l'ombre, vagues, comme emplis d'une fumée bleue qui délaye les formes, adoucit les angles, ouvrant des lointains de mystère entre les petits murs bas et les troncs ciselés des dattiers... Sur le bord de la rivière, la lueur du jour incarnadin teinte en rose les larmes éparses, figées en neige candide, des amandiers pensifs.

Devant la demeure des deux vieilles amies, le vent frais achève de disperser la cendre du foyer éteint, qu'elle emporte en un petit tourbillon bleuâtre. Saâdia et Habiba ne sont pas à leur place accoutumée.

A l'intérieur, une plainte tantôt rauque, tantôt stridente, monte. Autour de la natte sur laquelle Habiba est couchée, tel un informe paquet d'étoffe rouge, sur l'immobilité raide duquel les bijoux scintillent étrangement, Saâdia et d'autres amoureuses d'antan se lamentent, se déchirant le visage à grands coups d'ongles. Et le cliquetis des bijoux accompagne en cadence la plainte des pleureuses.

A l'aube, Habiba, trop vieille et trop usée, est morte sans agonie, bien doucement, parce que le ressort de la vie s'était peu à peu brisé en elle.

... On lave le corps à grande eau, on l'entoure de linges blancs sur lesquels on verse des aromates, puis on le couche, le visage tourné vers l'Orient. Vers midi, des hommes viennent qui emportent Habiba vers l'un des cimetières sans clôture où le sable du désert roule librement sa vague éternelle contre les petites pierres grises, innombrables.

C'est fini... Et Saâdia, seule désormais, a repris sa place. Avec la fumée bleue de son éternelle cigarette achève de s'exhaler le peu de vie qui reste encore en elle, tandis que sur les rives de *l'oued* ensoleillé et dans l'ombre des jardins, les amandiers finissent de pleurer leurs larmes blanches, en un sourire de tristesse printanière...

PLEURS D'AMANDIERS

Note

Datée du 3 février 1903, *Pleurs d'amandiers* fut écrite sur le vif, alors qu'Isabelle Eberhardt séjournait à Bou-Saada, l'une des premières oasis à l'avant-goût de désert, située à environ 250 kilomètres au sud-est d'Alger.

Cette nouvelle est dédiée à Maxime Noiré, peintre d'origine métropolitaine envoyé officiellement en 1903 par le gouvernement en Algérie pour y réaliser des paysages et des portraits. Isabelle a dû ajouter cette dédicace quelques mois après l'écriture de la nouvelle car elle n'a rencontré Maxime Noiré qu'à l'automne, dans une autre région.

Curieusement Bou-Saada est la ville qu'avait choisie Étienne Dinet, un peintre tout différent, converti à l'islam, pour y vivre, et qu'Isabelle n'a probablement jamais rencontré.

Pleurs d'amandiers publiée dans l'*Akhbar* en 1903 a d'abord été sélectionnée par Victor Barrucand pour *Notes de route* (Fasquelle, 1908) puis reprise dans *Pages d'Islam* (Fasquelle, 1920) avec d'infimes variantes.

Fiancée

Mohammed passa sa main droite sur sa fine barbe naissante.

— Tiens, dit-il solennellement, que l'on me rase celle-ci et que je devienne semblable à une femme, si je ne tiens pas parole, et si je ne te fais pas entrer sous la tente de mon père, ô Emmbarka! Si je t'oublie, que mes deux yeux deviennent aveugles et que je finisse ma vie en mendiant au nom de Dieu!

Emmbarka, affalée sur le lourd *ferach* (tapis de lit) multicolore, pleurait lentement.

Son corps avait la sveltesse gracile de la jeunesse, et son visage ovale, à la peau ambrée et veloutée, était d'une fraîcheur charmante. Ses yeux, très longs et très noirs, étaient rougis par les larmes qu'elle ne cessait de verser depuis la veille, quand Mohammed était venu lui annoncer son départ pour le Sud oranais, avec le *goum* de sa tribu.

— Oui, tu dis cela maintenant, et puis tu vas partir pour la guerre, et si même Dieu te ramène vivant, tu auras oublié Emmbarka, la pauvre Emmbarka qui n'est rien!

Mohammed se pencha vers elle et l'enlaça, essuyant tendrement ses larmes.

— Ne pleure pas, la vie et la mort, et le cœur de l'homme sont entre les mains de Dieu. Quant à moi, je n'ai qu'une parole, et Dieu me maudisse, si j'oublie les serments du jour présent! Pour toi j'ai laissé dans l'abandon ma femme, mère de mon fils, et j'ai été sans cesse tracassé par mon père... Reste en paix, Emmbarka, et attends mon retour, en comptant sur Dieu et sur moi!

Comme il allait s'attendrir, Mohammed se leva et sortit brusquement; il ne convenait pas à un homme, à un *djouad* (noble), de pleurer devant une femme.

Et Emmbarka demeura seule dans sa misérable chambre, boutique blanchie à la chaux, dans l'une des ruelles boueuses et désertes d'Aflou.

Quelques mois auparavant, comme il chassait dans la montagne, Mohammed ould Abdel Kader, fils d'une des plus grandes tentes du Djebel Amour, avait rencontré Emmbarka près d'un *redir* où elle emplissait sa grande amphore de terre cuite. A peine nubile, sous ses haillons de nomade, Emmbarka était déjà belle et Mohammed l'avait convoitée. Elle avait cédé, avec la passivité des filles de sa race : Mohammed était beau, jeune, de haute lignée et généreux, de cette insouciante générosité arabe qui touche à la prodigalité.

Comme il rentrait à Aflou, elle l'avait suivi, s'installant parmi les filles de joie dont les robes aux couleurs éclatantes jettent leur note gaie sur le fond de pierre grise, de terre rosée et de verdure sombre de cette minuscule capitale prostituée traditionnellement [1].

Et Mohammed, quittant la tente paternelle sous tous les prétextes imaginables, venait la rejoindre, obstinément, malgré la colère de son père et les remontrances de tous les notables musulmans.

Entre Mohammed et Emmbarka était né un de ces étranges amours, violent et tendre à la fois, comme il y en a tant entre Arabes de sang noble, de situation en vue, et prostituées obscures.

Mohammed comblait sa maîtresse de cadeaux, s'endettant pour elle, bravant avec une rare audace les suites de sa conduite.

---

1. Aflou : ville des Ouled Naïl; est réputée ainsi que sa région pour ses femmes car elles étaient les seules en Algérie à pouvoir se prostituer afin de se constituer une fortune qui leur permettait ensuite de prendre époux.

FIANCÉE

L'ordre de partir avec le *goum* de son oncle le caïd avait surpris Mohammed en plein rêve. Il obéissait, à contrecœur; quelques mois auparavant il fût parti heureux, plein d'entrain et d'orgueil : pour lui c'était la guerre, sous son aspect attirant et grisant de grande fantasia dangereuse.

... Le soleil se levait à peine, tout rouge, au-dessus des collines pierreuses, colorées de teintes virginales, d'un rose pâle, infiniment limpide. Le premier vent frais d'automne murmurait dans les peupliers argentés, le long des avenues françaises.

Les nomades en *burnous* blancs ou noirs, encapuchonnés, défilèrent sur leurs maigres petits chevaux ardents.

Ils étaient fiers de leurs cartouchières et de leurs fusils, les *goumiers,* et ils traversèrent sans nécessité toute la ville, attirant les femmes mal éveillées sur le seuil de leurs portes. Et c'étaient des adieux sans fin, des plaisanteries échangées au passage, avec les belles tatouées.

Mohammed excitait à plaisir son bel étalon bai qui bondissait joyeusement à la tête du *goum.* Avec sa veste bleu de ciel, toute chamarrée d'or, ses bottes rouges et ses *burnous* de fine soie blanche, le nomade avait grand air. Son *lithoua* de mousseline immaculée encadrait son visage régulier et pur, aux méplats de bronze poli, et adoucissait d'une ombre légère l'éclat superbe de ses yeux roux.

Devant la porte d'Emmbarka, il s'arrêta et se penchant sur sa selle en peau de panthère brodée d'argent, il dit un adieu ému et discret à Emmbarka qui attendait là depuis l'aube, parée et immobile comme une idole sous ses mousselines transparentes et ses foulards de brocart.

Pâle et soucieuse, elle lui sourit et le suivit des yeux,

tant qu'il fut en vue, caracolant parmi ses hommes, sur le plateau grisâtre que les thuyas piquaient de taches sombres.

Les jours et les semaines s'écoulèrent, monotones pour Emmbarka, pleins d'imprévu d'abord pour Mohammed, puis voilés de lourd ennui.

En effet, il avait vite éprouvé une grande désillusion : au lieu des escarmouches rêvées, des coups de fusil et des exploits de guerre, il avait été astreint à de longues marches lentes, sans charme, sur les pistes désertes de l'extrême sud, à la suite des convois de chameaux.

Pas la moindre attaque, seuls quelques coups de fusil entendus de loin, parfois.

Les *goumiers* impatients descendirent jusqu'à Beni-Abbès sans encombre. Puis, on les envoya à Béchar : là, sûrement, la poudre parlerait. Il n'en fut rien, et ils rentrèrent mécontents et las. Puis, ce fut vers Ich et Attatiale qu'on les lança. On parlait d'une *harka* importante de Beni-Guil[1] à poursuivre... Les *goumiers* trouvèrent, après des marches forcées dans la montagne et la brousse, une quinzaine de tentes délabrées et pouilleuses, quelques vieillards impotents et des femmes qui se jetaient à leurs pieds en se lamentant et en demandant du pain.

Le soir, autour des feux clairs, dans leurs campements de hasard, les cavaliers du Djebel Amour commençaient à murmurer : décidément, ou bien les *roumis* avaient peur des bandits de l'ouest, ou bien ils ne savaient pas faire la guerre, puisqu'ils n'attaquaient pas, perdant le temps en marches inutiles!

Les nomades primitifs ne comprenaient rien à cette guerre moderne, doublée de politique, à cette « police » pacifique en plein territoire étranger. Si on les avait laissés faire, eux, c'eût été bien autre chose : puisque c'étaient

---

1. Beni-Guil, Doui-Menia, Ouled-Djerir, Beraber : tribus marocaines insoumises.

FIANCÉE

les Beni-Guil, les Doui-Ménia dissidents, les terribles Ouled-Djerir et les insaisissables Beraber [1] qu'on devait combattre, ils les auraient cherchés et exterminés, jusqu'au fond du Tafilala!

Comme le *goum* rentrait de Béchar, par une journée brumeuse et froide, il s'engagea dans un défilé pierreux, entouré de collines peu élevées, arides.

Les chevaux fatigués avançaient lentement, la tête basse. C'était le ramadhan, et les *goumiers*, que le jeûne rendait maussades, se taisaient, roulés dans leurs *burnous* poudreux.

Brusquement, deux ou trois coups de feu crépitèrent dans le silence. Un cheval s'abattit.

L'officier arrêta le convoi et les *goumiers* firent face au coteau déchiqueté où devait être l'ennemi invisible.

Le feu recommença, habile, meurtrier. Les *goumiers* ripostaient avec entrain, mais leurs balles devaient se perdre inutilement dans les rochers, tandis qu'ils étaient vus, donc fusillés à coup sûr.

Bien peu d'entre les cinquante *goumiers* du Djebel Amour s'échappèrent, avec leur officier français blessé, du sinistre défilé.

Bou Hafs, le cousin de Mohammed, ne l'avait pas quitté un instant. Le cœur du nomade bondissait de joie et d'émotion : enfin, c'était la guerre, la vraie guerre, et il tirait comme les autres, au hasard, criant des injures aux bandits, aux lâches qui n'osaient se montrer.

Quand Mohammed, la poitrine traversée par une balle, roula sur le sol pierreux, le *goum* fuyait. Bou Hafs sauta à terre, saisit le corps de son cousin et le jeta en travers de sa selle. Puis, remontant à cheval, sous une grêle de plomb, il rejoignit le *goum* au galop.

– Les chiens ne se moqueront pas du fils d'Abdel Kader! dit Bou Hafs.

YASMINA

Et Mohammed dormit son dernier sommeil sur le bord de la route de Béchar, dans la terre rouge.

Le soir d'hiver tombait, fuligineux, sur Aflou. Une vingtaine de cavaliers loqueteux passèrent au grand trot sur leurs chevaux fourbus. Sombres, ils répondaient à peine aux questions des femmes accourant en masse, vol gracieux de papillons multicolores.

Emmbarka, pâlie et maigrie, questionna du geste Bou Hafs qui passait, silencieux, drapé dans son grand *burnous* noir tout en lambeaux.

— Dieu lui accorde sa miséricorde! et Bou Hafs continua son chemin, sans même se retourner au long cri de bête blessée d'Emmbarka. Elle se déchirait le visage, affalée à terre, devant sa porte, repoussant les femmes qui essayaient de la consoler...

Emmbarka, parée de soie rose et de foulards lamés d'or, sous ses longs voiles de mousseline brodée, glisse sur les dalles, tandis que ses hanches ondulent voluptueusement.

Sur un banc, une *ghaïta* criarde jette sa note de grande tristesse sauvage, soutenue par le battement sonore des tambourins. Et Emmbarka récolte des pièces blanches que les hommes lui glissent entre les lèvres.

En attendant que quelque spahi ou quelque bédouin l'appelle pour une nuitée d'amour, elle retourne ensuite à son banc. Mais son œil est sombre, ses lèvres sans sourire : elle se souvient toujours du beau Mohammed, l'amant élu qui dort là-bas dans le Moghrib lointain.

FIANCÉE

Note

Il existe deux versions de cette nouvelle qu'Isabelle Eberhardt écrivit alors qu'elle séjournait à Aflou, en décembre 1903. *Fiancée* est la première; la deuxième, intitulée *Deuil,* parut dans la *Dépêche algérienne* en 1904 et sous ce titre, *Danseuse,* dans *Notes de route* (1908).

Fiancée reprend avec des variantes (géographiques, notamment) l'un des thèmes de *Yasmina* et de bien d'autres portraits de femmes, prostituées par amour, et condamnées pour cela au malheur de l'abandon ou de la mort.

Dans ce texte, comme elle vivait dans le Sud oranais depuis deux mois, au milieu des bédouins enrôlés dans l'armée coloniale (goumiers, spahis...), Isabelle utilise en toile de fond la guerre tribale qui oppose les rebelles marocains et leurs ennemis ancestraux algériens placés sous l'autorité de la France.

Fiancée a été éditée par Barrucand dans *Pages d'Islam* (Fasquelle, 1920).

Le portrait de l'Ouled-Naïl

Exposé aux regards curieux des étrangers, dans toutes les vitrines de photographes, il est un portrait de femme du Sud au costume bizarre, au visage impressionnant d'idole du vieil Orient ou d'apparition... Visage d'oiseau de proie aux yeux de mystère. Combien de rêveries singulières et peut-être, chez quelques âmes affinées, de presciences de ce Sud morne et resplendissant a évoquées ce portrait d'« Ouled-Naïl » chez les passants qui l'ont contemplé, que son effigie a troublés?

Mais qui connaît son histoire, qui pourrait supposer que, dans la vie ignorée de cette femme, d'un ailleurs à la fois si proche et si lointain, s'est déroulé un vrai drame humain, que ces yeux d'ombre, ces lèvres arquées ont souri au fantôme du bonheur!

Tout d'abord, cette appellation d'« Ouled-Naïl » appliquée au portrait d'Achoura ben Saïd est fallacieuse : Achoura, qui existe encore sans doute au fond de quelque *gourbi* bédouin, est issue de la race farouche des Chaouïya de l'Aurès.

Son histoire, mouvementée et triste, est l'une de ces épopées de l'amour arabe, qui se déroulent dans le vieux décor séculaire des mœurs figées et qui n'ont d'autres rhapsodes que les bergers et les chameliers, improvisant, avec un art tout intuitif et sans artifices, des complaintes longues et monotones comme les routes du désert, sur les amours de leur race, sur les dévouements, les vengeances, les *nefra* et les *rezzou*.

Fille de bûcheron, Achoura avait longtemps poursuivi l'indicible rêve de l'inconscience en face des grands horizons bleus de la montagne et de ses sombres forêts de cèdres. Puis, mariée trop jeune, elle avait été emmenée par son mari dans la triste et banale Batna, ville de casernes et de masures, sans passé et sans histoire. Cloîtrée, en proie à l'ennui lourd d'une existence pour laquelle elle n'était pas née, Achoura avait connu toutes les affres du besoin inassouvi de la liberté. Répudiée bientôt, elle s'était fixée dans l'une des cahutes croulantes du Village-Nègre, complément obligé des casernes de la garnison.

Là, sa nature étrange s'était affirmée. Sombre et hautaine envers ses semblables et les clients en vestes ou en pantalons rouges, elle était secourable pour les pauvres et les infirmes.

Comme les autres pourtant, elle s'enivrait d'absinthe et passait de longues heures d'attente assise sur le pas de sa porte, la cigarette à la bouche, les mains jointes sur son genou relevé. Mais elle conservait toujours cet air triste et grave qui allait si bien à sa beauté sombre et, dans ses yeux au regard lointain, à défaut de pensée, brûlait la flamme de la passion.

Un jour, un fils de grande tente, Si Mohammed el Arbi, dont le père était titulaire d'un *aghalik* du Sud, remarqua Achoura et l'aima. Audacieux et beau, capable de passions violentes, le jeune chérif fit le bonheur de la Chaouïya, le seul bonheur qui lui fût accessible : âpre et mêlé de souffrance. Jaloux, blessé dans son orgueil par de basses promiscuités, Si Mohammed el Arbi souffrit de voir Achoura au Village-Nègre, à la merci des soldats. Mais l'en retirer eût été un scandale, et le jeune chérif craignait la colère paternelle...

Comme il arrive pour toutes les créatures d'amour, Achoura se sentit naître à une vie nouvelle. Il lui sembla n'avoir jamais vu le soleil dorer la crête azurée des mon-

LE PORTRAIT DE L'OULED-NAÏL

tagnes et la lumière se jouer capricieusement dans les arbres touffus de la montagne. Parce que la joie était en elle, elle sentit une joie monter de la terre, comme elle alanguie en un éternel amour.

Achoura, comme toutes les filles de sa race, regardait le trafic de son corps comme le seul gage d'affranchissement accessible à la femme. Elle ne voulait plus de la claustration domestique, elle voulait vivre au grand jour et elle n'avait point honte d'être ce qu'elle était. Cela lui semblait légitime et ne gênait pas son amour pour l'élu, car l'idée ne lui vint même jamais d'assimiler leurs ineffables ivresses à ce qu'elle appelait du mot sabir et cynique de « coummerce »...

Achoura aima Si Mohammed el Arbi. Pour lui, elle sut trouver des trésors de délicatesse d'une saveur un peu sauvage.

Jamais personne ne dormit sur le matelas de laine blanche réservé au chérif et aucun autre ne reposa sa tête sur le coussin brodé où Si Mohammed el Arbi reposa la sienne... Quand il devait venir, elle achetait chez les jardiniers *roumi* une moisson de fleurs odorantes et les semait sur les nattes, sur le lit, dans toute son humble chambre où, du décor habituel des orgies obligées, rien ne restait... Le taudis qui abritait d'ordinaire tant de brutales ivresses et de banales débauches devenait un délicieux, un mystérieux réduit d'amour.

Impérieuse, fantasque et dure envers les hommes, Achoura était, pour le chérif, douce et soumise sans passivité. Elle était heureuse de le servir, de s'humilier devant lui, et ses façons de maître très despotique lui plaisaient. Seule, la jalousie de l'aimé la faisait parfois cruellement souffrir. Les exigences de la condition d'Achoura blessaient bien un peu la délicatesse innée du chérif, mais il voulait bien, se faisant violence, les accepter, pour ne pas s'insurger ouvertement contre les coutumes, en affichant une liaison presque maritale. Mais ce qu'il craignait et ce dont le soupçon provoquait chez lui des colères d'une violence terrible, c'était l'*amour* des autres, c'était de la *sincérité* dans les relations d'Achoura avec les inconnus qui venaient quand le maître était absent. Il avait la méfiance de sa race et le soupçon le tourmentait.

Un jour, sur de vagues indices, il crut à une trahison. Sa colère, avivée encore par une sincère douleur, fut terrible. Il frappa Achoura et partit, sans un mot d'adieu ni de pardon.

Si Mohammed el Arbi habitait un *bordj* solitaire dans la montagne, loin de la ville. A pied, seule dans la nuit glaciale d'hiver, Achoura alla implorer son pardon. Le matin, on la trouva devant la porte du *bordj* affalée dans la neige. Touché, Si Mohammed el Arbi pardonna.

Apre au gain et cupide avec les autres, Achoura était très désintéressée envers le chérif; elle préférait sa présence à tous les dons.

Un jour, le père du jeune homme apprit qu'on parlait de la liaison de son fils avec une femme du village.

Il vint à Batna, et sans dire un mot à Si Mohammed el Arbi, obtint l'expulsion immédiate d'Achoura.

Éplorée, elle se réfugia dans l'une des petites boutiques de la rue des Ouled-Naïl, dans la tiédeur chaude et odorante de Biskra.

Malgré son père, Si Mohammed el Arbi profita de toutes les occasions pour courir revoir celle qu'il aimait. Et, comme ils avaient souffert l'un pour l'autre, leur amour devint meilleur et plus humain.

... Aux heures accablantes de la sieste, accoudée sur son matelas, Achoura se perdait en une longue contemplation des traits adorés, reproduits par une photographie fanée qu'elle couvrait de baisers... Ainsi, elle attendait les instants bénis où il venait auprès d'elle et où ils oubliaient la douloureuse séparation.

Mais, le bonheur d'Achoura ne fut pas de longue durée. Si Mohammed el Arbi fut appelé à un caïdat opulent du Sud, et partit, jurant à Achoura de la faire venir à Touggourt, où elle serait plus près de lui.

LE PORTRAIT DE L'OULED-NAÏL

Patiemment, Achoura attendit. Les lettres du caïd étaient sa seule consolation, mais bientôt elles se firent plus rares. Si Mohammed el Arbi, dans ce pays nouveau, dans cette vie nouvelle si différente de l'ancienne toute d'inaction et de rêve, s'était laissé griser par d'autres ivresses et captiver par d'autres yeux. Et le jour vint où le caïd cessa d'écrire... Pour lui, la vie venait à peine de commencer. Mais, pour Achoura, elle venait de finir.

Quelque chose s'était éteint en elle, du jour où elle avait acquis la certitude que Si Mohammed el Arbi ne l'aimait plus. Et, avec cette lumière qui était morte, l'âme d'Achoura avait été plongée dans les ténèbres. Indifférente désormais et morne, Achoura s'était mise à boire, pour oublier. Puis elle revint à Batna, attirée sans doute par de chers souvenirs. Là, dans les bouges du village, elle connut un spahi qui l'aima et qu'elle subjugua sans qu'il lui fût cher. Alors, comme le spahi avait été libéré, elle vendit une partie de ses bijoux, ne gardant que ceux qui lui avaient été donnés par le chérif. Elle donna une partie de son argent à des pèlerins pauvres partant pour La Mecque et épousa El Abadi qui, joueur et ivrogne, ne put se maintenir dans la vie civile et rengagea.

Achoura rentra dans l'ombre et la retraite du foyer musulman, où elle mène désormais une vie exemplaire et silencieuse.

Elle s'est réfugiée là pour songer en toute liberté à Si Mohammed el Arbi, le beau chérif qui l'a oubliée depuis longtemps et qu'elle aime toujours.

Note

Achoura, prostituée, sauvée puis renvoyée à sa condition par l'amour-passion où elle se laisse entraîner sans retenue, n'est pas une vraie « Ouled-Naïl ». Mais, Ouled-Naïl ou non, ces femmes fardées et soumises aux regards des hommes ont des histoires semblables.

YASMINA

Isabelle Eberhardt a fait plusieurs séjours à Batna et à Biskra, hauts lieux de la prostitution où elle situe sa nouvelle : en 1899, lors de son premier voyage vers le Sud constantinois et en 1901, après l'attentat de Béhima.

Lors de ces séjours, elle a visité les Ouled-Naïl et écouté leurs histoires. Ce portrait, publié par la *Dépêche algérienne* en 1903 et par l'*Akhbar* en 1905, fait aussi partie de *Pages d'Islam* (Fasquelle, 1920).

Tessaadith

Quelques maisons bâties en briques de terre sèche, couvertes en *diss;* quelques *gourbis* défendus par des branchages épineux sur un plateau incliné; des landes de pins et de thuyas odoriférants alternant avec de maigres champs d'orge ou de blé. Décor sauvage et triste, village fruste et misérable, tel était le *douar* des Ouled Mokrane où avait grandi Tessaadith.

Elle était la fille du vieux Rezgui, le *cheikh* de la tribu, dont la maison, un peu plus grande que les autres, était – luxe inouï – couverte en tuiles rouges.

Rezgui était un grand vieillard maigre et bronzé, calme et sévère. En dehors de ses fonctions, il aimait s'en aller, sur son petit cheval gris, indocile, à travers la montagne, son long fusil attaché à l'arçon. Il chassait ou il rêvait – personne ne le savait –, car Rezgui était silencieux. Sa vieille femme Mabrouka lui avait donné un seul enfant, une fille, et la joie ne régnait point dans la demeure du *cheikh*.

Tessaadith, depuis qu'elle avait commencé à trotter toute seule dans les ruelles du *douar*, avait aidé sa mère dans l'humble ménage de montagnards. Elle avait atteint l'âge nubile – onze ans – sans jamais être descendue à Batna, la grande ville où il y a les *roumis,* et que l'on apercevait du haut de la montagne où la jeune fille faisait paître les vaches et les chèvres de son père.

Un jour glacial d'hiver, quand le vent du Nord faisait

fureur dans les pinèdes ensevelies sous la neige, Tessaadith avait appris qu'elle serait bientôt mariée à un saharien, marchand de céréales de sa tribu.

Il lui plaisait d'entendre parler de cette terre du Sud, lointaine, presque chimérique, terre de soleil où, disait-on, il faisait toujours chaud et d'où venaient les dattes qu'elle ne connaissait que pressées dans des *mezzouidh,* peaux tannées de mouton.

Et l'imagination fruste de l'enfant sauvage essayait vainement de se représenter ce que serait sa vie là-bas dans ce pays inconnu, où on parlait arabe. Tessaadith ne comprenait que le chaouï, l'idiome berbère de l'Aurès, et où les femmes ne sortaient que rarement et voilées, tandis que dans son *douar*, les Chaouïyas circulaient presque librement, le visage découvert.

Les Chaouïyas, ceux de l'Aurès surtout, sont une race pauvre, fruste, au caractère sombre et obstiné, ils n'aiment point leurs voisins de la plaine, les Arabes et, quoique musulmans, ils ont conservé les usages et les mœurs de leurs ancêtres.

Moins bien doués, moins industrieux et plus sauvages que les Kabyles et les Mozabites, quoique de même origine qu'eux, les Chaouïyas sont pasteurs, chasseurs et cultivateurs, mais d'une façon très primitive. Leur caractère est ombrageux et violent et la sécurité est loin de régner dans leur pays.

La femme chaouï, à l'encontre de la femme arabe, douce et soumise, a une nature tourmentée, vindicative et même, chose étrange, despotique, surtout en amour.

Tout cela sommeillait déjà dans l'âme de Tessaadith. Mais, avec ses compagnes, elle était déjà autoritaire, dure, et exigeait d'elles une obéissance passive. Elle était crainte et point aimée.

Cependant, Tessaadith était la plus belle d'entre les filles des Ouled Mokrane. Ses yeux, surtout, d'un noir velouté, larges et bien fendus comme ceux des gazelles, avaient un charme particulier malgré le regard sauvage et presque farouche qui y brillait souvent. Elle portait avec grâce les voiles bleus, la coiffure compliquée recouverte d'un mouchoir noir et la *taaba*, pièce de mousseline qui descend de la tête jusqu'au bas de la robe, couvrant le dos, et que l'on attache sous le menton au moyen d'une agrafe d'argent. Comme son père était riche, elle avait beaucoup de beaux bracelets d'argent aux poignets et aux chevilles de ses pieds nus et, à chacun de ses mouvements, tout cela sonnait en cadence.

Rezgui aimait son unique enfant, mais ne lui prodiguait jamais de caresses. Elle le vénérait et le craignait tout comme sa mère, qui avait toute sa vie été la servante soumise de son *cheikh*. Mabrouka ne ressemblait point aux autres femmes de sa race : c'était un être insignifiant, doux et effacé.

Tessaadith n'avait, ni au physique ni au moral, rien de sa mère et celle-ci hochait la tête, prédisant à sa fille bien des malheurs si elle ne changeait pas de caractère...

Du jour où Tessaadith avait quitté son *douar* solitaire pour suivre son mari, les sujets d'étonnement et d'admiration n'avaient cessé d'être semés à chaque pas. Batna, d'abord, dont elle n'avait presque rien vu, tenue cachée chez une parente du fiancé, puis le chemin de fer... Dans le coin du compartiment des femmes seules où on l'avait installée, elle était d'abord demeurée craintive, presque tremblante. Tout cela était si nouveau, si inouï!

On lui avait recommandé de ne pas relever les rideaux, de ne pas ôter son voile.

Ainsi, de la route, elle ne vit rien... Mais, presque tout de suite le froid glacial de Batna avait fait place à une chaleur douce et pénétrante...

Enfin le train s'arrêta pour la dernière fois, la portière s'ouvrit et Tessaadith aperçut le vieillard auquel on l'avait donnée et avec qui elle n'avait pas échangé dix paroles depuis quatre jours qu'elle était son épouse.

Vite, elle s'engouffra dans une voiture dont son mari, Si Larbi, baissa les stores en crin...

YASMINA

Tandis que la voiture roulait, Tessaadith, qui eût voulu soulever un coin du rideau, mais qui n'osait, sentait une langueur singulière l'envahir, comme une lassitude très douce. Un parfum suave et pénétrant montait vers elle des invisibles jardins.

Puis, après quelques cahots, la voiture s'arrêta et Tessaadith entra dans une sorte de corridor étroit au-dessus duquel se rejoignaient les frondaisons bleues des palmiers... au-dessus des murs en *toub* ocreux... Plus haut encore, c'était un ciel d'un bleu profond et un soleil éblouissant. Un grand silence régnait là, que troublait seul le bourdonnement innombrable des mouches.

Tessaadith, son voile relevé, se trouva dans une cour aux murs irréguliers percés de portes et de fenêtres simplement fermées par des rideaux et où poussait un grand figuier et encore un arbre tout étoilé de fleurs violettes, odorantes, que Tessaadith ne connaissait pas.

Des jeunes femmes en costume mauresque entourèrent la nouvelle venue avec des cris de joie, des éclats de rire. Elles s'embrassèrent, lui souhaitant la bienvenue en arabe. Elle, farouche et apeurée, ne comprenant pas, rougissait, répondait à peine, en chaouï, ce qui redoublait la gaîté des jeunes femmes.

Les musulmans peu fortunés, qui n'ont point de maison pour eux seuls, logent plusieurs familles ensemble. Les femmes vivent en sœurs, quoique les disputes soient fréquentes, travaillent en commun et s'entraident mutuellement. Entre voisins, on ne cache pas les femmes, à la longue. Les premiers temps, en entrant les hommes crient : *Trik!* (chemin) et toutes les voisines s'enfuient comme un vol d'oiseaux légers. Si Larbi, le mari de Tessaadith, propriétaire de la maison, dont il louait les pièces sauf deux, où il vivait, était âgé et respecté. Cependant, il n'adressait la parole aux jeunes femmes que rarement, et seulement pour leur parler des choses de la vie courante, quand les circonstances l'y obligeaient...

Et Tessaadith était là, dans ce milieu nouveau, telle

TESSAADITH

une fleur sauvage de la montagne transplantée tout à coup dans le sol plus fertile, parmi la végétation plus luxuriante de la vallée.

Tels furent les débuts de Tessaadith dans la vie réelle, après le rêve vaguement mélancolique de son enfance.

Deux années s'étaient écoulées.

Tessaadith n'avait point eu d'enfants, mais, là encore, parmi toutes ces mauresques craintives et accoutumées à la sujétion, elle avait pris une place à part, les dominant, les conseillant, à présent qu'elle savait l'arabe, comme une personne âgée et d'expérience.

Elle n'avait jamais éprouvé aucun sentiment affectueux, non seulement amoureux, pour son époux, qui était resté pour elle un étranger, obéi et redouté jusqu'à un certain point, car elle n'avait jamais annihilé sa personnalité, mais elle gardait pour elle ses réflexions, et aussi, comme on dut le voir dans la suite, ses résolutions.

Son mari, Chaouï typique, l'estimait pour son caractère sérieux et silencieux, pour la manière dont elle savait en imposer aux voisines et faire régner la paix et l'accord parmi elles. Si Larbi ne regrettait que la stérilité de sa jeune femme. Il était vieux et eût voulu avoir un fils.

La fleurette sauvage et parfumée des Ouled Abdi s'était épanouie, superbe. Sa beauté était plus expressive que douce et son visage avait une expression de fierté insolite chez une femme aussi strictement cloîtrée. Cette femme eût pu impressionner même l'homme le plus raffiné, le plus intellectuel, car elle n'était pas que chair à volupté. Il y avait une pensée dans sa tête voilée et tout un monde de passion dans son âme.

Certes, Tessaadith, illettrée et ignorante, n'avait point une conscience nette de sa propre nature. Seulement, d'instinct, elle sentait qu'elle n'était point faite pour la vie qu'elle menait. Elle se soumettait à la destinée, gravement, sans plainte. De ce qu'elle sentait, de ce qu'elle pensait vaguement, elle ne révélait jamais rien à personne.

Son père, puis sa mère, étaient morts. Elle les avait

revus et ne les oubliait point et quand, l'un après l'autre, très vite, ils étaient morts, Tessaadith les avait pleurés. A travers tout ce qu'il y avait de nouveau dans son âme, les souvenirs, les sensations de jadis lui étaient revenus et elle avait de nouveau souffert, comme aux premiers jours de la nostalgie de la montagne, de la vie libre au grand air.

Plus que jamais, elle s'était renfermée en elle-même... Vers le milieu de la troisième année, après une courte maladie, Si Larbi mourut et Tessaadith resta seule, à seize ans.

Si Larbi avait des frères et Tessaadith n'eut qu'une faible part de la fortune, d'ailleurs peu considérable de Si Larbi. Pendant quelques jours elle resta chez l'une de ses voisines, point attristée mais songeuse.

Parfois, une vieille femme de l'oasis lointaine de Bou Saada, couverte de bijoux, venait visiter l'amie chez laquelle Tessaadith demeurait. Cette femme, ancienne courtisane, très riche, avait une boutique dans la rue des Ouled Naïl, dans le Biskra des *roumis.*

Gaie, bonne à sa façon, facétieuse et rusée, elle ne jouissait pas de l'affection de Tessaadith, mais bientôt la jeune veuve lui témoigna plus d'égards.

— Viens vivre chez moi, disait Embarka. Tu seras bien, tu auras ta chambre, personne ne te verra, je te chercherai un nouveau mari.

Tessaadith hocha la tête.

— Non, dit-elle, avec son dur accent chaouï, je ne veux pas me marier... Soit, j'irai chez toi et je réfléchirai.

Brusquement, en son âme, la résolution de se faire courtisane était née. C'était la liberté, l'amour et la richesse.

Des influences honnêtes de son enfance, Tessaadith faisait table rase. Elle savait que mariée, elle ne serait jamais heureuse... Et c'est bien ce qu'elle voulait, être heureuse.

Elle s'installa chez Embarka. La vieille ne la pressa pas, sembla n'influencer en rien la jeune femme, car elle avait compris pourquoi Tessaadith avait accepté de venir loger chez elle. Un jour, avec son grand sérieux, la Chaouïya dit à Embarka :

– Amène-moi quelqu'un. Mais prends garde à ton choix. Je ne veux qu'un Chaouï jeune. N'amène pas de pauvre et pas de vieux.

– Alors, viens, sortons. Nous nous mettrons sur le banc du café d'en face. Les jeunes hommes de Biskra passeront... tu choisiras.

Embarka, rapace, craignait de fâcher Tessaadith par un choix maladroit et de la perdre, car elle attendait beaucoup de la jeune femme.

Timide encore mais parée avec goût – elle avait conservé le costume chaouï – elle s'assit sur le banc parmi les femmes qui peuplent cette rue. Elles l'accueillirent comme une sœur, avec joie, avec des compliments. Elle, grave toujours, répondait à peine, honteuse au fond.

Avec dédain elle repoussa les offres de plusieurs soldats. Tout à coup un officier français qui errait désœuvré et curieux sans doute, car il était très jeune, passa. Il regardait les femmes, échangeait avec elles quelques plaisanteries crues, en sabir et en arabe, qu'il parlait passablement. Devant Tessaadith, il s'arrêta, tant la beauté de la Chaouïya l'avait frappé. D'ailleurs dans son attitude, dans son regard, il y avait quelque chose de très dissemblable des autres mais qui attirait.

Il lui parla, lui demandant son nom et de quel pays elle était. Puis, prenant place auprès d'elle, il lui offrit le café. A peine souriante, elle semblait pourtant favorable au jeune homme. Cependant un scrupule obscur l'arrêtait : c'était un *roumi*.

En son français impayablement guttural, la vieille Embarka parla à l'officier et acheva de le charmer en lui contant le passé d'honnêteté de Tessaadith, dont c'était la « première sortie ». Cependant le sous-lieutenant ne put s'empêcher de reprocher vertement à la vieille le rôle infâme qu'elle jouait auprès de la jeune Chaouïya. Puis il se dit : « Que je suis naïf! Est-ce qu'elle ne fait pas tout

YASMINA

bonnement l'article de sa marchandise! Est-ce qu'elle m'a raconté la vérité? Allons donc!»

Le sous-lieutenant Clair venait de passer aux spahis par permutation, venant d'un régiment de dragons. Il avait une âme virile et sérieuse, mais enthousiaste et jeune. A vingt-six ans il conservait beaucoup d'illusions et le savait. Toute cette Algérie le grisait, le charmait, et au grand scandale de ses camarades et de ses chefs, il était ce qu'on appelle là-bas un «arabophile»... Cependant, perspicace et sincère, il ne se dissimulait pas les défauts et les vices de la race, mais au lieu de souhaiter comme tant d'autres son assujettissement complet ou même sa destruction progressive — car il en est beaucoup qui préconisent le refoulement des indigènes vers les régions désertiques, l'expropriation en masse, et beaucoup d'autres mesures aussi oppressives et peu françaises qu'elles sont, heureusement, impraticables —, le lieutenant Clair souhaitait ardemment le relèvement moral et intellectuel de la race vaincue dans l'islam — ce qui était encore une originalité. Martial Clair était incapable d'envisager les choses de la vie à la légère, avec l'esprit de blague et de persiflage moderne qui déforme, et disons le mot, salit tout ce qu'il touche. Ainsi la personne de Tessaadith l'intéressait-elle vivement. Dès son arrivée — quatre mois auparavant —, il s'était ardemment mis à étudier l'arabe pour passer ensuite dans l'administration des affaires indigènes, son rêve. Aussi il eut le désir de parler à Tessaadith mais pas là, pas dans cette cohue où il se sentait d'ailleurs déplacé, en tout autre rôle qu'en celui de simple spectateur.

— Montre-moi ta maison, dit-il tout bas à Embarka.
— Tourne le coin de la rue. C'est le numéro..., murmura la vieille. Sa maison avait deux entrées.

Martial entra dans la chambre de Tessaadith où il n'y avait que son lit arabe, un matelas sur une natte très blanche, deux coffres peints en vert, des fleurs naïves d'un cinabre vif et une petite table ronde, basse.

TESSAADITH

Tessaadith, toute pâle, était assise sur son lit. Malgré ses scrupules religieux – les berbères sont bien moins observants que les arabes – elle avait permis à Embarka de recevoir l'officier. Il lui avait plu, par sa beauté d'abord, et ensuite par le sérieux de son attitude.

— Tessaadith, dit-il, ne crains rien. J'ai voulu te parler... La vieille m'a raconté que tu es veuve depuis peu, que tu n'as encore jamais fait ce vilain métier... Pourquoi veux-tu le faire? « Je suis ridicule, pensait-il. Mes camarades, s'ils me voyaient et m'entendaient, se tordraient les côtes de rire! »

— Je ne veux plus me remarier. Je veux faire tout ce qui me plaît, voir qui je veux, aller où je veux.

— Pourquoi? N'as-tu pas été élevée comme toutes les autres musulmanes?

— J'ai été élevée au sommet de la montagne, où l'horizon est large et où l'on va où l'on veut... Je courais, libre comme mes chèvres. Je ne veux plus vivre enfermée dans une chambre étroite et filer de la laine. Je veux être aimée, je veux de l'argent!

Elle parlait avec une résolution étrangement farouche, mais que Martial sentit inébranlable. Il avait un peu de peine à la comprendre mais il saisissait cependant le sens de ce qu'elle lui disait et cela renversait toutes ses idées sur la femme algérienne, assez rudimentaires d'ailleurs, faute d'expérience.

— Veux-tu que je te loue une chambre dans l'oasis? Tu seras libre, à condition de ne pas me trahir.

Elle hocha la tête.

— Libre? Non. Je resterai ici. Viens me voir. Si un jour je t'aimerai je te suivrai. Tu es riche?

— Non, mais ce que j'ai je le dépense volontiers.

— Tu m'apporteras des bijoux et de l'argent? Je veux beaucoup d'argent.

Comment celle qui parlait tout à l'heure des vastes horizons de l'Aurès et de la vie primitive, pouvait-elle, avec le même sérieux faire cet étalage naïf et brutal de sa rapacité?

— Sais-tu, demanda-t-il tout à coup, que c'est un grand péché ce que tu veux faire?

Elle eut un geste résigné.

— Dieu est clément et pardonne!

Non, décidément, elle ne renoncerait pas à son projet de devenir courtisane. D'ailleurs toute son histoire était-elle vraie? Mais Martial voyait bien qu'avec une nature comme celle de Tessaadith cette histoire était au moins vraisemblable.

Elle l'attirait étrangement et il se consola en se disant :

— Peut-être s'attachera-t-elle à moi? Alors je la sauverai.

L'avenir? Mais c'était si loin... Et Tessaadith était si belle!

Non, certes, elle n'avait rien d'une prostituée et Martial, plus attentivement il l'observait, plus il se sentait sûr de la véracité de ce que la vieille lui avait confié.

En amour, quoique sensuelle à l'excès, elle restait comme étrangement pensive, et elle n'avait point d'impudeur. Cela acheva de griser Martial et, depuis ce jour, il passa chez elle toutes ses heures libres, de plus en plus épris de l'étrange créature.

Elle aussi, commençait à l'aimer, mais l'amour de Tessaadith était comme tout en elle, singulier.

Peu à peu elle voulut prendre Martial entièrement, le dominer et, parfois, le faire souffrir. Elle était surtout d'une jalousie atroce, soupçonneuse, tout en gardant elle-même une liberté d'allure excessive.

Quelquefois, sans raison, elle concevait des doutes sur la fidélité de Martial... Un soir, au lendemain d'une nuit délicieuse où elle lui avait semblé tout autre, adoucie et bonne, Martial fut douloureusement surpris en la trouvant assise sur le banc du café, en train de *boire l'absinthe avec un spahi* musulman. Elle fit semblant de ne pas le voir et lui, qui était obligé de cacher soigneusement sa liaison, compromettante au plus haut degré pour un officier, dut attendre, seul, dans la chambrette blanche, que Tessaadith voulût bien venir...

Il s'était couché sur le lit, l'âme en deuil, avec un amer dégoût... Il se maudissait et se méprisait profondément de ne pas se lever et s'en aller pour toujours. Cependant, instinctivement, il se refusait à croire à une trahison réelle.

La vieille vint, voulant s'excuser, le consoler.

— Elle est folle, dit-elle. Sidi! je vais aller l'appeler.

Il la chassa avec colère :

— Si tu oses lui dire un mot, je te tuerai! dit-il.

Enfin, Tessaadith rentra, après avoir congédié brusquement le spahi ahuri.

— Bonsoir, ami! dit-elle, comme si rien d'insolite ne s'était passé.

Alors, en un flot amer de paroles incohérentes, il lui reprocha son inutile cruauté.

— Est-ce que je sais, moi, où tu vas, quand tu me quittes? dit-elle, assombrie tout à coup.

Alors, sans souci de sa dignité, il la supplia, lui jurant qu'il l'aimait et lui était fidèle.

Pour la première fois peut-être, Tessaadith sentit quelle puissance elle avait acquise sur son amant.

Elle l'aimait, mais, irrésistiblement, elle éprouvait un obscur besoin de le torturer, pour mieux le dominer.

Et, de jour en jour, sa conduite devenait plus incohérente. Elle s'ennuyait, dès qu'elle jouissait du paisible bonheur de l'amour partagé.

D'ailleurs, la rue qui l'effrayait avant, avait commencé à l'attirer par sa diversité bariolée, changeante.

Elle se plaisait maintenant sur le banc du *cahouadji*, à parler au hasard avec les passants.

Elle n'avait cependant point encore le *ton* de la rue, le jargon éhonté et dégradé des autres. Elle gardait son grand sérieux un peu sauvage.

Jusque-là, elle était cependant matériellement fidèle à Martial, en grande partie parce que, réellement, elle l'aimait, mais aussi un peu parce qu'aucun autre ne l'avait encore attirée.

A l'égard des autres filles, elle se montrait hautaine, quoique les fréquentant, mais elles craignaient la Chaouïa.

En somme, tant qu'elle aima Martial, Tessaadith ne tomba point complètement. Cet amour la retenait jusqu'à un certain point, et elle ne voulait pas trop le salir. D'ailleurs, de sa liaison avec l'officier, elle n'avait soufflé mot et ses apparitions dans la rue étaient assez rares. Pour expliquer ses refus, elle disait bien qu'elle avait un amant, mais sans jamais le nommer, et Martial était prudent dans ses allées et venues.

Par lui, Tessaadith avait connu les ivresses de l'amour dont elle ne s'était pas même doutée durant son mariage. Mais, cette initiation ne l'avait point faite sienne entièrement comme il arrive presque toujours. Tout l'inconnu, toute l'obscurité de son âme étaient demeurées intactes et, au contraire, se développaient, l'envahissant progressivement.

Martial voyait tout cela et le comprenait mieux qu'elle ne se comprenait elle-même : c'était bien la désagrégation lente, mais sûre de cette âme qu'il eût voulu si ardemment sienne. De plus en plus, elle lui échappait. Il en souffrait et tâchait de la retenir, effrayé de voir quelle attirance étrange la fange exerçait maintenant sur Tessaadith. Mais il voyait bien que cette attraction mauvaise triompherait bientôt de son influence à lui.

« Elle ne m'aime pas comme elle pourrait aimer, car, avec cette nature, si elle aimait réellement, profondément, elle se donnerait toute et n'agirait point ainsi. »

Il avait même des heures de morne désespérance, où la vie lui apparaissait désormais décolorée, insipide, indigne d'être vécue. C'était son premier amour qui s'en allait ainsi à la dérive, et, comme tous les amoureux très jeunes, il croyait sincèrement que, du jour où tout espoir aurait sombré, il ne pourrait plus vivre. Il songea même au suicide. Puis, la pensée de sa vieille mère, veuve d'un officier tué au Tonkin, si digne et si triste, qui n'avait plus que lui au monde, vint lui rendre un peu courage.

Mais il renoncerait pour toujours à l'amour, il ferait son métier de soldat, il tâcherait de se faire envoyer dans l'Extrême-Sud, dans les solitudes silencieuses où, pour sa mère seule, il travaillerait... Et si elle venait à partir un jour, alors, il irait où l'on se battrait et il se ferait tuer, comme son père, pour la France.

Tessaadith le voyait souffrir, et cependant, elle n'en avait pas pitié.

Pourtant, Tessaadith était bonne et secourable envers les malheureux, et une grande partie de ce que lui donnait Martial passait en aumônes...

Plus la vie des courtisanes l'attirait, plus elle se détachait de Martial, plus elle se montrait dure envers lui. Il avait bien des heures de révolte et de colère, mais cela passait vite et, longtemps, il pardonna.

Un jour, brutalement, leur roman finit...

C'était le soir. Dans la foule bariolée des femmes assises devant leurs portes et devant les cafés, des hommes circulaient, des Bédouins, des tirailleurs, des joyeux, des spahis.

Tout cela, en arabe, en français, plaisantait, riait, disait des énormités...

Tessaadith était sur son banc, devant le *cahouadji* Ahmed. A côté d'elle, il y avait un tirailleur, grand Bédouin presque géant... Tessaadith s'était renversée sur les genoux du soldat qui, très ivre déjà, lui versait de l'absinthe, entre ses lèvres entrouvertes dans la griserie croissante. Parfois, le *turco* se penchait sur elle et mettait un baiser sur ses lèvres mouillées d'alcool. Alentour, les femmes et les soldats riaient. Embarka, qui tremblait que l'officier ne vînt, jurait et appelait Tessaadith...

Martial, accoutumé depuis quelques jours aux sorties de Tessaadith, passa...

Il avait vu, et il avait senti comme un grand déchi-

rement se produire en lui, très profond dans son âme...
Et il comprit que c'était fini.

Il repassa encore, par un besoin morbide de retourner le fer aigu dans sa plaie... Tessaadith ivre tout à fait, entraînait maintenant le *turco* vers sa maison...

Alors, Martial partit.

Il demanda à être envoyé dans le Sud et quitta bientôt Biskra.

De peur de la voir, de peur de retourner là-bas, malgré le deuil de son cœur, il s'était enfermé chez lui.

Quand son père était mort, il avait à peine douze ans, et son chagrin, immense il est vrai, avait été celui d'un enfant. Maintenant, c'était sa première douleur d'*homme.*

Les plus sombres idées le hantaient et seule la lettre que sa mère lui envoyait chaque semaine le réconfortait.

Il avait pris en haine ce pays qu'il aimait, et les décors arabes, les chants des Bédouins et l'edden des *mueddine* avivaient sa torture. L'odieuse vision le visitait souvent, la nuit...

Mais, là-bas, dans l'infini des *chotts* de l'*oued* Igharghar où l'on avait envoyé, dans un Bureau arabe, dans le silence solennel du désert resplendissant, sa douleur s'était peu à peu calmée. Et il voyait bien qu'il vivrait encore, et qu'il aimerait.

Tessaadith avait passé une nuit vague, dans les brumes de son ivresse. Le *turco*, parti à minuit, l'avait laissée, vautrée sur son lit défait, sans conscience de rien.

Elle se réveilla, la tête lourde et endolorie.

Embarka, furieuse, qui n'avait pas remarqué le passage furtif de l'officier, exultait cependant : par bonheur, il n'était pas venu, il n'avait rien vu !... Ainsi pensait-elle dans son incompréhension profonde de ce caractère d'homme.

Tessaadith, s'étirant avec langueur, demanda :

TESSAADITH

– Le *roumi* n'est pas venu?
– Non, et c'est Dieu qui nous a sauvées!

Et elle commença à faire des reproches... Mais Tessaadith, que la vieille craignait, lui imposa silence.

Il n'était pas venu? Pourquoi? Et s'il ne revenait plus? se disait-elle... Et, tout à coup, elle sentit que ce serait, pour elle, une délivrance, et elle se mit à désirer qu'il ne revînt plus...

Le soir, comme le tirailleur de la veille n'était pas là, ce fut un spahi qui accompagna Tessaadith, un grand garçon brun, d'une grande beauté de traits, avec de longs yeux langoureux et une moustache en croc. Il se savait beau et portait le burnous rouge et le turban blanc autour duquel un cordon en poil de chèvre noir était symétriquement roulé.

C'était un Bédouin d'Aïn-Guettar, près de Souk-Ahras.

Il avait vu Tessaadith et elle lui avait plu. Mohammed Tahar venait de rengager et il était en train de dépenser sa *prime*.

– Tiens! avait-il dit en jetant une pièce d'or sur les genoux de Tessaadith. J'en ai encore beaucoup comme ça. Ça sera tout pour toi, si tu veux m'aimer... D'ailleurs, viens, tu verras.

Tessaadith l'avait emmené. Elle connaissait Mohammed Tahar de réputation: il passait pour une forte tête – en dehors du service... Mais celui-là encore, elle le devina très vite.

Elle commençait à devenir habile et rusée dans son métier, et ce soir-là, elle usa pour le spahi de tous les raffinements, de toutes les chatteries que lui avait enseignés le *roumi* déjà oublié...

Jamais Mohammed Tahar n'avait rien vu ni éprouvé de pareil, et il resta ébloui, ensorcelé.

Le lendemain, bon soldat d'ordinaire, il manqua se faire punir par l'officier dont il était l'ordonnance. Le soir, dès qu'il fut libre, il courut chez Tessaadith...

Quelles ne furent pas sa stupeur et sa rage, quand la

109

YASMINA

porte de la Chaouïya resta obstinément, inexorablement close!

Alors, il voulut briser la porte, causa un scandale épouvantable... Mais il n'avait pas bu et il s'enfuit au moment où la garde arrivait.

Le lendemain, il trouva Tessaadith chez le *cahouadji* Ahmed. Mohammed Tahar avait juré de se venger, de la frapper cruellement. Mais, quand il la vit, il ne sut que la supplier de le recevoir. D'instinct, il avait senti que, s'il se montrait impérieux ou brutal, elle était à jamais perdue pour lui.

Elle l'accueillit. La Chaouïya n'avait pas, la première fois, épuisé tous ses sortilèges et elle ensorcela encore plus le spahi, l'altérant pour toujours de la soif dévorante d'elle.

Mais, pas un jour, pas une heure, elle ne le traita en amant attitré. Elle le reçut quand elle voulut, le renvoyant souvent pour d'autres.

Embarka, en cachette de Tessaadith, avait tenté une démarche chez le lieutenant Clair, mais sa porte lui en resta rigoureusement interdite.

Alors, elle pensa que l'on pouvait soutirer au spahi l'argent qui lui restait. Mais Tessaadith veillait et, avec la rapacité de sa race, elle thésaurisait aussi, ce qui gênait beaucoup Embarka.

Le Chaouï, comme le Kabyle et le Mozabite, est âpre au gain et avare.

Comme toutes les courtisanes musulmanes, Tessaadith ne gardait pas d'argent en monnaie ou en billets : elle convertissait son gain en bijoux, en chaînettes pour la coiffure, en agrafes, en bracelets, en *halhal* (bracelets pour les chevilles), en gorgerins d'argent, en colliers de pièces d'or...

Bientôt Tessaadith commença à être riche, car elle était très appréciée... Elle avait beaucoup changé, au moral surtout. Maintenant, elle vivait dans la rue, dans le ruisseau puant, plus hardie et plus violente que les autres.

Un soir, elle eut une querelle avec une autre femme, une robuste Bédouine du Sud... Elles en vinrent aux mains.

Et Mouça, l'agent de police, – amant de toutes les deux – n'ayant pu les séparer à coups de cravache, avait voulu les emmener toutes les deux. Mohammed Tahar s'était trouvé là et il avait eu la présence d'esprit de fourrer une pièce de vingt sous dans la main de l'agent, en disant tout bas :

– Pour la grande, la Chaouïya!

Et Tessaadith avait été relâchée, tandis que Kadoudja avait passé la nuit à la geôle, à la merci des agents.

Mais toutes les querelles que suscitaient à chaque pas le despotisme, la jalousie et la violence de Tessaadith n'avaient pas fini aussi bénignement.

Elle avait été arrêtée plusieurs fois pour scandale, frappée par les agents, internée à la geôle, au dispensaire et même, une fois, condamnée à de la prison...

Malgré tout, cette vie de désordre plaisait à Tessaadith. Elle se sentait *chez elle,* dans ces rues où elle pouvait boire, chanter, danser et choisir l'homme qui lui plaisait... Surtout, n'obéir à personne, ne pas travailler, ne pas avoir de devoir à remplir. C'était la liberté tant désirée.

Parfois, cependant, quand se dissipaient les fumées de l'ivresse, quand elle était seule, loin du bruit et de l'agitation auxquels elle s'était habituée, Tessaadith s'ennuyait. Le grand vide de son existence lui apparaissait.

Que fallait-il faire, pour éviter ces heures de morne tristesse? Elle sentait bien que quelque chose lui manquait. Mais quoi?

Incapable d'analyser ce qui se passait en elle, Tessaadith ignorait qu'elle s'ennuyait, parce que tous ses plaisirs étaient purement extérieurs, et que le vide régnait dans son cœur, au milieu de tout le bruit, de toutes les ivresses...

Elle ne regrettait pas Martial, car il exigeait un genre de vie un peu plus rangé, plus monotone et surtout plus retiré... Or, elle ne l'avait pas aimé assez profondément pour qu'il lui remplaçât tout ce à quoi il voulait qu'elle renonçât, pour qu'il remplît son âme et lui suffît.

Et Tessaadith, en somme, n'était pas heureuse.

Les jours s'écoulaient, toujours les mêmes et Tessaadith finit par en sentir la monotonie.

Alors, elle quitta Biskra et s'en vint à Batna, au « Village-Nègre ».

Sept années s'étaient écoulées depuis qu'elle n'avait plus revu les montagnes natales, et elle éprouva une émotion étrange en voyant se dresser la silhouette bleue des Ouled-Abdi, dominant vers l'Est la vallée fertile au fond de laquelle s'élève la petite ville, toute moderne, toute militaire.

Le « Village » est situé presque au pied des Ouled-Abdi et de la maisonnette en planches où elle s'était logée, Tessaadith pouvait voir jusqu'aux bergers bédouins gravissant les pentes boisées. Son *douar* était loin, de l'autre côté de la chaîne de montagnes. Parfois, elle eût voulu retourner là-bas, revoir le hameau où elle était née... Mais dans sa condition présente, c'était impossible...

A Biskra, elle regardait souvent, avec une tristesse nostalgique, les dentelures bleues de l'Aurès qui fermaient l'horizon septentrional... Maintenant qu'elle était revenue en pays chaouï, elle se sentait encore plus excitée, parce que l'accès de la montagne lui était interdit.

Tessaadith vivait avec une autre fille de son pays, Taalith, qu'elle était en peu de jours parvenue à s'assujettir entièrement, la transformant en esclave.

Taalith, toute jeune, était restée orpheline et elle était venue de son hameau au « Village », directement, sans jamais avoir été mariée. Elle avait à peine quinze ans.

Tessaadith reprit au « Village » son genre de vie de Biskra.

En face de sa porte, il y avait un café maure où se réunissaient les femmes, le soir. Tessaadith y avait d'abord été fêtée. Puis, en peu de jours, une inimitié sourde était née chez les autres contre cette nouvelle venue, si hautaine

TESSAADITH

et si belle, qui leur prenait leurs amants et semblait les dédaigner.

Parmi les clients du « Village », l'apparition de Tessaadith avait été un événement. Elle était plus belle que toutes les autres, et l'argent afflua bientôt chez elle. Par la même occasion, Taalith, dont la jeunesse plaisait, gagnait aussi et achevait de s'attacher à sa compagne qu'elle servait docilement.

Un jour, le fils du caïd de Biskra, Si Dahmane, vint à Batna. Parfaitement beau, très riche et d'aristocratiques manières, Si Dahmane ne dédaignait cependant point les plaisirs faciles et souvent capiteux des cités d'amour telles que le « Village ». Entre toutes les femmes, le jeune homme distingua Tessaadith... Elle aussi, dès la première fois, éprouva pour lui un sentiment tout nouveau.

En quelques heures, cette emprise dissipa l'ennui et la tristesse de la Chaouïya et elle se donna fougueusement à cet amour qui, enfin, l'avait prise tout entière, la régénérant en quelque sorte – sans la purifier, cependant, car Si Dahmane, dès le début, ne la considéra que comme un instrument superbe de volupté et ne fit rien pour lui inspirer le désir d'une autre vie, plus relevée et plus calme.

Si Dahmane était intermittent et volage et, en son absence – douleur cruelle pour Tessaadith –, cette dernière cherchait une consolation périlleuse dans l'ivresse. Ces heures de solitude lui étaient, en effet, insupportables.

Mais ce n'était plus le vide de l'âme et l'ennui, c'était une souffrance réelle, intense, animée par les tortures de la jalousie... Mais Tessaadith, d'instinct, préférait cette douleur à son état d'âme passé et n'en cherchait pas l'oubli dans l'ivresse.

L'absinthe ne faisait que magnifier son mal et lui faire verser des larmes. Elle se délectait alors dans sa désespérance.

Dès que Si Dahmane venait, Tessaadith était tout à sa joie, tout aux prodigieuses ivresses de sa passion.

Si Dahmane subvenait généreusement aux besoins de la Chaouïya et Tessaadith avait, pour lui, renoncé à ses autres amants – simplement parce que tout ce qui n'était pas son Dahmane était sans charme.

Si Dahmane habitait une riche propriété de son père près de Ras-el-Ma, sur la route de Biskra, et venait tous les jours à Batna et au village, monté sur son superbe étalon noir de Sétif dont le harnachement tout doré faisait encore ressortir la grâce et la beauté.

Lui aussi, il aimait Tessaadith, de toute l'ardeur de sa jeunesse. Mais il aimait la liberté et sa jalousie était féroce, à lui aussi. Tous deux connurent des jouissances inouïes, d'inexprimables ivresses, mais aussi, les heures troubles où la jalousie souillait leur amour. Les scènes violentes ne manquèrent pas.

Si Dahmane sentait qu'il ne pouvait quitter Tessaadith, et cependant, il n'avait point confiance en elle, il la soupçonnait et la faisait épier.

Issu d'une des plus nobles et des plus pieuses familles du Hodna, Si Dahmane, livré à lui-même, ne reculait devant aucun des plaisirs prohibés... Il s'enivrait parfois en compagnie de sa maîtresse, qu'il affichait sans scrupule.

Le spahi Mohammed Tahar, rentré à Batna, s'était souvenu de Tessaadith et des ivresses inconnues qu'elle lui donnait jadis, à Biskra, et sa passion s'était réveillée.

Mais, tout à son Dahmane, Tessaadith avait repoussé dédaigneusement le spahi, et Mohammed Tahar lui en gardait une sombre rancune.

Certes, il craignait son rival, riche et puissant, mais il voulait se venger et il avait juré, devant des camarades, qu'un jour, Tessaadith lui appartiendrait, à lui seul, et qu'il saurait bien évincer ce Dahmane abhorré. Ni les promesses ni les menaces du spahi ne fléchirent Tessaadith, mais Si Dahmane eut bientôt connaissance des propos du spahi, et sa jalousie n'en devint que plus féroce.

Au « Village », il y avait une autre fille, une Biskria Fatoum qui avait été favorisée jadis par Si Dahmane. C'était une grande fille mince, aux traits durs, quoique non réguliers, au teint bronzé. Elle passait à la fois pour un peu folle et pour sorcière. Les autres femmes craignaient non seulement ses colères brutales, mais encore et plus, ses sortilèges.

Elle aussi aimait Dahmane et, du jour où Tessaadith le lui avait pris, Fatoum avait voué à la Chaouïya une haine irréconciliable.

— Attends, voleuse de cœurs, lui avait-elle dit. Il m'a aimée avant toi et tu me l'as pris... Je serai ton malheur et ta ruine!

Tessaadith avait répondu par des coups, et il avait fallu l'influence de Si Dahmane pour éviter à Tessaadith la prison où le jeune homme laissa froidement mener son ancienne maîtresse éplorée.

Fatoum, dès qu'elle revint au «Village», se mit à aviver sournoisement les haines et les jalousies de toutes les femmes. Sauf Taalith toujours fidèle, toutes les autres haïssaient la Chaouïya.

Ce fut une guerre constante, cruelle et cachée, — car elles savaient que Si Dahmane protégeait Tessaadith. La vie désordonnée que la Chaouïya avait menée depuis son veuvage et surtout l'alcool, avaient miné sa santé... Maigrie et pâlie, Tessaadith toussait.

Et la peur de la mort la hanta désormais.

Elle aussi eut recours aux sorcières de la montagne, aux philtres et aux breuvages, espérant conjurer son mal qu'elle attribuait aux sortilèges de Fatoum et des autres femmes.

Ce qu'elle craignait le plus, c'était de voir sa beauté se flétrir, car alors, elle prévoyait bien l'abandon irrémédiable de Si Dahmane.

L'hiver était revenu, l'âpre hiver des hautes montagnes. La terre d'Afrique, sous la neige, dans la lueur blafarde du ciel embrumé, semblait toute changée, assombrie et plus lugubre que n'importe quelle contrée du Nord.

YASMINA

Si Dahmane tomba malade.

Sa mère et l'une de ses sœurs étaient venues le soigner et Tessaadith eut l'amère douleur de ne pas même pouvoir lui parler.

Par un domestique, elle sut bientôt qu'il était en danger. C'était un soir gris, livide. Un vent glacial soufflait, courbant les grands arbres dénudés et gémissant dans la vallée.

Tessaadith n'avait point d'argent, et Ras-el-Ma est loin.

Alors, en proie au délire de son désespoir, elle partit, à pied, dans la neige, roulée dans son châle de laine, mais tremblante.

Longtemps, elle courut, puis harassée, elle tomba sur le bord du chemin. Là, ramassée sur elle-même, comme une bête errante, elle demeura longtemps, claquant des dents, le cerveau en feu. Elle allait mourir, elle ne le reverrait jamais, elle serait seule, pour toujours! Cette pensée la fit lever et courir de nouveau. Où allait-elle? Comment obtiendrait-elle de sa mère et de sa sœur de le voir? Tout cela elle n'y pensait même pas. Il fallait courir, courir le plus vite possible, pour arriver tant qu'il vivait. Et elle courut, toute la nuit. Puis elle tomba pour la dernière fois sur la piste saharienne avant d'avoir atteint son but pendant que le ciel s'éclairait des premières teintes de l'aurore.

(La suite manque.)

Note

Publiée en trois volets successifs dans l'*Akhbar* en 1904, *Tessaadith* ne fut jamais terminée par Isabelle Eberhardt (ni par Victor Barrucand). C'est probablement pour cette raison qu'aucun des éditeurs ne l'a reprise.

C'est l'un des seuls textes où Isabelle aborde plus précisément les mœurs quotidiennes des musulmanes; vies de recluses dont les contacts avec l'extérieur sont accordés parcimonieusement par les hommes qui les tiennent sous tutelle (leurs pères, frères aînés et leurs maris).

Tessaadith, davantage peut-être que les autres nouvelles sur les femmes, peut faire figure de plaidoyer pour la « libération » de ces éternelles mineures.

Le Magicien

Si Abd-es-Sélèm habitait une petite maison caduque, en pierre brute grossièrement blanchie à la chaux, sur le toit de laquelle venait s'appuyer le tronc recourbé d'un vieux figuier aux larges feuilles épaisses.

Deux pièces de ce refuge étaient en ruine. Les deux autres, un peu surélevées, renfermaient la pauvreté fière et les étranges méditations de Si Abd-es-Sélèm, le Marocain.

Dans l'une, il y avait plusieurs coffres renfermant des livres et des manuscrits du Maghreb et de l'Orient.

Dans l'autre, sur une natte blanche, un tapis marocain avec quelques coussins. Une petite table basse en bois blanc, un réchaud en terre cuite avec de la braise saupoudrée de benjoin, quelques tasses à café et autres humbles ustensiles d'un ménage de pauvre, et encore des livres, composaient tout l'ameublement.

Dans la cour délabrée, autour du grand figuier abritant le puits et le dallage disjoint, il y avait quelques pieds de jasmin, seul luxe de cette singulière demeure.

Alentour c'était le prestigieux décor de collines et de vallons verdoyants sertissant, comme un joyau, la blanche Annéba [1]. Autour de la maison de Si Abd-es-Sélèm, les *koubbas* bleuâtres et les blancs tombeaux du cimetière de Sid-el-Ouchouech se détachaient en nuances pâles sur le vert sombre des figuiers.

1. Annéba ou Annaba : l'ancienne Bône.

YASMINA

... Le soleil s'était couché derrière le grand Idou morose, et l'incendie pourpre de tous les soirs d'été s'était éteint sur la campagne alanguie.

Si Abd-es-Sélèm se leva.

C'était un homme d'une trentaine d'années, de haute taille, svelte, sous des vêtements larges dont la blancheur s'éteignait sous un burnous noir.

Un voile blanc encadrait son visage bronzé, émacié par les veilles, mais dont les traits et l'expression étaient d'une grande beauté. Le regard de ses longs yeux noirs était grave et triste.

Il sortit dans la cour pour les ablutions et la prière du Maghreb.

— La nuit sera sereine et belle, et j'irai réfléchir sous les eucalyptus de l'*oued* Dheheb.

Quand il eut achevé la prière et le *dikr* du bienheureux *cheikh* Sidi Abd-el-Kader Djilani de Bagdad, Si Abd-es-Sélèm sortit de sa maison. La pleine lune se levait là-bas, au-dessus de la haute mer calme, à l'horizon à peine embruni de vapeurs légères d'un gris de lin.

Les féroces petits chiens des demeures bédouines proches du cimetière grondèrent, sourdement d'abord, puis coururent, hurlant, vers la route de Sidi-Brahim.

Alors, Si Abd-es-Sélèm perçut un appel effrayé, une voix de femme. Surpris, quoique sans hâte, le solitaire traversa la prairie et arrivant vers la route, il vit une femme, une Juive richement parée qui, tremblante, s'appuyait contre le tronc d'un arbre.

— Que fais-tu ici la nuit? dit-il.

— Je cherche le *sahâr* (sorcier) Si Abd-es-Sélèm le Marocain. J'ai peur des chiens et des tombeaux... Protège-moi.

— C'est donc moi que tu cherches... à cette heure tardive, et seule. Viens. Les chiens me connaissent et les esprits ne s'approchent pas de celui qui marche dans le sentier de Dieu.

La Juive le suivit en silence.

LE MAGICIEN

Abd-es-Sélèm entendait le claquement des dents de la jeune femme et se demandait comment cette créature parée et timide avait pu venir là, seule après la tombée de la nuit.

Ils entrèrent dans la cour et Si Abd-es-Sélèm alluma une vieille petite lampe bédouine, fumeuse.

Alors, s'arrêtant, il considéra son étrange visiteuse. Svelte et élancée, la Juive, sous sa robe de brocart bleu pâle, avec sa gracieuse coiffure mauresque, était belle, d'une troublante et étrange beauté.

Elle était très jeune.

– Que veux-tu?

– On m'a dit que tu sais prédire l'avenir... J'ai du chagrin et je suis venue...

– Pourquoi n'es-tu pas venue de jour, comme les autres?

– Que t'importe? Écoute-moi et dis-moi quel sera mon sort.

– Le feu de l'enfer, comme celui de ta race infidèle!

Mais Si Abd-es-Sélèm dit cela sans dureté, presque souriant.

Cette apparition charmante rompait la monotonie de son existence et secouait un peu le lourd ennui dont il souffrait en silence.

– Assieds-toi, dit-il, l'ayant fait entrer dans sa chambre.

Alors la Juive parla.

– J'aime, dit-elle, un homme qui a été cruel envers moi et qui m'a quittée. Je suis restée seule et je souffre. Dis-moi s'il reviendra.

– C'est un Juif?

– Non... un musulman.

– Donne-moi son nom et celui de sa mère et laisse-moi faire le calcul que m'ont appris les sages du Mogh'reb, ma patrie.

– El Moustangsar, fils de Fathima.

Sur une planchette Si Abd-es-Sélèm traça des chiffres et des lettres, puis, avec un sourire, il dit :

— Juive, ce musulman qui s'est laissé prendre à ton charme trompeur et qui a eu le courage louable de te fuir, reviendra.

La Juive eut une exclamation de joie.

— Oh, dit-elle, je te récompenserai généreusement.

— Toutes les richesses mal acquises de ta race ne récompenseraient point dignement le trésor inestimable et amer que je t'ai donné : la connaissance de l'avenir...

— A présent, Sidi, j'ai quelque chose encore à demander à ta science. Je suis Rakhil, fille de Ben-Ami.

Et elle prit le roseau qui servait de plume au *taleb* et l'appuya contre son cœur tandis que ses lèvres murmuraient des paroles rapides, indistinctes.

— Il vaudrait mieux ne pas tenter de savoir plus entièrement ce qui t'attend.

— Pourquoi? Oh, réponds, réponds!

— Soit.

Et Si Abd-es-Sélèm reprit son grimoire mystérieux. Tout à coup un violent étonnement se peignit sur ses traits et il considéra attentivement la Juive. Si Abd-es-Sélèm était poète et il se réjouissait du hasard étrange qui mettait en contact avec son existence celle de cette Juive qui, selon son calcul, devait être tourmentée et singulière, et finir tragiquement.

— Écoute, dit-il, et n'accuse que toi-même de ta curiosité. Tu as causé l'infortune de celui que tu aimes. Il l'ignore, mais, d'instinct, peut-être, il a fui. Mais il reviendra et il saura... Ô Rakhil, Rakhil! En voilà-t-il assez, ou faut-il tout te dire?

Tremblante, livide, la Juive fit un signe de tête affirmatif.

— Tu auras encore avec celui qui doit venir une heure de joie et d'espérance. Puis, tu périras dans le sang.

Ces paroles tombèrent dans le grand silence de la nuit, sans écho.

La Juive cacha son visage dans les coussins, anéantie.

— C'est donc vrai! Tout à l'heure, au Mogh'reb, j'ai

LE MAGICIEN

interrogé la vieille Tyrsa, la gitane de la Porte du Jeudi... et je ne l'ai pas crue... Je l'ai insultée... Et toi, toi, tu me répètes plus horriblement encore sa sentence... Mourir? Pourquoi? Je suis jeune... Je veux vivre.

— Voilà... C'est ta faute! Tu étais le papillon éphémère dont les ailes reluisent des couleurs les plus brillantes et qui voltige sur les fleurs, ignorant de son heure. Tu as voulu savoir et te voilà devenue semblable au héron mélancolique qui rêve dans les marécages enfiévrés...

La Juive, affalée sur le tapis, sanglotait.

Si Abd-es-Sélèm la regardait et réfléchissait avec la curiosité profonde de son esprit scrutateur, affiné dans la solitude. Il n'y avait pas de pitié dans son regard. Pourquoi plaindre cette Rakhil? Tout ce qui allait lui arriver n'était-il pas écrit, inéluctable? Et ne prouvait-elle pas la vulgarité et l'ignorance de son esprit, en se lamentant de ce que la Destinée lui avait donné en partage un sort moins banal que celui des autres... plus de passion, plus de vicissitudes en moins d'années, la sauvant du dégoût et de l'ennui?

— Rakhil, dit-il, Rakhil! Écoute... Je suis celui qui blesse et qui guérit, celui qui réveille et qui endort... Écoute, Rakhil.

Elle releva la tête. Sur ses joues pâlies, des larmes coulaient.

— Cesse de pleurer et attends-moi. Il est l'heure de la prière.

Si Abd-es-Sélèm prit dans une niche élevée un livre relié en soie brodée d'or, et l'ayant pieusement baisé, l'emporta dans une autre pièce. Puis dans la cour, il pria l'*âcha*.

Rakhil, seule, s'était relevée et, accroupie, elle songeait et sa pensée était lugubre... Elle regrettait amèrement d'avoir voulu tenter le sort et savoir ce qui devait lui arriver...

Si Abd-es-Sélèm rentra avec un sourire.

— Eh bien, dit-il ne savais-tu pas que, tôt ou tard, tu allais mourir?

YASMINA

— J'espérais vivre, être heureuse encore et mourir en paix...

Si Abd-es-Sélèm haussa les épaules dédaigneusement.

Rakhil se leva.

— Que veux-tu comme salaire? La voix de la Juive était devenue dure.

Il resta silencieux, la regardant. Puis, après un instant, il répondit :

— Me donneras-tu ce que je te demanderai?

— Oui, si ce n'est pas trop.

— Je prendrai comme salaire ce que je voudrai.

Il lui prit les poignets.

Elle fut insolente.

— Laisse-moi partir! Je ne suis pas pour toi. Lâche-moi.

— Tu es comme la grenade mûre tombée de l'arbre : pour celui qui la ramasse; le bien trouvé est le bien de Dieu.

— Non, laisse-moi partir...

Et elle se débattit, cherchant à se dégager, à le griffer.

Irrésistiblement, il l'inclinait vers le tapis.

La beauté de Rakhil charma les heures d'une courte nuit d'été, pour le magicien mélancolique.

Et le matin, quand Rakhil eut connu l'enchantement presque douloureux, tant il était intense, de l'amour du magicien, quand, indifférent et songeur, il lui dit qu'elle pouvait partir, elle se laissa choir à ses pieds qu'elle baisa, l'implorant :

— Oh! laisse-moi revenir! Auprès de toi j'oublierai El Moustangsar le soldat, et j'éviterai peut-être la perte que son amour me réserve!

Si Abd-es-Sélèm hocha la tête.

— Non. Ne reviens pas. La griserie d'une heure charmante ne renaîtrait plus... Non, ne reviens pas... Va à ton destin, j'irai au mien.

LE MAGICIEN

Rouge et ardent, baigné d'or pourpré, le soleil se levait au-dessus de la mer, d'une nuance lilacée, nacrée, où de légers serpents d'argent couraient, rapides, fugitifs.

Le long de l'oued Dheheb limpide et tranquille, sous les eucalyptus bleuâtres, Si Abd-es-Sélèm s'avançait lentement, rêveur.

Souvent, après la première prière du jour, Si Abd-es-Sélèm aimait promener son rêve triste, communier au sourire des choses...

Tout à coup, sur la plage déserte, parmi les herbes longues et verdâtres, les coquillages blancs et les galets noirs, Si Abd-es-Sélèm aperçut un corps de femme couchée sur le dos, vêtue d'une robe de brocart rose, et enveloppée d'un grand châle de cachemire.

Il s'approcha et se pencha, soulevant le châle.

Il reconnut la Juive, jeune et belle, les yeux clos, les lèvres retirées dans un sourire douloureux.

Deux coups de baïonnette avaient transpercé son corps et le sang inondait sa poitrine.

Si Abd-es-Sélèm se redressa.

Il regarda le cadavre pendant un instant et, dans sa pensée, il détailla les souvenirs de la nuit d'amour que, trois années auparavant, il avait prise à la belle Rakhil, puis, du même pas tranquille, il reprit sa promenade, dans la splendeur plus ardente du jour éblouissant.

Note

Le Magicien est le résultat d'un travail souvent repris par Isabelle Eberhardt, dont on retrouve la trace dans ses manuscrits. Le personnage du sorcier l'a visiblement intéressée dès ses premiers séjours en Algérie. *Le Magicien* est situé à Annaba, (anciennement Bône), qu'elle découvre en 1897 avec sa mère. Mais deux autres nouvelles, le *Moghrebin* et l'*Écriture de Sable*, qui mettent en scène un personnage analogue, se déroulent dans la Casbah d'Alger où Isabelle a vécu quelques mois.

YASMINA

Le Magicien, paru dans les *Nouvelles d'Alger* du 8 juillet 1902 et dans le *Petit Journal illustré* du 2 novembre 1902 puis dans l'*Akhbar* le 2 janvier 1906 fut utilisé dans *Pages d'Islam* (Fasquelle, 1920) par Victor Barrucand, et René-Louis Doyon reprit la nouvelle à son tour dans *Au Pays des sables* (Sorlot, 1944). Ce dernier annonça que c'était la version originale. A la lecture des textes on s'aperçoit que des coupes ont été aménagées dans la soi-disant version originale, coupes concernant certaines descriptions et allusions relatives à la Juive Rakhil. Barrucand a-t-il brodé sur la prose d'Isabelle ou Doyon, rendu prudent en raison du contexte historique, a-t-il coupé de son propre chef? Nul ne peut le dire.

Nous donnons ici la version non édulcorée.

Rakhil est un personnage cher à Isabelle, qui en fit, ailleurs, l'héroïne d'un roman repris plusieurs fois mais jamais achevé, ni dans sa conception ni dans sa forme. Elle évoque ce travail dans les *Journaliers*, précisant qu'elle souhaite en faire un « plaidoyer en faveur du Coran ». On peut lire ces ébauches aux Archives d'outre-mer à Aix-en-Provence.

Oum-Zahar

Dans la vaste chambre basse aux murailles irrégulières en argile jaune, on avait couché la mère sur une natte. On l'avait recouverte d'un voile bleu sombre qui dessinait en des angles raides la forme immobile.

Elle était morte.

A côté, dans une petite lampe de terre de forme antique, une mèche brûlait, et la petite flamme falote, étrange, éclairait d'un jour douteux les murailles où oscillaient de grandes ombres funèbres.

Accroupies sur la natte, plusieurs femmes se lamentaient avec un balancement rythmique de leurs corps maigres.

C'était la veillée mortuaire.

Dans le grand silence mystique de l'oasis, seule cette voix lugubre retentissait, s'entendait de très loin et troublait les âmes superstitieuses et sombres des Rouaras [1].

Parmi les femmes, il y avait Oum-Zahar et Messaouda, les deux filles de la défunte.

Oum-Zahar était l'aînée. Elle avait douze ans et son père lui cherchait un mari.

Mais elle était triste. Grande et svelte sous ses voiles bleus, elle semblait l'incarnation de l'âme étrangement tourmentée et assombrie de cette race métis de l'oued Rir, mélange de Berbères et de nègres sahariens sur laquelle

---

1. Rouaras : habitants de la région de l'oued Rir (ou R'hir ou Rir'i), près de Touggourt, d'origine berbère ou anciens esclaves noirs.

la tristesse immense et les effluves hallucinants et fiévreux de leur pays ont jeté à jamais une ombre morne.

Oum-Zahar avait un visage ovale et régulier d'une teinte bronzée très foncée. Ses yeux étaient trop *grands* et leur regard avait, à la fois, une fixité et une ardeur inquiétantes.

Depuis toute petite, elle ne se mêlait jamais aux jeux de ses compagnes et passait des journées entières à l'ombre chaude, dans l'humidité fiévreuse des jardins inondés d'eau salée où le salpêtre dessine des arabesques singulières sur la terre rouge isolée des canaux.

Messaouda plus blanche, plus douce, était dans sa onzième année. Rieuse et légère, seule la grande épouvante de la mort avait pu l'assombrir pour un temps, et elle se lamentait là, tremblante.

L'âme des Rouaras n'est point semblable à l'âme arabe. La grande lumière de l'islam n'a pu dissiper les ténèbres de la superstition et de la terreur mystique dans ce pays où tout porte au rêve morne.

En présence de la mort, le Rir'i n'a pas la résignation sereine de l'Arabe, et, pour lui, le tombeau n'est point un lieu de repos que rien ne saurait plus troubler, un acheminement radieux vers l'avenir éternel.

De l'antiquité païenne, ces peuplades primitives ont conservé la peur des ténèbres et des fantômes, l'épouvante des choses de la nuit et de la mort.

Mais Oum-Zahar semblait sentir plus profondément cette terreur sombre et ses prunelles d'or bruni se dilataient étrangement.

Toutes les deux cependant sentaient bien qu'elles avaient perdu le seul être qui les avait aimées, qui s'était penché pitoyable et doux sur leur enfance de petites Bédouines pauvres, assujetties presque dès leur premier pas aux rudes travaux de la maison, sous l'autorité toute-puissante du père toujours sombre et impénétrable qu'elles voyaient rarement, car il travaillait au dehors dans les

OUM-ZAHAR

jardins, et devant qui, comme leur mère, elles avaient appris à trembler...

Et dans la nuit chaude, dans le silence lourd, Oum-Zahar et Messaouda pleuraient, inconscientes presque encore, le seul rayon de soleil, le seul semblant de bonheur qui soit donné à une femme bédouine : l'amour de la mère douloureuse et idolâtre, plus violent, plus immense que chez toutes les autres femmes...

Leur père était parti la veille pour les jardins, laissant aux femmes le soin de pleurer celle qui n'était plus.

L'avait-il aimée?

Peut-être El Hadj Saad lui-même n'eût-il pas su le dire. Quinze années durant, pourtant, elle avait été pour lui une esclave soumise.

Elle certainement l'avait aimé, avant son premier enfantement. Après, tout son amour s'était reporté sur sa fille, Oum-Zahar, la petite consolation, la compagne intelligente, si vite femme dans la tristesse ambiante. Puis Messaouda était venue jeter dans la vieille maison d'argile une lueur de joie – la joie naïve des petits oiseaux simplement heureux de vivre.

Maintenant Oum-Zahar et Messaouda serviraient leur père seules. Puis, l'une après l'autre, il les donnerait à des hommes que lui-même aurait choisis et dont elles deviendraient les servantes... Puis, pour elles aussi, se lèverait le grand jour de la maternité.

Et ainsi toujours, de génération en génération.

Le jour se leva enfin limpide et des lueurs roses se glissèrent sur les cimes bleuâtres des dattiers, sur les murailles ocreuses, sur le sol salé, lépreux, de l'oasis d'Ourlana, dans l'*oued* Rir.

Alors laissant les femmes continuer leur plainte dans la chambre où la petite lampe de jadis finissait de mourir, Oum-Zahar et Messaouda sortirent dans la cour et, à la place traditionnelle où leur mère avait laissé un monceau de cendres grises, elles rallumèrent le feu du foyer : il fallait préparer le café, car le père allait rentrer.

YASMINA

Messaouda plissa soigneusement les *gandoura* blanches, le turban de mousseline et le burnous neuf de son père et les posa sur une natte propre dans une petite chambre haute où l'on accédait par quelques marches de terre : le père s'habillerait pour l'enterrement.

Après, elles attendirent, mornes.

El Hadj Saad entra. Il était grand et mince comme tous les Rouaras. Il pouvait avoir quarante ans et son visage allongé et sec avait une expression fermée et sombre. Il s'assit dans la cour sur une natte. Oum-Zahar lui présenta le café en silence.

Puis il monta s'habiller. Pas une parole ne fut échangée dans la demeure *où était entrée la Mort*.

Avant les heures accablantes du milieu du jour, les hommes emportèrent sur un brancard le corps raidi de la mère... Dès qu'ils furent devant la porte, El Hadj Saad ordonna à ses filles de se retirer dans la chambre haute et de baisser le rideau...

La mère partit, accompagnée par le chant cadencé des *tolba*, qui disaient sur elle, insensible, les paroles de promesse et d'éternité...

Après, tout rentra dans l'ordre monotone... Chaque matin, les deux jeunes filles se levaient à l'aube, et, après avoir fait le déjeuner modeste du père, elles s'accroupissaient devant le moulin à bras primitif qu'elles mettaient en branle au moyen d'un bâton... Et, pendant des heures, elles tournaient la pierre lourde avec un chant très bas, monotone comme leur existence.

Depuis la mort de la mère, Oum-Zahar avait encore maigri, et le feu étrange de son regard s'était encore assombri...

Messaouda, après avoir beaucoup pleuré, avait semblé s'accoutumer au grand vide de la maison où, elle le savait, une marâtre viendrait bientôt sans doute...

Dans un coin écarté de l'oasis, sur la route de Sidi-Amrane, il est une sorte de clairière entourée de jardins. Au milieu, une *koubba* en argile s'élève, irrégulière et

OUM-ZAHAR

étrange, un cube jaunâtre surmonté d'un dôme allongé et pointu en haut. Aux quatre coins des murs et au sommet du dôme, déformant ainsi cet édifice de l'islam, des figures barbares, grimaçantes, sont placées – formes léguées par l'antiquité fétichiste...

A l'entour, quelques tombeaux également en terre marqués par une branche tordue et noire de buisson saharien où des chiffons multicolores, ex-voto sauvages, s'effilochent au vent, déteignent au soleil.

Là, à l'ombre protectrice de la *koubba*, on avait mis Elloula, la mère d'Oum-Zahar et de Messaouda. Ellesmêmes avaient pétri en argile ocreuse une sorte de monument fruste, un tertre allongé, terminé à chaque bout par une tuile dressée.

Et tous les vendredis, elles venaient, se tenant par la main, visiter leur mère. Elles s'accroupissaient et regardaient en silence la terre d'Elloula. Où était-elle? Les voyait-elle?

Quand elles avaient du chagrin, quand leur père les avait battues, elles venaient là et, tout bas, contaient leur peine.

Un jour, quand elles vinrent, elles trouvèrent, assise près de la tombe, une femme inconnue, vêtue de haillons sombres, qui tenait sur ses genoux un enfant d'environ un an enveloppé dans des loques. Cette femme était d'une maigreur surprenante, très jeune encore, et elle eût été belle sans le regard fixe, comme enfiévré, de ses énormes yeux noirs et le désordre sauvage de ses cheveux très longs, à peine retenus sur sa tête par un chiffon noir.

Messaouda, effrayée, se serra contre sa sœur, mais Oum-Zahar fixa son regard sérieux sur l'étrangère et lui dit :

– Qui es-tu et que fais-tu là près de notre mère?

La femme ne répondit pas, mais élevant ses bras maigres au-dessus de sa tête, elle clama ce seul mot :

– Orpheline! Orpheline! Orpheline!

YASMINA

— Elle est folle; c'est une *maraboute*, murmura Messaouda qui tremblait de tous ses membres.

Dans le Sahara, les fous inoffensifs vivent et errent en liberté. Ils sont innombrables et ils jouissent de l'amour et de la vénération du peuple.

Cette femme n'avait ni le type ni l'accent de l'*oued* Rir.

— D'où es-tu? continua Oum-Zahar.
— Loin!
— Es-tu du Souf?

L'inconnue hocha la tête.

— De Biskra?

Elle répéta le même geste négatif.

— Elle ressemble à Saharia, la sage-femme, qui est des Ouled-Amor des Zibans, murmura Messaouda.

Oum-Zahar s'était rapprochée. Cette créature étrange, effrayante, l'attirait singulièrement. Attaché dans un coin du voile, Oum-Zahar avait un morceau de galette. Elle le tendit à l'étrangère et s'assit en face d'elle, tout près.

— Dieu est le plus grand! dit la femme, et elle commença à manger.

— Comment t'appelles-tu? demanda la jeune fille après un long silence.

La femme comprit :

— Keltoum!

Sa parole était brève et saccadée, sa respiration haletante. L'enfant semblait dormir, d'une effrayante maigreur... Puis elle se leva, et d'un pas rapide, mais mal assuré, elle s'en alla. Depuis ce jour, Oum-Zahar devint encore plus silencieuse et plus sombre. Parfois, la nuit en dormant, elle bondissait en poussant de grands cris.

— La femme t'a ensorcelée, disait Messaouda qui, maintenant, avait peur d'Oum-Zahar.

El Hadj Saad, remarquant enfin la maladie de sa fille, envoya Messaouda quérir la sorcière du village Saharia. La vieille hocha la tête, et quand Messaouda lui eut dit leur étrange rencontre, elle dit :

OUM-ZAHAR

— Elle a ensorcelé la jeune fille. A présent, elle est là-bas à Ayela, et elle a jeté le trouble et la frayeur dans l'oasis. On dit qu'elle erre la nuit dans les cimetières en poussant des hurlements lugubres. On dit aussi que l'enfant qu'elle porte est mort depuis longtemps et que c'est par ses sortilèges qu'elle empêche le corps de se corrompre... Elle est venue de l'ouest, du pays de Metlili, seule et à pied, derrière une caravane de Mozabites.

Saharia était une petite vieille très insinuante, très douce, bien raisonnable... Mais elle avait beau prodiguer à Oum-Zahar des caresses, la jeune fille éprouvait pour elle une violente répulsion et refusait même de lui adresser la parole.

De tout temps, El Hadj Saad, qui regrettait amèrement de ne pas avoir de fils – l'honneur et la gloire du foyer patriarcal –, avait préféré Oum-Zahar.

— Elle a l'intelligence et le courage d'un homme, disait-il.

Et il était très affligé de la voir malade.

Cependant, El Hadj Saad avait résolu de se remarier ; peut-être cette fois, Dieu bénirait-il son union et lui donnerait-il un fils.

Depuis que Oum-Zahar avait appris qu'une étrangère allait entrer dans la famille, elle s'était encore assombrie.

En son cœur étrange, un amour infini pour la mère morte était né et la venue de l'étrangère lui semblait une injure. Elle porterait les robes de la défunte, elle prendrait sa place au métier à tisser les burnous, elle trairait la chèvre, elle sécherait les dattes et elle battrait Oum-Zahar et Messaouda, car elle serait leur marâtre.

A cette idée, le cœur d'Oum-Zahar se remplissait d'amertume et, très étrangement, elle se mettait à songer à Keltoum. Elle avait trouvé cette femme près du tombeau de sa mère ; donc, *c'était elle qui l'avait envoyée*... Et la pensée de la folle ne quitta plus Oum-Zahar.

Un jour, Messaouda lui demanda timidement à quoi

elle pensait durant ces journées de silence qui assombrissait la vieille maison caduque.

— Je pense à ma *mère Keltoum*, avait répondu Oum-Zahar.

Et Messaouda était restée interdite; à elle, la folle inspirait une terreur profonde.

El Hadj Saad demanda et obtint la fille d'un voisin, Saadia, et la noce fut fixée au *Mouled*, l'anniversaire de la naissance du prophète, en août. Il restait encore quinze jours jusqu'à cette date, mais Oum-Zahar ressentit une émotion douloureuse et, le soir, avant le coucher du soleil, elle s'en alla au tombeau.

Elle était grande et ne devait plus sortir; mais quand son père avait essayé de l'empêcher d'aller visiter la tombe de sa mère, elle était tombée à terre avec un grand cri et, pendant une demi-heure, elle s'était roulée avec des contorsions terribles. Alors Saharia avait dit à El Hadj Saad que sa fille était atteinte du mal sacré et qu'il ne fallait plus l'empêcher : elle était devenue *maraboute*.

Depuis le petit cimetière mélancolique, la vue s'étendait très loin dans la plaine désolée où les *sebkha* salées jetaient des taches blanches, livides sur le sol humide.

Sous les palmiers, la *séguia* salée, les canaux qui fertilisent l'oasis et qui engendrent la fièvre et les visions, murmurait doucement, dans l'ombre et le mystère de la futaie sombre, enclose de murs en argile...

Oum-Zahar s'était assise près du tertre et la joue appuyée sur sa main était demeurée immobile... Mais un balbutiement à peine distinct remuait ses lèvres.

— Mère, mère! Petite mère amie! Où es-tu allée? Pourquoi as-tu laissé orpheline ta petite fille Zaheïra?

Et par moments, entre ses sanglots et ses phrases sans suite, l'on eût pu entendre le nom de Keltoum.

Très étrangement, dans l'imagination de l'enfant, l'image de Keltoum s'était mêlée à celle de la morte, et en l'appelant Keltoum, Oum-Zahar croyait voir apparaître celle qui l'avait bercée et aimée!

OUM-ZAHAR

Soudain, sortant de derrière la muraille en terre, Keltoum parut, portant son nourrisson lamentable : elle s'avança vers Oum-Zahar et la prit par la main. Comme en rêve, la jeune fille se leva et suivit la folle qui l'entraîna hors de l'oasis sur la route des grands *chotts* salés.

Sous un ciel presque noir d'hiver où traînent des nuées déchiquetées d'un gris trouble, s'étendent les dunes livides de l'oued Souf où coulent les sables morts ne participant plus que de la vie capricieuse des vents. Au milieu d'un chaos de montagnes aux formes arrondies comme les dos immenses de monstres accroupis, dans une petite vallée stérile et grise, une *koubba* étrange s'élève, caduque et penchée.

Étroite et haute, avec son dôme pointu, elle est presque noire déjà ; elle a pris la teinte sans âge des constructions du Souf. C'est le tombeau d'un saint oublié là, dans ce pays funèbre. C'est la *koubba* de Rezerzemoul-Guéblaouïa.

La nuit glaciale achève de tomber sur ce site figé et un grand silence règne là.

Cependant, contre la muraille, il y a Keltoum et Oum-Zahar, la première était accroupie près d'elle, Oum-Zahar était couchée de tout son long. Keltoum ne portait plus l'enfant mystérieux dont elle n'avait pas révélé le secret à sa compagne.

Maintenant, Keltoum, qui semble ne pas sentir le froid glacial et le vent qui pleure dans la dune, poursuit là son rêve noir.

Depuis des mois, elles errent ainsi toutes deux à travers le désert, vivant de la charité des croyants, mais silencieuses. Dans l'âme d'Oum-Zahar, très vite, les ténèbres s'étaient faites et dans les solitudes où elles erraient, des scènes effrayantes avaient eu lieu : elles avaient eu, ensemble, des accès terribles du mal dont Keltoum avait le pouvoir redoutable de semer les germes sur son chemin... Une nuit, dans le grand désert salé du Chott Melriri, l'enfant *avait fini de mourir* et Keltoum a creusé une fosse avec ses ongles dans le sol salpêtré et mou.

Toutes ces dernières journées, une toux affreuse n'avait cessé d'agiter la poitrine desséchée d'Oum-Zahar et, à l'endroit où elle crachait, le sable se teignait en rouge...

Maintenant, elle ne toussait plus et sa respiration haletante et rauque ne s'entendait pas; elle reposait, paisible. Keltoum, qui semblait ne pas sentir la morsure cruelle du vent, poursuivait son rêve noir.

Soudain, par une de ces pensées incomplètes sans suite, qui dirigeaient son existence à peine humaine, Keltoum se leva et appela :

– Oum-Zahar! Oum-Zahar!

La jeune fille garda le silence. Alors la folle se pencha sur elle et la toucha : Oum-Zahar était morte.

Keltoum s'agenouilla, et comme elle l'avait fait pour son petit, sans larmes et sans paroles, elle creusa avec acharnement, comme une bête, dans le sable... Quand la fosse fut assez profonde, elle se leva, prit Oum-Zahar et l'étendit au fond. D'un geste brusque, elle ramena un pan du voile bleu sur le mince visage douloureux, sur l'or bruni des grands yeux étrangement adoucis, largement ouverts dans la nuit; puis elle rejeta le sable, très vite, sur le corps, et, de ses pieds nus, elle le tassa.

Puis, sans même se retourner, elle s'en alla, à travers le vent et la nuit, vers l'inconnu...

Note

Parue dans les *Nouvelles d'Alger* des 15 mai et 21 mai 1902, *Oum-Zahar* a été publiée à nouveau en 1944, dans *Au Pays des sables* (Sorlot).

La scène de la mort du début fait irrésistiblement penser à

la nuit de novembre 1897 où, à Bône, s'éteignit la mère d'Isabelle. La douleur de l'auteur, comme celle d'Oum-Zahar, fut très vive, et dans les *Journaliers*, Isabelle évoque fréquemment celle qu'elle a surnommée en russe « l'Esprit blanc ».

La Main

Une réminiscence, vieille déjà de quatre années, du Souf[1] âpre et flamboyant, de la terre fanatique et splendide que j'aimais et qui a failli me garder pour toujours, en quelqu'une de ses nécropoles sans clôtures et sans tristesse.

C'était la nuit, au nord d'El-Oued, sur la route de Béhima.

Nous rentrions, un spahi et moi, d'une course à une *zaouïya* lointaine, et nous gardions le silence.

Oh! ces nuits de lune sur le désert de sable, ces nuits incomparables de splendeur et de mystère!

Le chaos des dunes, les tombeaux, la silhouette du grand minaret blanc de Sidi Salem, dominant la ville, tout s'estompait, se fondait, prenait des aspects vaporeux et irréels.

Le désert où coulaient des lueurs roses, des lueurs glauques, des lueurs bleues, des reflets argentés, se peuplait de fantômes.

Aucun contour net et précis, aucune forme distincte, dans le scintillement immense du sable.

Les dunes lointaines semblaient des vapeurs amoncelées à l'horizon et les plus proches s'évanouissaient dans la clarté infinie d'en haut.

Nous passions sur un sentier étroit, au-dessus d'une

---

[1]. Souf ou Oued Souf: fait partie du Grand Erg Oriental, un désert de sable longeant la frontière tunisienne jusqu'au *chott* Djerid.

petite vallée grise, semée de pierres dressées : le cimetière de Sidi-Abdallah.

Dans le sable sec et mouvant, nos chevaux las avançaient sans bruit.

Tout à coup, nous vîmes une forme noire qui descendait l'autre versant de la vallée, se dirigeant vers le cimetière.

C'était une femme, et elle était vêtue de la *mlahfa* sombre des Soufiat, en draperie hellénique.

Surpris, vaguement inquiets, nous nous arrêtâmes et nous la suivîmes des yeux. Deux palmes fraîches dressées sur un tertre indiquaient une sépulture toute récente. La femme, dont la lune éclairait maintenant le visage ratatiné et ridé de vieille, s'agenouilla, après avoir enlevé les palmes.

Puis, elle creusa dans le sable avec ses mains, très vite, comme les bêtes fouisseuses du désert.

Elle mettait une sorte d'acharnement à cette besogne.

Le trou noir se rouvrait rapidement sur le sommeil et la putréfaction anonymes qu'il recelait.

Enfin, la femme se pencha sur la tombe béante. Quand elle se redressa, elle tenait une des mains du mort, coupée au poignet, une pauvre main roide et livide.

En hâte, la vieille remblaya le trou et replanta les palmes vertes. Puis, cachant la main dans sa *mlahfa*, elle reprit le chemin de la ville.

Alors, pâle, haletant, le spahi prit son fusil, l'arma, l'épaula.

Je l'arrêtai :

— Pour quoi faire? Est-ce que cela nous regarde? Dieu est son juge!

— Oh, Seigneur, Seigneur, répétait le spahi épouvanté. Laisse-moi tuer l'ennemie de Dieu et de ses créatures!

— Dis-moi plutôt ce qu'elle peut bien vouloir faire de cette main!

— Ah, tu ne sais pas! C'est une sorcière maudite. Avec la main du mort, elle va pétrir du pain. Puis elle le fera manger à quelque malheureux. Et celui qui a mangé du

LA MAIN

pain pétri avec une main de mort prise une nuit de vendredi par la pleine lune, son cœur se dessèche et meurt lentement. Il devient indifférent à tout et un *rétrécissement de l'âme* affreux s'empare de lui. Il dépérit et trépasse. Dieu nous préserve de ce maléfice!

Dans le rayonnement doux de la nuit, la vieille avait disparu, allant à son œuvre obscure. Nous reprîmes en silence le chemin de la ville aux mille coupoles, petites et rondes, que semblaient prolonger, d'un horizon à l'autre, les dos monstrueux de l'Erg, en une gigantesque cité translucide des Mille et une Nuits, peuplée de génies et d'enchanteurs.

Note

Il existe une variante de cette nouvelle, intitulée *La Goule* par Isabelle Eberhardt, restée manuscrite et introuvable. Ayant effectué un long séjour à El Oued, entre août 1900 et février 1901, Isabelle eut l'occasion d'y approfondir sa connaissance des mœurs musulmanes.

Ce ne fut pas une période d'écriture féconde mais elle enregistra à ce moment-là de multiples scènes vécues rédigées plus tard sous forme de souvenirs.

La Main a été publiée dans la *Dépêche algérienne* du 20 avril 1904 dans un ensemble intitulé « Obscurité » avec « le Mage » et « le Maghrébin », puis reprise dans *Pages d'Islam* (Fasquelle, 1920).

Criminel

Dans le bas-fond humide, entouré de hautes montagnes nues et de falaises rouges, on venait de créer le « centre » de Robespierre.

Les terrains de colonisation avaient été prélevés sur le territoire des Ouled-Bou-Naga, des champs pierreux et roux, pauvres d'ailleurs... Mais les « directeurs », les « inspecteurs » et autres fonctionnaires d'Alger, chargés de « peupler » l'Algérie et de toucher des appointements proconsulaires n'y étaient jamais venus.

Pendant un mois, les paperasses s'étaient accumulées, coûteuses et inutiles, pour donner un semblant de légalité à ce qui, en fait, n'était que la ruine d'une grande tribu et une entreprise aléatoire pour les futurs colons.

Qu'importait ? Ni de la tribu ni des colons, personne ne se souciait dans les bureaux d'Alger...

Sur le versant ouest de la montagne, la fraction des Bou-Achour occupait depuis un temps immémorial les meilleures terres de la région. Unis par une étroite consanguinité, ils vivaient sur leurs terrains sans procéder à aucun partage.

Mais l'expropriation était venue, et on avait procédé à une enquête longue et embrouillée sur les droits *légaux* de chacun des *fellah* au terrain occupé. Pour cela, on avait fouillé dans les vieux actes jaunis et écornés des *cadis* de jadis, on avait établi le degré de parenté des Bou-Achour entre eux.

Ensuite, se basant sur ces découvertes, on fit le partage des indemnités à distribuer. Là, encore, la triste comédie bureaucratique porta ses fruits malsains...

Le soleil de l'automne, presque sans ardeur, patinait d'or pâle les bâtiments administratifs, laids et délabrés. Alentour, les maisons en plâtras tombaient en ruine et l'herbe poussait sur les tuiles ternies, délavées.

En face des bureaux, la troupe grise des Ouled-Bou-Naga s'entassait. Accroupis à terre, enveloppés dans leurs burnous d'une teinte uniformément terreuse, ils attendaient, résignés, passifs.

Il y avait là toutes les variétés du type tellien : profils berbères aux traits minces, aux yeux roux d'oiseau de proie ; faces alourdies de sang noir, lippues, glabres ; visages arabes, aquilins et sévères.

Les voiles roulés de cordelettes fauves et les vêtements flottants, ondoyants au gré des attitudes et des gestes, donnaient aux Africains une nuance d'archaïsme, et sans les laides constructions « européennes » d'en face, la vision eût été sans âge.

Mohammed Achouri, un grand vieillard maigre au visage ascétique, aux traits durs, à l'œil soucieux, attendait un peu à l'écart, roulant entre ses doigts osseux les grains jaunes de son chapelet. Son regard se perdait dans les lointains où une poussière d'or terne flottait.

Les *fellah*, soucieux sous leur apparence résignée et fermée, parlaient peu.

On allait leur payer leurs terres, justifier les avantages qu'on avait, avant la pression définitive, fait miroiter à leurs yeux avides, à leurs yeux de pauvres et de simples.

Et une angoisse leur venait d'attendre aussi longtemps... On les avait convoqués pour le mardi, mais on était déjà au matin du vendredi et on ne leur avait encore rien donné.

CRIMINEL

Tous les matins, ils venaient là, et, patiemment, attendaient. Puis, ils se dispersaient par groupes dans les cafés maures de C..., mangeaient un morceau de galette noire, apportée du *douar* et durcie, et buvaient une tasse de café d'un sou... Puis, à une heure, ils retournaient s'asseoir le long du mur et attendre... Au *magh'reb* ils s'en allaient, tristes, découragés, disant tout bas des paroles de résignation... et la houle d'or rouge du soleil couchant magnifiait leurs loques, parait leur lente souffrance.

A la fin, beaucoup d'entre eux n'avaient plus ni pain ni argent pour rester à la ville. Quelques-uns couchaient au pied d'un mur, roulés dans leurs haillons...

Devant les bureaux, un groupe d'hommes discutaient et riaient : cavaliers et gardes champêtres se drapaient dans leur grand burnous bleu et parlaient de leurs aventures de femmes, voire même de boisson.

Parfois, un *fellah*, timidement, venait les consulter... Alors, avec le geste évasif de la main, familier aux musulmans, les *makhzenia* et les *chenâbeth* qui ne savaient pas, eux aussi, répondaient :

– *Osbor!*... Patiente...

Le *fellah* courbait la tête, retournait à sa place, murmurant :

– Il n'est d'aide et de force qu'en Dieu le Très-Haut!

Mohammed Achouri réfléchissait et, maintenant, il doutait, il regrettait d'avoir cédé ses terres. Son cœur de paysan saignait à la pensée qu'il n'avait plus de terre...

De l'argent?

D'abord, combien lui en donnerait-on?... puis, qu'en ferait-il? où irait-il acheter un autre champ, à présent qu'il avait vendu le lopin de terre nourricière?...

Enfin, vers neuf heures, le caïd des Ouled-Bou-Naga, un grand jeune homme bronzé, au regard dur et fermé, vint procéder à l'appel nominatif des gens de sa tribu... Un papier à la main, il était debout sur le seuil des bureaux... Les *fellah* s'étaient levés avec une ondulation marine de leurs burnous déployés... Ils voulurent saluer leur *caïd*...

YASMINA

Les uns baisèrent son turban, les autres son épaule. Mais il les écarta du geste et commença l'appel. Son garde champêtre, petit vieillard chenu et fureteur, poussait vers la droite ceux qui avaient répondu à l'appel de leur nom, soit par le *naâm* [1] traditionnel, soit par : « C'est moi... » Quelques-uns risquèrent même un militaire « brésent! » (présent).

Après, le caïd les conduisit devant les bureaux qu'ils désignent du nom générique de « Domaine » (recette, contributions, domaines, etc.).

Le *caïd* entra. On lui offrit une chaise.

Un cavalier, sur le seuil, appelait les Ouled-Bou-Naga et les introduisait un à un.

Parmi les derniers, Mohammed Achouri fut introduit.

Devant un bureau noir tailladé au canif, un fonctionnaire européen, en complet râpé, siégeait. Le *khodja*, jeune et myope, avec un pince-nez, traduisait debout.

— Achouri Mohammed ben Hamza... Tu es l'arrière-petit-cousin d'Admed Djilali ben Djilali, qui possédait les terrains du lieu dit « Oued-Nouar », fraction des Bou-Achour. Tu as donc des droits légaux de propriété sur les champs dit Zebboudja et Nafra... Tous comptes faits, tous frais payés, tu as à toucher, pour indemnité de vente, la somme de *onze centimes et demi* [2]... Comme il n'y a pas de centimes, voilà.

Et le fonctionnaire posa deux sous dans la main tendue du *fellah*.

Mohammed Achouri demeura immobile, attendant toujours.

— Allez, *roh! balek!*

— Mais j'ai vendu ma terre, une charrue et demie de champs et plusieurs hectares de forêts (broussailles)... Donne-moi mon argent!

— Mais tu l'as touché... C'est tout! Allez, à un autre! Abdallah ben Taïb Djellouli!

---

1. Naâm : oui.
2. Rigoureusement authentique *(Note de l'auteur)*.

— Mais ce n'est pas un payement, deux sous!... Dieu est témoin...

— Nom de Dieu d'imbécile! *Balek fissaâ!*

Le cavalier poussa dehors le *fellah* qui, aussitôt dans la rue, courba la tête, sachant combien il était inutile de discuter.

En un groupe compact, les Ouled-Bou-Naga restaient là, comme si une lueur d'espoir leur restait dans l'inclémence des choses. Ils avaient le regard effaré et tristement stupide des moutons à l'abattoir.

— Il faut aller réclamer à l'administrateur, suggéra Mohammed Achouri.

Et ils se rendirent en petit nombre vers les bureaux de la commune mixte, au milieu de la ville.

L'administrateur, brave homme, eut un geste évasif des mains... — Je n'y peux rien... Je leur ai bien dit, à Alger, que c'était la ruine pour la tribu... Ils n'ont rien voulu savoir, ils commandent, nous obéissons... Il n'y a rien à faire.

Et il avait honte en disant cela, honte de l'œuvre mauvaise qu'on l'obligeait à faire.

Alors, puisque le *hakem* qui ne leur avait personnellement jamais fait de mal, leur disait qu'il n'y avait rien à faire, ils acceptèrent en silence leur ruine et s'en allèrent, vers la vallée natale, où ils n'étaient que des pauvres désormais.

Ils ne parvenaient surtout pas à comprendre, et cela leur semblait injuste, que quelques-uns d'entre eux avaient touché des sommes relativement fortes, quoique ayant toujours labouré une étendue bien inférieure à celle qu'occupaient d'autres qui n'avaient touché que des centimes, comme Mohammed Achouri.

Un cavalier, fils de *fellah,* voulut bien leur expliquer la cause de cette inégalité de traitement.

— Mais qu'importe la parenté avec des gens qui sont morts et que Dieu a en sa miséricorde? dit Achouri. Puisque nous vivions en commun, il fallait donner le plus d'argent à celui qui labourait le plus de terre!...

– Que veux-tu? Ce sont les *hokkam*... Ils savent mieux que nous... Dieu l'a voulu ainsi...

Mohammed Achouri, ne trouvant plus de quoi vivre, quand le produit de la vente de ses bêtes fut épuisé, s'engagea comme valet de ferme chez M. Gaillard, le colon qui avait eu la plus grande partie des terres des Bou-Achour.

M. Gaillard était un brave homme, un peu rude d'ailleurs, énergique et, au fond, bon et honnête.

Il avait remarqué l'attitude nettement fermée, sournoise, de son valet. Les autres domestiques issus de la tribu étaient, eux aussi, hostiles, mais Mohammed Achouri manifestait un éloignement plus résolu, plus franc pour le colon, aux rondeurs bon enfant duquel il ne répondait jamais.

Au lendemain de la moisson, comme le cœur des *fellah* saignait de voir s'entasser toute cette belle richesse née de leur terre, les meules de M. Gaillard et sa grange à peine terminée flambèrent par une belle nuit obscure et chaude.

Des preuves écrasantes furent réunies contre Achouri. Il nia, tranquillement, obstinément, comme dernier argument de défense... Et il fut condamné.

Son esprit obtus d'homme simple, son cœur de pauvre dépouillé et trompé au nom de lois qu'il ne pouvait comprendre, avaient, dans l'impossibilité où il était de se venger du *Beylik*, dirigé toute sa haine et sa rancune contre le colon, l'usurpateur. C'était celui-là, probablement, qui s'était moqué des *fellah* et qui lui avait donné à lui, Achouri, les dérisoires *deux sous* d'indemnité pour toute cette terre qu'il lui avait prise! Lui, au moins, il était à la portée de la vengeance...

Et, l'attentat consommé, cet attentat que Mohammed Achouri continuait à considérer comme une œuvre de justice, le colon se demandait avec une stupeur douloureuse ce qu'il avait fait à cet Arabe à qui il donnait du travail, pour en être haï à ce point... Ils ne se doutaient guère, l'un et l'autre, qu'ils étaient maintenant les solidaires victimes d'une même iniquité grotesquement triste!

Le colon, proche et accessible, avait payé pour les fonctionnaires lointains, bien tranquilles dans leurs palais d'Alger... Et le *fellah* ruiné avait frappé, car le crime est souvent, surtout chez les humiliés, un dernier geste de liberté.

Note

A travers cette courte fiction, Isabelle Eberhardt montre bien le mécanisme de l'expropriation des « terres indigènes », le rôle de l'administration coloniale et l'incompréhension de ceux qui en sont victimes. Elle avait assisté aux scènes qu'elle décrit alors qu'elle résidait à Ténès (juillet 1902, avril 1903) où Slimène, son mari, travaillait comme *khodja* (secrétaire-interprète de l'administrateur).

Le même processus d'expropriation avait provoqué, le 26 avril 1901, la violente révolte d'une centaine de *fellah* de la région de Miliana. Cet événement sanglant, connu sous le nom de « révolte de Margueritte », terrorisa plus d'un colon de l'époque. Cette nouvelle semble tout spécialement écrite pour en expliquer les causes et prendre la défense des insurgés qui furent jugés en France en décembre 1902.

A cette occasion, Isabelle Eberhardt avait projeté de rédiger un mémoire, mais hélas, pour des raisons diverses, elle ne donna pas suite à ce projet.

Dans une autre nouvelle, *Fellah* (in *Notes de route*, Fasquelle, 1908), Isabelle décrit en un récit poignant, bien que très mélodramatique, un autre processus d'expropriation : l'usure. Obligé d'emprunter pour acheter la semence, le *fellah* est ruiné par une mauvaise récolte et contraint de vendre sa terre pour rembourser ses dettes.

Ilotes du Sud

En dehors de la ville, au pied des dunes grises, un carré de maçonnerie sans toit, aux murs percés d'ouvertures en forme de trèfles, se dresse, projetant une courte ombre transparente sous les rayons presque perpendiculaires du soleil, au milieu du flamboiement inouï de tout ce sable blanc qui, vaste fournaise, s'étend à l'infini, des petites maisons à coupoles de la ville aux dos monstrueux de l'Erg.

Un chant lent et triste monte de cette singulière construction, avec le grincement continu, obsédant, d'une roue et de chaînes mal graissées.

Dans la petite bande d'ombre bleue, un homme vêtu de blanc, coiffé du haut turban à cordelettes noires, est à demi couché, un bâton à la main. Il fume et il rêve. De temps en temps, quand le grincement se fait plus sourd et plus lent, l'homme crie : « Pompez! Pompez! »

A l'intérieur, trois ou quatre hommes maigres et bronzés, vêtus de laine blanche, tournent péniblement un treuil rouillé, et la chaîne fait monter l'eau qui coule avec un bruissement frais dans les petites *séguia* de plâtre.

Ils tournent, ils tournent, accablés, ruisselants de sueur. Si le spahi de garde est un brave garçon, conservant sous la livrée du métier de dureté la reconnaissance d'une commune origine, les pauvres diables peuvent s'arrêter parfois, éponger leur front en sueur... sinon, pompez, pompez toujours!

YASMINA

Et ainsi toute la longue journée, avec, au cœur, l'angoisse de se demander si leurs parents leur apporteront un peu de pain ou de couscous, car l'État ne leur donne rien, sauf l'écrasant travail sous le ciel de plomb, sur le sable calciné... Ceux qui viennent de loin, attendent, plus mornes, la dérisoire pitance que leur accorde la « commune » par l'intermédiaire du *dar-ed-diaf*, et qui suffit à peine à entretenir leur existence.

— Pourquoi es-tu en prison? demande le spahi à un nouveau venu, grand garçon mince, au profil d'oiseau de proie.

— Hier, je sommeillais devant le café de Hama Ali. Le lieutenant de tirailleurs a passé et je ne l'ai pas salué... Alors, il m'a donné des coups de canne et s'est plaint au bureau arabe. Le capitaine m'a mis quinze jours de prison et quinze francs d'amende.

Le spahi, récemment arrivé des territoires civils, s'étonne :

— Alors, ici, les Arabes sont tenus de saluer les officiers, comme nous autres, les militaires?

— Oui, tous les officiers... sinon, on est battu et emprisonné... Nous avons eu un lieutenant qui obligeait même les femmes à le saluer... Oh, le régime militaire est serré, terrible!

Le spahi, indifférent, continue son interrogatoire.

— Et toi, le vieux? La question s'adresse à un petit vieux timide et silencieux.

— Moi... je suis des Ouled-Saoud. Alors, comme la maîtresse du lieutenant Durand est partie, et qu'elle avait beaucoup de bagages, le lieutenant a donné des ordres aux *caïds*. Le mien m'avait ordonné d'amener ma chamelle, mais comme elle est blessée au dos, je n'ai pas voulu la prêter. Je suis en prison depuis huit jours. Le lieutenant, en m'interrogeant, m'a donné une gifle quand j'ai dit que ma chamelle était malade et on ne m'a pas dit combien de prison j'ai à faire... Dieu m'est témoin que ma chamelle est blessée...

ILOTES DU SUD

Lancé sur le chapitre des doléances, le vieux qu'on n'écoute plus continue à larmoyer sa détresse prolixe.

— Moi, dit un troisième, je suis venu au marché où j'ai vendu un pot de beurre. Le lendemain, je devais en toucher le prix, mais il y avait une lettre pressée pour le *cheikh* de Debila... Alors, on me l'a remise en m'ordonnant de repartir tout de suite... J'ai eu beau supplier, j'ai été menacé de la prison. Alors, pour ne pas perdre le prix de mon beurre, j'ai fait semblant de partir, restant jusqu'au matin. Ça s'est su, Dieu sait comment, et je suis en prison pour quinze jours, avec quinze francs d'amende.

— Tu aurais mieux fait de perdre le prix du beurre, alors, remarque judicieusement le spahi.

Mais tout ça « c'est des histoires! » Et il retourne se coucher à l'ombre, criant aux prisonniers : « Pompez! »

Et le grincement monotone reprend, en même temps que le chant long, plaintif, des prisonniers qui semblent dévider indéfiniment leurs tristesses, leurs timides récriminations contre cette puissance redoutable, qui broie et écrase toute leur race : l'Indigénat discrétionnaire.

Note

Ce court tableau des misères coloniales dans les territoires du sud administrés par l'armée, fut saisi par Isabelle lorsqu'elle vivait à El Oued (août 1900-février 1901). Elle y prend sans ambiguïté la défense des hommes réduits à un esclavage que dans le titre elle compare à celui des ilotes brimés par les Spartiates. Ce texte provoqua de vives réactions dans le milieu colonial algérois quand il fut publié dans l'*Akhbar* en 1903. Fait partie de *Pages d'Islam* (Fasquelle, 1920).

Les Enjôlés

Le soleil clair d'automne effleurait d'une tiédeur attendrie les platanes jaunis et les feuilles éparses sur le sable herbu de la Place du Rocher, la plus belle de la croulante Ténès. Dans la limpidité sonore de l'air, les sons gais et excitants des clairons retentissent, alternant avec les accents plus mélancoliques et plus africains de la *nouba* arabe... Déployant toute la fausse pompe militaire, revêtus de leurs vestes les moins usées, de leurs *chéchia* les moins déteintes, les tirailleurs passèrent... Il leur était permis de parler aux jeunes hommes de leur race qui, curieux ou attirés instinctivement par ce tableau coloré, suivaient le défilé.

Et les mercenaires, par obéissance et aussi par un malin plaisir, faisaient miroiter aux yeux des *fellah* les avantages merveilleux de l'état militaire, donnant sur leur vie des détails fantastiques.

Parmi ceux qui suivaient, attentifs aux propos des soldats, Ziani Djilabi ben Kaddour, bûcheron de la tribu de Chârir, se distinguait par sa haute taille, son fin profil aquilin et son allure fière.

Ce qui l'avait le plus frappé dans les discours des tirailleurs, c'était leur affirmation qu'ils ne payaient pas d'impôts. D'abord, il avait été incrédule : de tous temps, les Arabes avaient payé l'impôt au *Beylik*... Mais Mustapha le cafetier lui avait certifié que les *askar* (soldats) avaient dit vrai... Et Djilali réfléchissait.

YASMINA

Son père se faisait vieux. Ses frères étaient encore jeunes et, bientôt, ce serait sur lui que retomberait tout le labeur de la *mechta*, et l'entretien de sa famille, et l'impôt, et le payement des sommes empruntées au riche usurier Faguet et aux Zouaoua...

Comment ferait-il? Leur champ était trop petit et mal exposé, mangé de toutes parts par les éboulements de rochers et la brousse envahissante... Pour achever de lui rendre le séjour de son *gourbi* insupportable, sa jeune femme venait de mourir en couches...

Vivre sans s'inquiéter de rien, être bien vêtu, bien nourri, ne pas payer d'impôts et avoir des armes, tout cela séduisit Djilali, et il s'engagea avec d'autres jeunes gens, comme lui crédules, avides d'inconnu et d'apparat...

Le vieux Kaddour, brisé par l'âge et la douleur, le vieux père en haillons accompagna en pleurant les jeunes recrues qui partaient pour le dépôt des tirailleurs, à Blida... Puis, il rentra, plus cassé et plus abattu, sous le toit de *diss* de son gourbi, pour y mourir, résigné, car telle était la volonté de Dieu.

A la caserne, ce fut, pour Djilali, une désillusion rapide. Tout ce qu'on lui avait montré de la vie militaire avant son engagement n'était que parade et leurre. Il s'était laissé prendre comme un oiseau dans les filets. Il eut des heures de révolte, mais on le soumit par la peur de la souffrance et de la mort... Peu à peu, il se fit à l'obéissance passive, au travail sans intérêt et sans utilité réelle, à la routine à la fois dure et facile du soldat où la responsabilité matérielle de la vie réelle est remplacée par une autre, factice.

La boisson et la débauche dans les bouges crapuleux remplacèrent pour lui les libres et périlleuses amours de la brousse, où il fallait de l'audace et du courage pour être aimé des Bédouines aux yeux d'ombre et au visage tatoué.

Le cœur du fellah s'endurcit et s'assoupit. Il cessa de penser à la *mechta* natale, à son vieux père et à ses jeunes frères : il devint soldat.

LES ENJÔLÉS

Trois années s'écoulèrent.

L'automne revint, l'incomparable automne d'Afrique avec son pâle renouveau, ses herbes vertes et ses fleurs odorantes cachées dans le maquis sauvage. A l'ombre des montagnes, les coteaux de Chârir reverdissaient, dominant la route de Mostaganem et l'échancrure harmonieuse du grand golfe bleu, très calme et très uni, avec à peine quelques stries roses.

Sur la route détrempée par les premières pluies vivifiantes, les tirailleurs en manœuvres passent, maussades et crottés. Sur leurs visages bronzés et durs, la sueur et la boue se mêlent et, souvent, en un geste exaspéré, une manche de grosse toile blanche essuie un front en moiteur... Avec un juron, blasphème ou obscénité, les épaules lasses déplacent la morsure lancinante des bretelles de la lourde *berdha*.

Depuis que, au hasard des « opérations », sa compagnie est venue là, dans la région montagneuse et ravinée de Ténès, Ziani Djilali éprouve un malaise étrange, de la honte et du remords...

Mais la compagnie passe au pied des collines de Chârir et Djilali regarde le coteau où était sa *mechta*, près de la *koubba* et du cimetière où dort son vieux père qu'il a abandonné... Les frères, dispersés, sont devenus ouvriers chez des colons; vêtus de haillons européens, méconnaissables, ils errent de ferme en ferme. Le *gourbi* a été vendu et Djilali regarde d'un regard singulier, un *fellah* quelconque qui coupe des épines sur le champ qui était à lui, jadis, sur l'ancien champ des « Ziani ». Dans ce regard, il y a le désespoir affreux de la bête prise au piège, et la haine instinctive du paysan à qui on a pris *sa terre* et la tristesse de l'exilé...

Oh! elle a beau retentir maintenant, la musique menteuse, elle ne trompe plus le *fellah* et elle ne l'entraîne plus, il se sent un poids dans le cœur, il voit bien qu'il a conclu un marché trompeur, que sa place n'est pas loin des siens, mais bien sur la terre nourricière, sous les haillons du laboureur, dans la vie pauvre de ses ancêtres!

Et, d'un geste rageur, au revers de sa manche il essuie la sueur et la poussière de son front, et les larmes de ses yeux... Puis, il courbe la tête et continue sa route, car nul ne peut lutter contre le *mektoub* de Dieu.

Note

Il est facile de situer dans le temps l'inspiration de cette nouvelle : entre juillet 1902 et avril 1903. Après son séjour dans la « commune mixte » de Ténès – une bourgade européenne et un douar – où Isabelle assista à tous les processus de la colonisation, elle va collaborer régulièrement au journal « arabophile » l'*Akhbar*, publié par Victor Barrucand. Ses premiers articles sont tous consacrés à dénoncer les injustices dont sont victimes les colonisés.

La nouvelle *Les Enjôlés*, sortie dans l'*Akhbar* en 1903, a été reprise dans l'édition de *Pages d'Islam* (Fasquelle, 1920.)

Le Major

Tout, dans cette Algérie, avait été une révélation pour lui... une cause de trouble – presque d'angoisse. Le ciel trop doux, le soleil trop resplendissant, l'air où traînait comme un souffle de langueur, qui invitait à l'indolence et à la volupté très lente, la gravité du peuple vêtu de blanc, dont il ne pouvait pénétrer l'âme, la végétation d'un vert puissant, contrastant avec le sol pierreux, gris ou rougeâtre, d'une morne sécheresse, d'une apparente aridité... et puis quelque chose d'indéfinissable, mais de troublant et d'enivrant, qui émanait il ne savait d'où, tout cela l'avait bouleversé, avait fait jaillir en lui des sources d'émotion dont il n'eût jamais soupçonné l'existence.

En venant ici, par devoir, comme il avait étudié cette médecine qui devait faire vivre sa mère aveugle, ses deux sœurs et son petit frère frêle, comme il avait vécu et pensé jusqu'alors, il s'était soumis à la nécessité, simplement, sans entraînement, sans attirance pour ce pays qu'il ignorait.

Cependant, depuis qu'il avait été désigné, il n'avait voulu rien lire, sans savoir de ce pays où il devait transporter sa vie silencieuse et calme, et son rêve triste et restreint, sans tentatives d'expression, jamais.

Il verrait, indépendant, seul, sans subir aucune influence.

Dès son arrivée, il avait dû écouter les avertissements de ses nouveaux camarades qui le fêtaient et qu'il devinait ironiques, protecteurs, dédaigneux de sa jeunesse inexpérimentée, soucieux surtout de leurs effets et de l'épater... Indifférent, il écouta leurs plaintes et leurs critiques : pas de société, rien à faire, un morne ennui. Un pays sans charme, les Algériens brutaux et uniquement préoccupés du gain, les indigènes répugnants, faux, sauvages, au-dessous de toute critique, ridicules...

Tout cela lui fut indifférent et il n'en acquit qu'une connaissance de ces mêmes camarades avec lesquels il devait vivre...

Puis, un jour, brusquement, enfant des Alpes boisées et verdoyantes, des horizons bornés et nets, il était entré dans la grande plaine, vague et indéfiniment semblable, sans premiers plans, presque sans rien qui retînt le regard.

Ce lui fut d'abord un malaise, une gêne. Il sentait tout l'infini, tout l'imprécis de cet horizon entrer en lui, le pénétrer, alanguir son âme et comme l'embrumer, elle aussi, de vague et d'indicible. Puis, il sentit tout à coup combien son rêve s'élargissait, s'étendait, s'adoucissait en un calme immense, comme le silence environnant. Et il vit la splendeur de ce pays, la lumière seule, triomphante, vivifiant la plaine, le sol lépreux, en détruisant à chaque instant la monotonie... La lumière, âme de cette terre âpre, était ensorcelante. Il fut près de l'adorer, car en la variété prodigieuse de ses jeux, elle lui sembla consciente.

Il connut la légèreté gaie, l'insouciance calme dans les ors et les lilas diaphanes des matins... L'inquiétude, le sortilège prenant et pesant, jusqu'à l'angoisse, des midis aveuglants, où la terre, ivre, semblait gémir sous la caresse meurtrissante de la lumière exaspérée... La tristesse indéfinissable, douce comme le renoncement définitif, des soirs d'or et de carmin, préparant au mystère menaçant des nuits obscures et pleines d'inconnu, ou claires comme une aube imprécise, noyant les choses de brume bleue.

Et il aima la plaine.

Des dunes incolores, accumulées, pressées, houleuses, changeant de teintes à toutes les heures, subissant toutes les modifications de la lumière, mais immobiles et comme

LE MAJOR

endormies en un rêve éternel, enserraient le *ksar* incolore, dont les innombrables petites coupoles continuaient leur moutonnement innombrable.

De petites rues tortueuses, bordées de maisons de plâtre caduques, coupées de ruines, avec parfois l'ombre grêle d'un dattier cheminant sur les choses, obéissant elles aussi à la lumière, de petites places aboutissant à des voies silencieuses qui s'ouvraient brusquement, décevantes, sur l'immensité incandescente du désert... Un *bordj* tout blanc, isolé dans le sable et de la terrasse duquel on voyait la houle infinie des dunes, avec, dans les creux profonds, le velours noir des dattiers... Çà et là, une armature de puits primitif, une grande poutre dressée vers le ciel, inclinée, terminée par une corde, comme une ligne de pêcheur géante... Dominant tout, au sommet de la colline, une grande tour carrée, d'une blancheur tranchant sur les transparences ambiantes et qui scintillait au milieu du jour, aveuglante, gardant le soir les derniers rayons rouges du couchant : le minaret de la *zaouïya* de Sidi Salem.

Alentour, cachés dans les dunes, les villages esseulés, tristes et caducs, dont les noms avaient pour Jacques une musique étrange : El-Bayada, Foum-Sahheuïme, Oued-Allenda, Bir-Araïr...

La première sensation, poignante jusqu'à l'angoisse, fut pour Jacques celle de l'emprisonnement dans tout ce sable, derrière toutes ces solitudes que, pendant huit jours, il avait traversées, qu'il avait cru comprendre et qu'il avait commencé à aimer...

Voilà que, maintenant, tout cet espace qui le séparait de Biskra, où il avait quitté les derniers aspects un peu connus, un peu familiers, tout cela lui semblait prenant, tyrannique, hostile jusqu'à la désespérance presque...

Un capitaine, deux lieutenants des affaires indigènes, un officier de tirailleurs et le sous-lieutenant de spahis, vieil Arabe, momie usée sous le harnais, tels étaient ses nouveaux compagnons... Dès son arrivée auprès d'eux, un grand froid avait serré son cœur. Ils étaient courtois, ennuyés et loin de lui, si loin... Et il s'était trouvé seul, lamentablement, dans l'angoisse de ce pays qui, maintenant, l'effrayait. Silencieux, obéissant toujours dans ses rapports avec les hommes à la première impression instinctive qu'il sentait juste, il se renferma en lui-même. On le jugea maussade et insignifiant, ce pâle blond aux yeux bleus, dont le regard semblait tourné en dedans. Ce qui acheva de les séparer, ce fut que tout de suite il se sentit leur supérieur grâce à son intellectualité développée, tout en profondeur, avec son éducation soignée, délicate.

Il étudia, consciencieusement, la langue rauque et chantante dont, tout de suite, il avait aimé l'accent, dont il avait saisi l'harmonie avec les horizons de feu et de terre pétrifiée...

Comme cela, il leur parlerait, à ces hommes qui, les yeux baissés, le cœur fermé farouchement, se levaient soumis, et le saluaient au passage.

— Les indigènes, quels qu'ils soient, sont tenus de saluer tout officier, avait dit le capitaine Malet, aussi raide et aussi résorbé par le métier de dureté que Rezki le *turco*.

— Je vous engage à ne jamais rapprocher ces gens de vous, à les tenir à leur juste place. De la sévérité, toujours, sans défaillance... C'est le seul moyen de les dompter.

Dur, froid, soumis aveuglément aux ordres venant de ses chefs, sans jamais un mouvement spontané ni de bonté, ni de cruauté, impersonnel, le capitaine Malet vivait depuis quinze ans parmi les indigènes, ignoré d'eux et les ignorant, rouage parfait dans la grande machine à dominer. De ses aides, il exigeait la même impersonnalité, le même froid glacial...

Jacques, dès les premiers jours, s'insurgea, voulant être lui-même et agir selon sa conscience qui, méticuleuse, lui prépara des mécomptes, des désillusions et une incertitude perpétuelle.

Le capitaine haussa les épaules.

— Voilà, dit-il à son adjoint, une nouvelle source d'ennuis. L'autre (son prédécesseur) se pochardait et nous ren-

LE MAJOR

dait ridicules... Celui-là vient faire des innovations, tout bouleverser, juger, critiquer... Je parie qu'il est imbu d'idées *humanitaires*, sociales et autres... du même genre. Heureusement qu'il n'est que médecin et qu'il n'a pas à se mêler de l'administration... Mais c'est embêtant quand même... A tout prendre, l'autre valait mieux... Moins encombrant. Aussi pourquoi nous envoie-t-on des gosses! Si au moins c'étaient des Algériens...

Et le capitaine s'attacha dès lors à montrer franchement, froidement au docteur sa désapprobation absolue. Cela attrista Jacques. S'il ne se soumettait plus au jugement des hommes, il souffrait encore de leur haine, sinon de leur mépris.

De plus en plus ce qui, dans ses rapports avec les hommes, lui répugnait le plus, c'était leur vulgarité, leur souci d'être, de penser et d'agir comme tout le monde, de ressembler aux autres et d'imposer à chacun leur manière de voir, impersonnelle et étroite.

Cette mainmise sur la liberté d'autrui, cette ingérence dans ses pensées et ses actions l'étonnaient désagréablement... Non contents d'être inexistants eux-mêmes, les gens voulaient encore annihiler sa personnalité à lui, réglementer ses idées, enrayer l'indépendance de ses actes... Et, peu à peu, de la douceur primordiale, un peu timide et avide de tendresse de son caractère, montaient une sourde irritation, une rancœur et une révolte. Pourquoi admettait-il, lui, la différence des êtres, pourquoi eût-il voulu pouvoir prêcher la libre et féconde éclosion des individualités, en favoriser le développement intégral, pourquoi n'avait-il aucun désir de façonner les caractères à son image, d'emprisonner les énergies dans les sentiers qu'il lui plaisait de suivre et pourquoi, chez les autres, cette intolérance, ce prosélytisme tyrannique de la médiocrité?

Très vite, l'éducation de son esprit et de son caractère se faisait, dans ce milieu si restreint où il voyait, comme en raccourci, toutes les laideurs qui, ailleurs, lui eussent échappé, éparpillées dans la foule bigarrée et mobile.

Pourtant, le grand trouble qu'avait introduit dans son âme la révélation, sans transition, de ce pays si dissemblable au sien, se calmait lentement, mais sensiblement. Là où il avait d'abord éprouvé un trouble intense, douloureux, il commençait à apercevoir des trésors de paix bienfaisante et de féconde mélancolie.

Tout d'abord, il n'avait pas voulu *visiter* le pays où, pour dix-huit mois au moins, il était isolé. Du touriste, il n'avait ni la curiosité ni la hâte. Il préférait découvrir les détails lentement, peu à peu, au hasard de la vie et des promenades quotidiennes, sans but et sans intention. Puis, de cette accumulation progressive d'impressions, l'ensemble se formerait en son esprit, surgirait tout seul, tout naturellement.

Ainsi, il avait organisé sa vie, pour moins souffrir et plus penser...

Au lendemain de son arrivée, il avait dû aller, le matin, au bureau arabe pour visiter les malades civils, les indigènes. Un jeune tirailleur, d'une beauté féminine, aux longs yeux d'ombre et de langueur, lui servait d'interprète. Un caporal infirmier, face rubiconde et réjouie, un peu goguenarde, l'assistait.

Dans une cour étroite et longue, une vingtaine d'indigènes attendaient, accroupis, en des poses patientes, sans hâte.

Quand Jacques parut, les malades se levèrent, quelques-uns péniblement, et saluèrent militairement, gauches.

Les femmes, cinq ou six, élevèrent leurs deux mains, ouvertes disgracieusement au-dessus de leur tête courbée, comme pour demander grâce.

Dans le regard de ces gens, il discerna clairement de la crainte, presque de la méfiance.

Le groupe des hommes en burnous terreux, faces brunes, aux traits énergiques, aux yeux ardents abrités de

LE MAJOR

voiles sales et déchirés... Celui des femmes, plus sombre. Faces ridées, édentées de vieilles, avec un lourd édifice de tresses de cheveux blancs rougis au henné, de tresses de laine rouge, d'anneaux et de mouchoirs... Faces sensuelles et fermées de jeunes filles, aux traits un peu forts, mais nets et harmonieux, au teint obscur, yeux très grands étonnés et craintifs... Le tout, enveloppé de *mlhafa* d'un bleu sombre, presque noir, drapé à l'antique.

Attentivement, corrigeant par la douceur de son regard, par la bonhomie affectueuse et rassurante de ses manières la brusquerie que donnait à ses interrogations le tirailleur interprète, Jacques examina ses malades, pitoyable devant toute cette misère, toute cette souffrance qu'il devait adoucir. La visite fut longue... Il remarqua l'étonnement ironique du caporal... Le tirailleur était impassible.

Cependant, malgré l'attitude nouvelle pour eux de ce docteur, les indigènes ne s'ouvrirent pas, n'allèrent pas au-devant de lui. Des siècles de méfiance et d'asservissement étaient entre eux.

Et en s'en allant, Jacques sentit bien que la besogne dont il voulait être l'humble ouvrier était immense, écrasante... Mais il ne se laissa pas décourager : si tous les bras retombaient impuissants devant l'œuvre à accomplir, si personne ne donnait le bon exemple, le mal triompherait toujours, incurable. Et puis Jacques croyait en la force vive de la vérité, en la bonne vertu rédemptrice du travail.

Au quartier, à l'hôpital, il rencontra les mêmes faces fermées et dures, semblables à celle de son ordonnance, roidie, sortie de l'humanité. La pauvreté de leur vie, sans même une façade, le frappa : le service machinal, un petit nombre de mouvements et de gestes toujours les mêmes à répéter indéfiniment, par crainte d'abord, puis par habitude. En dehors de cela, de la vie réelle, personnelle, on leur avait laissé deux choses : l'abrutissement de l'alcool et la jouissance immédiate, à bon marché, à la maison publique. Là, dans ce cercle étroit, se passaient les années actives de leur vie...

... Huit créatures pâlies, fanées, assises sur des banquettes de pierre, devant une sorte de cabaret... Des vêtements clairs, tachés, déchirés, salis, mais violemment parfumés. Des chairs flasques, couturées, usées à force d'être pétries par des mains brutales, aux vermineux matelas de laine, et, pour quelques sous, une étreinte souvent lasse, subie par nécessité, sans aucun écho, sans une vibration de chair amie... Des bouteilles de liquides violents, procurant une chaleur d'emprunt, une fausse joie qu'ils ne trouvaient pas en eux, tel était le coin de vie personnelle où se réfugiaient ces hommes qui, pour la sécurité du pain et de la paillasse, vendaient leur liberté, la dernière des libertés humaines : aller où l'on veut, choisir le fossé où l'on subira les affres de la faim, la morsure du froid...

Jacques, naïvement, crut compatir à leur souffrance, leur attribuant les sensations que lui donnait, à lui, leur vie... Il crut que leurs récriminations constantes contre leur sort étaient le résultat de la conscience de leur misérable situation... Puis il fut étonné et troublé de voir qu'ils ne souffraient pas de vivre ainsi... « *Chien de métier* », « *Vie trois fois maudite!* » disaient-ils... « *Encore tant de jours à tirer...* » Ils comptaient les jours de misère... Puis, rendus à la liberté à la fin de leur « *congé* », ils rengageaient, sans broncher... Si, par hasard, ils s'en allaient au bout de six mois, gênés, errant dans la vie, ils revenaient, remettaient leur nuque docile sous le joug... Et Jacques les plaignit d'être ainsi, de ne pas souffrir de leur déchéance et de leur servitude.

Jacques avait rêvé du rôle civilisateur de la France, il avait cru qu'il trouverait dans le *ksar* des hommes conscients de leurs missions, préoccupés d'améliorer ceux que, si entièrement, ils administraient... Mais, au contraire, il s'aperçut vite que le système en vigueur avait pour but le maintien du *statu quo*.

LE MAJOR

Ne provoquer aucune pensée chez l'indigène, ne lui inspirer aucun désir, aucune espérance surtout d'un sort meilleur. Non seulement ne pas chercher à les rapprocher de nous, mais, au contraire, les éloigner, les maintenir dans l'ombre, tout en bas... rester leurs gardiens et non pas devenir leurs éducateurs.

Et n'était-ce pas naturel? Puisque dans leur élément naturel, à la caserne, ces gens ne cherchaient jamais à s'élever un peu vers eux, à rapprocher d'un type un peu humain la masse d'en bas, la foule impersonnelle, puisqu'ils étaient habitués à être là pour empêcher toute manifestation d'indépendance, toute innovation, comment, appelés par un hasard qu'ils pouvaient qualifier de bienheureux, car il servait à la fois tous leurs intérêts et leur ambition, à *gouverner* des civils, doublement étrangers à leur vie, comme *pékins*[1] d'abord, comme indigènes ensuite, comment n'eussent-ils pas été fidèles à leur critérium du devoir militaire : niveler les individualités, les réduire à la subordination la plus stricte, enrayer un développement qui les amènerait certainement à une moindre docilité?

Et il concluait : Non, ce n'est pas leur métier de gouverner des civils... Non, ils ne seront jamais des éducateurs... Chacun d'entre eux, en s'en allant, laissera les choses dans l'état où il les avait trouvées à son arrivée, sans aucune amélioration, en mettant les choses au mieux. C'est le règne de la stagnation, et ces territoires militaires sont séparés du restant du monde, de la France vivante et vibrante, de la vraie Algérie elle-même, par une muraille de Chine que l'on entretient, que l'on voudrait exhausser encore, rendre impénétrable à jamais, fief de l'armée, fermé à tout ce qui n'est pas elle.

Et une grande tristesse l'envahissait à la pensée de cette besogne qui eût pu être si féconde et qui était gâchée.

Ce qui augmentait encore l'amertume de son mécontentement, c'était son impuissance personnelle à rien amé-

---

1. Pékins : civils en argot militaire.

liorer dans cet état de choses dont il voyait clairement le danger social et national.

Occupant une situation infime dans la hiérarchie qui dominait tout, qui était la base de tout, placé *à côté* de ce bureau arabe omnipotent, n'ayant aucune autorité, il devait rester dans son rôle de spectateur inactif.

Au début, il avait bien essayé de parler, à la popote, mais il s'était heurté au parti pris inébranlable, à la conviction sincère et obstinée de ces gens et aussi, ce qui le fit taire, à leur ironie.

« Vous êtes jeune, docteur, et vous ignorez tout de ce pays, de ces indigènes... Quand vous les connaîtrez, vous direz comme nous. » Le capitaine Malet avait prononcé ces paroles sur un ton de condescendance ironique qui avait glacé Jacques.

Depuis qu'il commençait à comprendre l'arabe, à savoir s'exprimer un peu, il aimait à aller s'étendre sur une natte, devant les cafés maures, à écouter ces gens, leurs chants libres comme leur désert et comme lui, insondablement tristes, leurs discours simples. Peu à peu, les *Souafas* commençaient à s'habituer à ce *roumi*, à cet officier qui n'était pas dur, pas hautain, qui leur parlait avec un si franc sourire, qui s'asseyait parmi eux, qui, d'un geste, les arrêtait quand ils voulaient se lever à son approche pour le saluer...

Pourquoi était-il comme ça? Ils ne le savaient pas, ne le comprenaient pas. Mais ils le voyaient secourable à toutes leurs misères, combattant patiemment, pas à pas, leur méfiance, leur ignorance. Les malades, rassurés par la réputation de bonté du docteur, affluaient au bureau arabe, s'adressaient à lui au cours de ses promenades, troublaient sa rêverie sur les nattes des cafés... Au lieu de s'impatienter, il constatait ce qu'il y avait là de progrès et se réjouissait. La difficulté de sa tâche ne le rebutait pas, ni l'ingratitude de beaucoup.

Son heure de repos délicieux, de rêve doucement mélancolique était celle du soir, au coucher du soleil. Il s'en allait dans un petit café maure, presque en face du bureau arabe, et là, étendu, il regardait la féerie chaque jour renaissante, jamais semblable, de l'heure pourpre.

En face de lui, les bâtiments laiteux du *bordj* se coloraient d'abord en rose, puis, peu à peu, ils devenaient tout à fait rouges, d'une teinte de braise, inouïe, aveuglante... Toutes les lignes, droites ou courbes, qui se profilaient sur la pourpre du ciel, semblaient serties d'or... Derrière, les coupoles embrasées de la ville, les grandes dunes flambaient... Puis, tout pâlissait graduellement, revenait aux teintes roses, irisées... Une brume pâle, d'une couleur de chamois argenté, glissait sur les saillies des bâtiments, sur le sommet des dunes. Des renfoncements profonds, des couloirs étroits entre les dunes, les ombres violettes de la nuit rampaient, remontaient vers les sommets flamboyants, éteignaient l'incendie... Puis, tout sombrait dans une pénombre bleu marine, profonde.

Alors, du grand minaret de Sidi Salem et de petites terrasses des autres mosquées délabrées, la voix des *mueddine* montait, bien rauque et bien sauvage déjà, traînante. Avec cette voix de rêve, les dernières rumeurs humaines de la ville sans pavés, sans voitures, se taisaient et, tous les soirs, une petite flûte bédouine se mettait à susurrer une tristesse infinie, *définitive,* là-bas, dans les ruelles en ruines des Messaaba, dans l'ouest d'El Oued.

Jacques rêvait.

Il aimait ce pays maintenant. A son besoin jeune d'activité, sa tâche journalière suffisait... Et toute l'immense tristesse, tout le mystère qui est le charme de ce pays contentaient son besoin de rêve...

YASMINA

Jacques était resté, par goût d'une certaine esthétique morale, et par timidité aussi, très chaste. Mais ici, bien plus que là-bas, en France, dans l'alanguissement de cette vie monotone, dans sa solitude d'âme, il éprouvait le grand trouble des sens avides. Il n'avait pas prévu cela... Cependant, d'abord, le désir qui, chez lui, exacerbait l'intensité de toutes les sensations, lui fut doux, quoique inassouvi. Il entretenait son âme ouverte à toutes les extases, à tous les frissons.

Mais, bientôt, ses nerfs surexcités se lassèrent de cette tension anormale, épuisante, et Jacques sentit une irritation sans cause, un énervement invincible l'envahir, troubler sa douce quiétude.

Il se fâcha contre lui-même, lutta comme cette excitation dont il ne se dissimulait pas la nature, presque toute matérielle.

Puis, un soir, il errait, lentement et sans but, dans une ruelle des Achèche, dans le nord d'El Oued, où toutes les maisons étaient en ruine et semblaient inhabitées. Il aimait ce coin de silence et d'abandon. Les habitants étaient morts sans laisser d'héritiers ou étaient partis au désert, à Ghadamès, à Bar-es-Sof ou plus loin... La nuit tombait et Jacques, assis sur une pierre, rêvait.

Soudain, il aperçut dans l'une de ces ruines une petite lumière falote... Une voix monta, cadencée, accompagnée d'un cliquetis de bracelets... Une voix de femme qui, doucement, chantait... Cela semblait une incantation, tellement il y avait de mystérieuse tristesse dans le rythme de ce chant... Le vent éternel du Souf bruissait dans les décombres et, dans son souffle tiède, une senteur de benjoin glissa.

Le chant se tut et une femme parut sur le seuil d'une maison un peu moins caduque que les autres. Grande et mince sous sa *mlhafa* noire, elle s'accouda au mur, gracieuse. A la pâle lueur encore vaguement violacée, Jacques la vit. Un peu flétrie, comme lasse, elle était très belle, d'une beauté d'idole.

LE MAJOR

Elle le vit et tressaillit. Mais elle ne rentra pas... Longtemps, ils se regardèrent, et Jacques sentit un trouble indicible l'envahir.

— *Arouah!...* dit-elle, très bas. (Viens!)

Et il s'approcha, sans une hésitation.

Elle le prit par la main et le guida dans l'obscurité des ruines, vers la petite lumière suspendue à un crochet de fer fiché dans un mur; une petite lampe de forme très ancienne brûlait, vacillante: une sorte de petite cassolette carrée en fer où nageait dans l'huile une mèche grossière. Sur une petite cour intérieure, deux pièces encore habitables s'ouvraient. Dans un coin, sur un feu de braise, une marmite d'eau bouillait. Un grand chat noir, frileusement roulé en boule, rêvait dans la lueur rouge du feu, avec un tout petit ronron de béatitude.

La femme avait fait asseoir Jacques sur le seuil de la chambre et restait debout devant lui, silencieuse. Jacques lui prit les mains. Les siennes tremblaient et il sentait sa tête tourner, délicieusement. De sa poitrine oppressée une douce chaleur remontait à sa gorge, presque étouffante... Jamais il n'avait éprouvé une ivresse de volupté aussi aiguë et il eût voulu prolonger indéfiniment cette délicieuse torture. Mais, sans savoir, il balbutia:

— Mais... qui es-tu donc? Et comment es-tu ici?

Elle s'appelait Embarka, *la Bénie*. Son mari, pauvre cultivateur de la tribu des Achèche, était mort... Elle, orpheline, n'avait plus qu'un frère, porteur d'eau dans les grandes villes du Tell, elle ne savait plus au juste où. Elle, restée seule, s'était laissée aller avec des tirailleurs et des spahis: elle était sortie et avait bu avec eux. Alors, comme personne ne voulait plus d'elle pour épouse, elle s'était réfugiée là, dans la vieille maison de son frère et y vivait avec sa tante aveugle. Pour leur nourriture, elle se prostituait. Maintenant, elle craignait le Bureau arabe... Ça dépendait de lui, le *toubib,* et elle le supplia de ne pas la faire entrer à la maison publique, de garder son secret.

Jacques la rassura... Embarka parlait peu. Son récit avait été simple et bref... Elle semblait inquiète.

Elle quitta Jacques pour aller boucher l'entrée avec des planches et des pierres : parfois, les soldats venaient, la nuit...

Puis, elle revint, et transporta la petite lampe dans la chambre vide et nue : sur la table, une natte et quelques chiffons composaient tout le mobilier. Là, tout à coup, le bonheur, presque celui dont il avait rêvé... Et la vie lui semblait très simple et très bonne.

Embarka, dans l'intimité, était restée silencieuse, discrète, d'une soumission absolue, sans s'ouvrir pourtant. Et cette ombre de mystère dont elle s'enveloppait inconsciemment, loin d'inquiéter Jacques, le charmait. Quand elle le voyait rêver, elle gardait le silence, accroupie dans la petite cour ou vaquant aux travaux de son ménage. Ou bien, elle chantait, et cette voix lente, lente, douce et un peu nasillarde était comme la cadence de son rêve, à lui.

Il venait là, tous les soirs, désertant l'ennuyeuse popote, et la demeure de cette prostituée arabe était devenue son foyer. Lui était-elle fidèle? Il n'en doutait pas.

Dès le premier jour, elle avait accepté ce nouveau genre de vie, sans une surprise, sans une hésitation. Elle ne manquait de rien. Le soir, les soldats ivres ne venaient plus acheter son amour et le droit de la battre, de la faire souffrir pour quelques sous. Embarka était heureuse.

Au quartier et au bureau arabe, Jacques constatait beaucoup de progrès. Plus de sombre méfiance dans les regards, plus de crainte mêlée de haine farouche. Et il croyait sincèrement avoir gagné tous ces hommes.

Il y avait bien un peu de négligence, chez eux, à son égard. Ils étaient moins empressés à le servir, moins dociles, désobéissant souvent à ses ordres, et l'avouant sans peur, car il ne voulait pas user du droit de punir.

LE MAJOR

Jacques était trop clairvoyant pour ne pas distinguer tout cela. Mais n'était-ce pas naturel? Si ces hommes étaient soumis à ses camarades, jusqu'à l'abdication complète de toute volonté humaine, c'était la peur qui les y contraignait. On était plus empressé à le servir qu'à lui obéir, à lui... Mais on le faisait aussi à contrecœur. Tandis qu'envers lui, même les services de Rezki, si raide, si figé, ressemblaient à des *prévenances*. Même dans la lutte constante qu'il avait à soutenir contre la mauvaise volonté des indigènes qui ne voulaient pas suivre ses prescriptions, ni surtout améliorer leur hygiène, Jacques avait remporté quelques victoires. Il avait acquis l'amitié des plus intelligents d'entre eux, les *marabouts* et les *taleb*. Par son respect de leur foi, par son visible désir de les connaître, de pénétrer leur manière de voir et de penser, il avait gagné leur estime qui lui ouvrit beaucoup d'autres cœurs, plus simples et plus obscurs.

Pourquoi régner par la terreur? Pourquoi inspirer de la crainte qui n'est qu'une forme de la répugnance, de l'horreur. Pourquoi tenir absolument à l'obéissance aveugle, passive? Jacques se posait ces questions et, sincèrement, tout ce système d'écrasement le révoltait. Il ne voulut pas l'adopter.

Un jour, le capitaine fit appeler le docteur dans son bureau.

— Écoutez, mon cher docteur! Vous êtes très jeune, tout nouveau dans le métier... Vous avez besoin d'être conseillé... Eh bien! je regrette beaucoup d'avoir à vous le dire, mais vous ne savez pas encore très bien vous orienter ici. Vous êtes d'une indulgence excessive avec les hommes... Vous comprenez, comme commandant d'armes, je dois veiller au maintien de la discipline...

« Mais c'est encore moins grave que votre attitude vis-à-vis des indigènes civils. Vous êtes beaucoup trop familier avec eux; vous n'avez pas le souci constant et nécessaire d'affirmer votre supériorité, votre autorité sur eux. Croyez-moi, ils sont tous les mêmes, ils ont besoin d'être dirigés par une main de fer. Votre attitude pourra avoir dans la suite les plus fâcheuses conséquences... Elle pourrait même jeter le trouble dans ces âmes sauvages et fanatiques. Vous croyez à leurs protestations de dévouement, à la prétendue amitié de leurs chefs religieux... Mais tout cela n'est que fourberie... Méfiez-vous... Méfiez-vous! Moi, c'est d'abord dans votre intérêt que je vous dis cela. Ensuite, je dois prévoir les conséquences de votre attitude... Vous comprenez, j'ai ici toute la responsabilité!»

Blessé profondément, ennuyé surtout, Jacques eut un mouvement de colère et il exprima au capitaine, ahuri d'abord, assombri ensuite, ses idées, tout ce qui résultait de ses observations.

Le capitaine Malet fronça les sourcils.

– Docteur, avec ces idées, il vous est impossible de faire votre service ici. Abandonnez-les, je vous en prie. Tout cela, c'est de la littérature, de la pure littérature. Ici, avec de pareilles idées, on aurait tôt fait de provoquer une insurrection!

Devant cette morne incompréhension, Jacques se sentit pris de rage et de désespoir.

– Pensez ce que vous voudrez, docteur, mais je vous en prie, ne mettez pas en pratique ici de pareilles doctrines. Je ne puis le tolérer, d'ailleurs. Nous sommes ici si peu de Français, il semble qu'au lieu de provoquer de telles dissensions parmi nous, nous devrions nous entendre...

– Oui, pour une action utile, humaine et française! s'écria Jacques.

Hautain, le capitaine répliqua :

– Nous sommes ici pour maintenir haut et ferme le drapeau français. Et je crois que nous le faisons loyalement, ce devoir de soldats et de patriotes... On ne peut pas faire autrement sans manquer à son devoir. Nous sommes des soldats, rien que des soldats. Enfin, j'ai tenu à vous prévenir...

Jacques, troublé dans son heureuse quiétude, ennuyé et agacé, quitta le capitaine. Ils se séparèrent froidement.

LE MAJOR

Mais, fort de sa conscience, Jacques ne modifia en rien son attitude.

De jour en jour, il sentait croître l'hostilité de ses camarades. Ses rapports avec eux restaient courtois, mais ils se réduisaient au strict nécessaire. Il était de trop, il gênait.

Alors Jacques se replia encore plus sur lui-même et la petite maison en ruine lui devint plus chère. Là, il se reposait, dans ce décor qu'il aimait; là, il était loin de tout ce qui, au *bordj*, lui rendait désormais la vie intolérable. Embarka ne le questionnait pas sur les causes de sa tristesse, mais, assise à ses pieds, elle lui chantait ses complaintes favorites ou lui souriait...

L'aimait-elle? Jacques n'eût pu le définir. Mais il ne souffrait pas de cette incertitude, parce que, d'elle, ce qui l'attirait et le charmait le plus, c'était le mystère qui planait sur tout son être. Elle était pour lui un peu l'incarnation de son pays et de sa race, avec sa tristesse, son silence, son absolue inaptitude à la gaieté et au rire... Car Embarka ne riait jamais.

Dans son sourire, Jacques découvrait des trésors de tristesse et de volupté. D'ailleurs, il l'aimait ainsi inexpliquée, inconnue, car il avait ainsi l'enivrante possibilité d'aimer en elle son propre rêve...

Dans d'autres conditions, avec une plus grande habitude du pays et de la race arabe, et surtout si leur étrange amour avait commencé plus simplement, Jacques eût peut-être vu Embarka sous un tout autre jour...

Peu à peu, Jacques redevint calme et vaillant, oubliant l'avertissement du capitaine, dont il n'avait pas même soupçonné la menace.

Et, voluptueusement, il se laissa vivre.

Il y avait cinq mois déjà qu'il était là. Il savait maintenant parler la langue du désert, il connaissait ces hommes qui, au début, lui avaient semblé si mystérieux et qui, après tout, n'étaient que des hommes comme tous les autres, ni pires, ni meilleurs, *autres* seulement. Et justement, ce qui faisait que Jacques les aimait, c'était qu'ils étaient *autres*, qu'ils n'avaient pas la forme de vulgarité lourde qu'il avait tant détestée en Europe.

Et l'horizon de sable gris enserrant la ville grise n'angoissait plus Jacques : son âme communiait avec l'infini.

A l'aube claire et gaie, dans la délicieuse fraîcheur du vent léger, Jacques quittait les ruines. Une joie infinie dilatait sa poitrine. Il marchait allégrement, ivre de vie et de jeunesse, dans les rues qui s'éveillaient. Ce pays qu'il aimait lui sembla tout nouveau, comme si un voile, qui l'eût recouvert jusqu'ici, eût été brusquement retiré. El Oued, dans son cadre immuable de dunes, apparut à Jacques d'une splendeur insoupçonnée encore.

Oh! rester là, toujours, ne plus s'en aller jamais! accomplir la bonne besogne pénible à la fois et captivante de son apostolat; puis, à d'autres heures, s'abandonner à toutes les délicates douceurs de la contemplation. Enfin, dans la tiédeur des nuits, se donner tout entier à la superbe emprise de cet amour qu'il n'avait pas cherché... Jacques n'eût pu dire ce qu'il pensait de cette aventure, de cette femme, de ce qui résulterait de tout ce rêve à peine ébauché; il ne voulait pas analyser ses sensations. Quand, par hasard, il songeait à mettre un peu d'ordre dans ces impressions nouvelles, ses idées se pressaient, touffues, rapides jusqu'à l'incohérence, et il préférait se laisser vivre de sa tristesse, de son grand calme que rien ne venait troubler jamais...

Il lui semblait que, dans ce pays, les jours et les mois s'écoulaient plus doucement, plus harmonieusement qu'ailleurs. Sa nervosité s'était calmée et son âme s'exhalait dans le silence des choses, tout en douceur, sans souffrance. Il voyait bien qu'il devenait peu à peu, insensiblement, enclin à une moindre activité, mais il s'abandonnait voluptueusement...

Il avait résolu de demander à rester là, toujours, car il n'éprouvait plus aucun désir de revoir des villes, des hommes d'Europe, ni même de la terre ferme et humide et de la verdure.

Il aimait son Souf ardent et mélancolique et eût voulu finir là sa vie, tout en douceur, tout en beauté calme.

Jacques éprouva une singulière appréhension quand, vers le milieu de janvier, le capitaine lui demanda de nouveau à s'entretenir avec lui. Le chef d'annexe fut, cette fois, froid et cassant.

— Je vous ai déjà averti plusieurs fois, docteur, que votre attitude n'est pas celle qui convient à votre rang et à vos fonctions. Non seulement que, dans vos rapports avec les hommes et avec votre clientèle indigène, vous n'avez tenu aucun compte de mes conseils, mais encore vous avez contracté une liaison avec une femme indigène de très mauvaise réputation. Vous en avez fait votre maîtresse, vous vivez chez elle. Actuellement, vous affichez votre liaison au point de vous promener, le soir, avec elle. Vous avouerez qu'une telle conduite est impossible. Je vous prie donc de rompre cette liaison aussi ridicule que préjudiciable à votre prestige, au nôtre à tous... Je vous en prie, rompez là. C'est un enfantillage, et il faut que cela finisse au plus vite, sinon, nous serions profondément ridicules. Vous concevez facilement combien il m'est désagréable de devoir vous parler ainsi... Mais excusez ma rudesse. Je ne puis tolérer un état de choses pareil... Songez donc! Vous vous installez au café maure, à côté des pouilleux que vous avez déjà déshabitués de vous saluer... Vous avez des amitiés compromettantes avec des *marabouts*... Et cette liaison, cette malheureuse liaison!

Jacques protesta. Il n'était donc même plus le maître de sa vie privée, de ses actes en dehors du service! Pourquoi d'autres officiers avaient-ils *chez eux*, dans le *bordj*, des négresses, cadeaux de chefs indigènes... Pourquoi d'autres amenaient-ils là des Européennes, d'affreuses garces sorties des mauvais lieux d'Alger ou de Constantine, qui trônaient insolemment à la popote, au cercle, même au bureau arabe, et qui exigeaient que les indigènes les plus respectables les saluassent et que les hommes de troupe leur obéissent!

— Tout cela n'entache en rien l'honorabilité de ces officiers... Les négresses, ce ne sont que des servantes, des ménagères, voilà tout. Il ne faut pas prendre les choses au tragique. Quant aux Européennes, une liaison avec l'une d'elles n'a rien de répréhensible, et il est tout naturel que les indigènes, civils ou militaires, soient astreints vis-à-vis de Françaises au plus grand respect. Vous devez voir vous-même la différence qu'il y a entre les liaisons anodines de ces officiers et la vôtre, si excentrique, si préjudiciable à votre prestige.

— La mienne est assurément plus morale et plus humaine, mon capitaine.

— Enfin, je renonce à cette pénible discussion et, puisque vous voulez m'y forcer, je dois vous prévenir que, si vous ne modifiez pas entièrement votre manière de vivre et d'agir, si vous ne vous conformez pas aux usages dictés par la raison et par les besoins de l'occupation, je me verrai dans l'obligation, très désagréable pour moi, de demander à mes chefs que vous soyez relevé du poste.

Jacques connaissait le caractère sec et dur du capitaine, mais il n'eût jamais songé à cette éventualité, si terrible maintenant. Il rentra dans sa chambre et resta longtemps immobile, atterré. Changer de vie, devenir comme les autres, abdiquer sa personnalité, ses convictions, devenir un automate, renoncer à la bonne œuvre commencée... chasser Embarka de sa vie... Enfin s'annihiler... Alors, à quoi bon, après, rester ici, dans cette ville qui deviendrait une prison.

Et la nécessité, cruelle comme un arrachement d'une partie de son âme et de sa chair, de s'en aller lui apparut.

Non, il ne se soumettrait pas. Il resterait lui-même...

Un morne ennui envahit son cœur. Mais, courageusement, il ne changea rien à son genre de vie.

Une nouvelle douleur l'attendait. Il remarqua que ses amis les *marabouts* et les chefs indigènes étaient gênés en sa présence, qu'ils ne se réjouissaient plus comme avant de ses visites, qu'ils ne cherchaient plus à le retenir, à l'attirer vers eux. Ils étaient redevenus froids et respectueux. Au café, malgré ses protestations, on se levait, on le saluait et les groupes se dispersaient à son approche.

Le charme de sa vie était rompu... De nouveau, il était un étranger... Quelque chose d'occulte et de méchant avait réveillé toutes les méfiances, toutes les craintes. Son œuvre croulait, lamentablement, encore inachevée, jetée à terre, brusquement, cruellement...

Les infirmiers étaient devenus nettement ironiques et, dans leur attitude, au lieu de la bonhomie ragaillardie qu'il avait su leur laisser prendre, il y eut parfois de l'insolence, presque du mépris.

Ses amis et ses compagnons de promenades lointaines, les spahis du bureau arabe, s'étaient de nouveau retranchés dans un mutisme lourd, dans la soumission froide des premiers jours.

Restait Embarka.

Mais la certitude que tout ce rêve dont il s'était grisé depuis une demi-année prenait fin, que tout s'éboulait, que c'était l'agonie de son bonheur, avait troublé pour lui le calme de sa demeure en ruine et charmante...

Jacques y passa des heures très amères à songer à ces jours heureux, à jamais abolis, et aux causes de sa défaite.

Il comprenait qu'il avait suffi au capitaine et à ses adjoints de dire devant les chefs indigènes combien ils condamnaient l'attitude du docteur et combien sa fréquentation était peu désirable pour ses chefs pour qu'ils fussent obligés, dans leur subordination absolue, de l'abandonner...

Et une tristesse infinie serrait le cœur de Jacques. Un événement fortuit hâta l'écroulement définitif de tout ce qu'il avait édifié pour y vivre et pour y penser.

Embarka allait parfois rendre visite à une amie, mariée dans les Messaaba. Par insouciance de déclassée, elle ne se couvrait pas le visage.

Un soir qu'elle revenait de ce quartier éloigné du sien, elle fut insultée par Amor-Ben-Dif-Allah, le tenancier de la maison publique... Violente et point craintive, Embarka répondit... Les femmes de la maison se mêlèrent de la querelle et l'agent de police emmena Embarka en prison...

Convaincue de prostitution clandestine, elle fut emprisonnée pour quinze jours et inscrite sur le registre... Violemment, Jacques protesta, navré de voir son rêve finir ainsi dans la boue.

— Ah! sapristi, c'était votre maîtresse? Je n'ai pas su que c'était celle-là... Oh! que c'est ennuyeux! s'écria le capitaine. Mais vous voyez combien j'avais raison de vous avertir! Quel scandale... A présent, tout le monde parlera de la maîtresse du docteur. Que faire en de pareilles circonstances?

« Je ne puis vous la rendre car, après une telle histoire, si vous vous remettiez avec elle, ce serait un scandale épouvantable. Ah! que ne m'aviez-vous écouté!... »

Jacques, tremblant d'émotion et de colère, répondit :
— Alors, vous allez la laisser en prison... jusqu'à quand?
— Vous savez que la prostitution est très sévèrement réglementée... Cette femme ne peut sortir de prison que pour entrer à la maison de tolérance...
— Ce n'était plus une prostituée puisqu'elle vivait maritalement avec moi!

— On l'a trouvée près de la maison publique, le visage découvert, en train de causer du scandale... Elle a été arrêtée... Les renseignements que nous avons sur elle nous prouvent qu'elle n'a jamais cessé de faire son vilain métier... entendez-vous, docteur. Cette femme ne peut vous être rendue, dans votre propre intérêt... Je vois que vous êtes excessivement romanesque... Que puis-je faire, voyons!

Le capitaine s'énervait, mais voulait garder un ton courtois et conciliant.

Tout à coup, Jacques, à qui cette discussion était affreusement pénible, prit une résolution, la seule qui lui restât.

— Alors, mon capitaine, je vais demander aujourd'hui même, par dépêche, mon changement... pour cause de santé...

Une lueur de joie passa dans le regard impénétrable du capitaine.

— Vous avez peut-être raison. Je comprends combien le séjour d'El Oued vous est pénible avec vos idées qui, je n'en doute pas, se modifieront avant peu... Nous vous regretterons certainement beaucoup, mais, pour vous, il vaut mieux vous en aller.

— Oui, enfin, je pars avec la conviction très nette et désormais inébranlable de la fausseté absolue et du danger croissant que fait courir à la cause française votre système d'administration.

Le capitaine haussa les épaules :

— Chacun a ses idées, docteur... *Après tout,* vous êtes libre.

— Oui, je veux être libre!

Et Jacques partit.

Il attendit maintenant avec impatience l'ordre de quitter ce pays qu'il aimait tant, où il eût voulu rester toujours.

Et, chose étrange, depuis qu'il savait qu'il allait partir, il semblait à Jacques qu'il avait déjà quitté le Souf, que cette ville et ce pays qui s'étendaient là, autour de lui, étaient une ville et un pays quelconques, n'importe les-

quels, mais certes pas son Souf resplendissant et morne...
Il regardait ce paysage familier avec la même sensation d'indifférence songeuse que l'on éprouve en regardant un port inconnu, où on n'est jamais allé, où on n'ira jamais, du pont d'un navire, lors d'une courte escale.

Au moyen d'un cadeau au *chaouch*, il put pénétrer pour un instant dans la cellule d'Embarka... Ce lui fut une nouvelle désillusion, une nouvelle rancœur : elle l'accueillit par un torrent de reproches amers, de larmes et de sanglots. Il ne l'aimait pas, lui, un officier qui pouvait tout, il l'avait laissé emprisonner, inscrire sur le registre... Et elle l'injuria, fermée, hostile, elle aussi, pour toujours.
Jacques la quitta.

Tout était bien fini...
Il voulut revoir au moins la petite maison en ruine où il avait été si heureux.
Comme il était seul, maintenant, et comme tout ce qu'il avait cru si solide, si durable, ressemblait maintenant à ces ruines confuses, inutiles et grises!
Jacques souffrait. Résigné, il s'en allait, car il se sentait bien incapable de recommencer ici une autre vie, banale et vide de sens.

Sous le grand ciel du printemps, limpide encore et lumineux, sous l'accablement lourd de l'été, les dunes du Souf s'étendaient, moutonnantes, azurées dans les lointains vagues... Jacques avait voulu quitter le pays aimé à l'heure aimée, au coucher du soleil. Et, pour la dernière

LE MAJOR

fois, il regardait tout ce décor qu'il ne reverrait jamais et son cœur se serrait.

Pour la dernière fois, sous ses yeux nostalgiques, se déroulait la grande féerie des soirs clairs...

Quand il eut dépassé la grande dune de Si Omar et qu'El Oued eut disparu derrière la haute muraille de sable pourpré, Jacques sentit une grande résignation triste apaiser son cœur... Il était calme maintenant et il regarda défiler devant lui les petits hameaux tristes, les petites *zeribas* en branches de palmiers, les maisons à coupoles, s'allonger démesurément les ombres violacées de leurs chevaux de ces deux spahis tout rouges dans la lumière rouge du soir.

Et l'idée lui vint tout à coup que, sans doute, il était ainsi fait, que toutes ses entreprises avorteraient comme celle-là, que tous ses rêves finiraient ainsi, qu'il s'en irait exilé, presque chassé de tous les coins de la terre où il irait vivre et aimer.

En effet, il ne ressemblait pas aux *autres*, et ne voulait pas courber la tête sous le joug de leur tyrannique médiocrité.

Note

Jacques, le « major », partage bien des traits communs avec son homonyme amoureux de Yasmina.

Isabelle Eberhardt ne manquait pas de modèles pour construire ces deux personnages. Au hasard de ses voyages elle s'était parfois liée d'amitié avec de jeunes officiers, quand ceux-ci paraissaient obéir à un idéal. Ils croyaient au « rôle civilisateur de la France » mais avaient été amèrement déçus en découvrant la réalité coloniale. Elle fut aussi l'amie du médecin militaire d'El Oued, qu'elle avait surnommé « le docteur Subtil », qui la soigna après l'attentat de Behima. Elle voulait raconter la vie de ces jeunes gens contraints finalement de se plier à la discipline et de quitter le Sud où ils auraient aimé vivre libres.

YASMINA

Isabelle Eberhardt a mis beaucoup d'elle-même dans le personnage du *Major :* comme Jacques, elle a vécu six mois à El Oued et y a succombé aux « sortilèges » du Souf, ce pays « ardent et mélancolique ». Comme lui elle a transgressé les règles de la société coloniale en reconnaissant dans les Arabes des êtres humains à part entière, égaux mais « autres », dont la rencontre enrichit. Comme Jacques, toujours, elle a vécu un amour clandestin et scandaleux aux yeux des Européens avant d'être chassée des territoires du Sud par l'armée, la « grande machine à dominer » qui y régnait en maîtresse absolue.

Le Major a été publié dans *Au Pays des sables* chez Sorlot en 1944.

L'Ami

Ordonnances tous deux, Louis Lombard, le tringlot, et Dahmane Bou Saïd, le tirailleur, étaient voisins.

Ils étaient arrivés à El Oued presque en même temps et avaient éprouvé le même dépaysement au milieu de tout ce sable à l'horizon flamboyant, Lombard surtout, montagnard du Jura... Depuis qu'il avait quitté le pays pour faire son « service », il était en proie à une sorte de cauchemar qui allait en s'assombrissant, à mesure que l'aspect des choses environnantes changeait, devenant plus étrange. Dans le décor figé des dunes, dans la ville singulière aux mille coupoles grises, le malaise qui étreignait l'âme fruste du paysan atteignit un degré d'intensité proche du désespoir. C'était si loin, ce pays perdu, et l'œil ne trouvait rien de connu, rien de familier sur quoi se reposer de tout cet éblouissement morne. Et le tringlot *errait* dans cette vie nouvelle, accablé, le cœur en détresse. Il lui arrivait même de pleurer, la nuit, en pensant à la ferme de ses parents et aux chers vieux.

Bou Saïd était né sur le bord de la mer, à Bône. Lui aussi était habitué à l'ombre des jardins verts au pied de la montagne... Son père, propriétaire aisé, lui avait fait donner une instruction primaire à l'école arabe-française et à la *zaouïya*. Mais, devenu homme, de caractère aventureux, Dahmane avait quitté la maison paternelle et s'était engagé. Pour lui, comme pour le tringlot, l'exil au pays de sable avait été douloureux. Lui aussi avait senti l'emprise angoissante du désert... quoique musulman; les hommes du sud étaient bien différents des Arabes du nord, et ils fuyaient les tirailleurs, qu'ils dédaignaient. Bou Saïd s'isolait, ne voulant pas descendre à la brutalité de ses camarades, dont il avait connu plusieurs cireurs de bottes à Bône ou portefaix. Et le hasard le rapprocha du tringlot.

Les deux ordonnances ne s'étaient d'abord pas parlé, indifférents. Mais un soir, comme Lombard conduisait le cheval du major à l'abreuvoir, la bête s'emballa et jeta à terre le tringlot. Bou Saïd s'élança à son secours et arrêta l'animal furieux.

Lombard, un grand blond, encore presque imberbe, avait l'habitude de regarder les gens un peu de côté et en dessous, malgré l'honnêteté foncière de son cœur. Il dévisagea le tirailleur, et cette fine figure aquiline, bronzée par le soleil du sud, lui plut.

– Merci... Donne-moi voir la main pour rentrer cette sale bête à l'écurie...

Pour la première fois, Lombard avait adressé la parole à un Arabe : ces hommes d'un type inconnu, à l'incompréhensible langage, au costume étrange, l'effrayaient presque.

– Tu viens de France? demanda Bou Saïd, comme ils cheminaient côte à côte.

– Ben sûr... Et toi, t'es de par ici?

– Oh non! Je suis de Bône, un beau pays où il y a des arbres, de l'eau et des montagnes... Pas comme ici.

– Oh oui, pour un fichu pays, c'est un fichu pays.

Sans savoir, Lombard avait éprouvé du plaisir en apprenant que Bou Saïd n'était pas de ce « fichu pays ». Ça l'encourageait à lui parler. Depuis ce jour, toutes les fois qu'ils se rencontraient, ils se parlaient et, malgré l'abîme qui les séparait, ils devinrent bientôt amis. Lombard, lui aussi, était esseulé parmi ses camarades français, les infirmiers et les joyeux.

Les premiers, des Algériens, se moquaient de lui, parce qu'il était tringlot, *« royal-cambouis »*, comme ils disaient.

Quant aux joyeux, leur argot cynique lui déplaisait. Il préféra la société de ce garçon sérieux et réfléchi comme lui qu'était Bou Saïd.

Quand ils n'avaient rien à faire, ils se réunissaient dans la petite chambre de Lombard et recousaient leur linge en s'interrogeant mutuellement sur leurs pays.

Ils tâchaient de se représenter, d'après leurs récits, ces lieux que, probablement, ni l'un ni l'autre ne verraient jamais. Et ils se consolaient d'être des exilés, des captifs, en parlant des êtres et des choses qu'ils avaient aimés.

Pendant plus d'un mois, Lombard n'avait pas osé sortir du *bordj;* les ruelles enchevêtrées et étroites où circulaient des Arabes ne lui semblaient pas bien sûres. D'ailleurs, où serait-il allé?

Un soir pourtant, Bou Saïd, qui s'ennuyait de cet emprisonnement, lui proposa de lui montrer la ville, et ils sortirent. Presque craintif, Lombard suivait le tirailleur, et ses pieds inaccoutumés enfonçaient dans le sable blanc, si fin qu'on l'eût dit tamisé. Maintenant qu'il commençait à s'habituer à ce pays et qu'il avait quelqu'un à qui confier ses impressions, une curiosité lui venait de tout cet inconnu environnant. Il savait tout juste lire et écrire, mais son esprit ensommeillé était capable d'un réveil.

Dans les rues, à la tombée de la nuit, les Arabes, graves, encapuchonnés et portant de longs chapelets au cou, passaient, regagnant leurs mystérieuses demeures à coupoles ou s'installant devant les cafés maures, sur des nattes. Quelques-uns échangeaient un salut bref avec Bou Saïd.

— Qu'est-ce qu'il t'a dit? demandait Lombard intrigué.

— Il m'a salué.

— C'est que tu le connais, alors?

— Non, dans notre religion, c'est l'habitude de se saluer, sans se connaître.

— Ça, c'est bien. Faut être poli. Mais, dis voir, pourquoi que les femmes elles se cachent la figure et qu'il y en a si peu dans la ville?

— Ce n'est pas l'habitude pour nos femmes de sortir... Mais si tu veux en voir, des Mauresques, je vais t'en faire voir. Viens! Ah, si on pouvait, quand on sera relevé, être envoyé dans le Tell, c'est là que tu verrais de belles femmes!
— Où c'est-y encore, ça, le Tell?
— C'est le Nord, le pays que tu as vu en débarquant.
— Ça serait chic...

La nuit était tout à fait tombée et la ville se faisait déserte. Lombard et Bou Saïd sortirent sur « la route » de Touggourth — une piste dans le sable — et montèrent vers une maison qui dominait le désert, finissant la ville, au sud-ouest. Les portes de ce lieu étaient ouvertes, et on y faisait beaucoup de tapage. Sur des bancs, des tirailleurs étaient assis, qui buvaient, chantaient ou se disputaient. Mais les regards du tringlot furent surtout captivés par une dizaine de créatures étranges, vêtues comme des fantômes et qui portaient sur leur visage bronzé des signes tatoués en bleu. Quelques-unes buvaient avec les tirailleurs, tandis que les autres dansaient en se trémoussant drôlement.

L'une d'elles, assise à la manière des tailleurs, battait du tambourin et chantait, d'une voix de fausset, une complainte monotone, dont la tristesse jurait étrangement avec le lieu et l'assistance.

— Elles ne sont pas bien jolies, dit Bou Saïd, mais que veux-tu? Y en a pas d'autres par là, pour ceux qui n'ont pas d'amies en ville.

L'une des danseuses, roulant ses hanches drapées de rouge, vint s'asseoir près de Lombard et lui prit la main. Elle parlait sabir et Lombard la comprenait à peu près. Un fort parfum se dégageait des vêtements de cette femme, quelque chose comme la senteur de la cannelle et du musc mélangés. Lombard examinait curieusement sa voisine et il éprouvait pour elle à la fois une sorte de crainte, comme devant un être d'une autre espèce, et une attraction sensuelle... Lombard et Bou Saïd burent beaucoup ce soir-là,

et ils finirent par s'attarder très longtemps là, dans la
« taverne » de Ben Dif Allah.

Quelquefois, Lombard et Bou Saïd allaient s'étendre
sur le sable pur et moelleux comme un tapis, au sommet
d'une grande dune grise qui dominait El Oued, le moutonnement infini de *l'Erg* et les tristes petites villes essai-
mées autour d'El Oued : Gara, Sidi-Abdallah, Teksebeth,
où, parmi des amas de ruines, les chèvres noires erraient
sous les coupoles caduques des maisons.

De là-haut, ils regardaient les jeux splendides, les jeux
capricieux de la lumière vespérale sur le sable versicolore
et les théories de femmes qui rentraient des puits, courbées
sous les peaux de bouc pleines ou portant sur leur tête,
en un geste gracieux, de grandes amphores ruisselantes...

Peu à peu, ils s'habituaient à ce pays de lumière et de
silence, et il ne leur faisait plus peur. Mais ils en sentaient
pourtant toujours d'instinct l'immense, l'irrémédiable tristesse...

— ... Lombard! Il y a une lettre pour moi! dit Bou Saïd
en rentrant après la distribution du vaguemestre.

— Moi aussi, j'en ai une!

Serrant précieusement leurs chères lettres dans leurs
bourgerons, les ordonnances allèrent d'abord porter le
courrier à leurs officiers, puis, congédiés pour la nuit, ils
coururent s'enfermer dans la chambre de Lombard. Là,
assis sur le lit, ils décachetèrent vite leurs lettres. Alors,
avec une joie d'enfants, ils se communiquèrent les nouvelles de leurs pays, et les vieux noms de France
s'entrecroisaient avec ceux de l'islam.

— Tiens! Ma cousine Jeanne qui se marie avec le fils
Besson, celui qui tient le jeu de boules à Copponex.

— Mon frère Ali s'est marié avec la fille de Si Hadj
Tahar, le maquignon de Morris.

— Et le frère qui a acheté à la foire de Gaillard deux
vaches de Suisse, une rousse et une noire, qu'elles vont
bientôt vêler... Les affaires marchent, cette année, et les

vieux sont contents. Ah! le fichu sort d'être paresseux... Moi, je voudrais bien les voir, leurs nouvelles vaches...

A la fin, Lombard, baissant la voix, ajouta une confidence :

— Et la Françoise, la fille à Mouchet, un qui en a, du bien, celle que je lui *parlais*, elle me fait donner le bonjour et elle me fait dire comme ça que c'est toujours entendu pour quand je finirai mon *service*.

Comme Bou Saïd lisait toujours, Lombard se pencha par-dessus son épaule. Il resta stupéfait en voyant les minces petites arabesques qui couvraient la moitié d'une grande feuille de papier pliée par le milieu.

— Alors, c'est ça ta lettre? Et tu y comprends quelque chose, toi? Ah ben, ma foi!

Les soirs de courrier étaient des heures de joie pour les deux soldats et ils les passaient à relire leurs lettres, à les commenter indéfiniment, à se donner des explications.

A la fin, ils connaissaient mutuellement leurs familles, s'en demandaient des nouvelles, sachant jusqu'à la disposition des lieux où chacun d'eux avait passé son enfance. Dans leurs réponses, qu'ils *faisaient* ensemble, ils parlaient l'un de l'autre, disant leur amitié. Ils en vinrent à se dire :

— N'oublie pas surtout de bien leur donner le bonjour de ma part, à tes vieux!

... L'hiver était venu, un étrange hiver, triste et inquiétant. Sous le grand ciel noir, les dunes semblaient livides et le vent hurlait lugubrement, accumulant les sables gris contre les murs du *bordj*. Il faisait froid et les deux amis ne se promenaient plus que rarement. Ils avaient choisi, pour passer les longues veillées, la chambre de Lombard, mieux exposée et plus grande. Dans un coin, il y avait le lit, puis la table et le banc de bois. Au mur, sur une planche, le sac du tringlot, et, à côté, le fusil et le sabre-baïonnette. Les frusques étaient pendues à des clous. Bou Saïd, vieux soldat rengagé, avait une sollicitude paternelle pour son ami le *bleu*. Il lui faisait « son truc », lui lavait son linge. Il avait blanchi les murs, cloué des images de journaux illustrés et un miroir arabe.

Puis, au-dessus de la table, il avait fixé des cornes de gazelle volées à la popote des officiers. Il apporta des amulettes en cuir et des flèches touaregs en pierres multicolores. Il avait orné avec tout cela *leur* chambre : désertant la sienne, il apportait tous les soirs son matelas chez Lombard. « C'est beau, tu sais, par chez nous ! » disait avec fierté Lombard, en considérant leur logis. Peu à peu, dans leur étroite amitié, guéris de l'angoisse de leur exil, ils s'étaient sentis heureux. Les mois qu'ils avaient encore à passer là ne les effrayaient plus. Ils n'aimaient même pas à parler de ce changement de détachement qui les séparerait probablement pour jamais.

Les camarades européens de Lombard accentuèrent leur mépris pour le tringlot : il était devenu l'ami d'un bicot. Quand ils se moquaient de lui, il les regardait de travers et, enfonçant sa tête blonde entre ses épaules de colosse, il répondait : – Ben quoi ? Et pis ? Et si ça me plaît de marcher avec l'Arabe, qu'est-ce que ça vous fiche, à vous autres ?

Depuis que, d'un coup de poing, il avait abattu un « joyeux » qui l'insultait, on n'aimait guère se disputer avec Lombard, et ses camarades finirent par lui laisser la paix, se contentant de sourire quand il passait avec le tirailleur.

Bou Saïd, lui aussi, savait se faire craindre : il dégainait très vite, à la moindre altercation, et avait déjà eu quelques disputes chez Ben Dif Allah. Les autres tirailleurs n'osèrent donc pas critiquer ouvertement son amitié avec le *roumi*, qui leur semblait déplacée chez un *taleb* comme Bou Saïd.

Maintenant qu'ils connaissaient la ville, ils eurent quelques ébauches de romans avec de jolies *soufia* aux chairs ambrées et aux yeux de velours. Très simples tous deux et très primitifs, ils avaient un peu la même manière de s'amuser. Mais Bou Saïd apportait dans ses aventures d'amour une passion et un sérieux qui étonnaient Lombard : pour lui, tout cela n'était que de la « rigolade », d'abord parce qu'on était jeune, ensuite, histoire de passer le temps. Pour lui, il ne pouvait être question d'amour que quand c'était pour le *sérieux*, comme il disait, c'est-à-dire pour le mariage. Et il s'étonnait que Bou Saïd pût être si souvent amoureux de créatures vénales. Ce qui le surprenait surtout, c'était qu'après des coups de passion et de jalousie, qui eussent pu aboutir au crime, les amours de Bou Saïd passassent si vite pour faire place à d'autres. Mais Lombard, raisonnable, disait que le bon Dieu n'avait pas créé « tout le monde la même chose » et que « chaque pays a sa mode ».

... Pendant des mois, la vie commune des deux ordonnances s'écoula, d'une monotonie berceuse et, tous deux, inconsciemment, en désiraient la durée indéfinie.

Mais, vers la fin de l'hiver, Bou Saïd, déjà faible de poitrine, tomba malade. Il avait pris un mauvais coup de froid et n'avait pas voulu se faire porter malade. Mais une fièvre intense le prit et il dut entrer à l'hôpital... Dès le premier jour, le major le déclara perdu.

Lombard, désolé, passa tous ses instants de liberté auprès du malade, s'ingéniant à le soigner. Une angoisse horrible s'était emparée du tringlot à la pensée que Bou Saïd allait mourir. Le bon Dieu ne l'aimait donc pas, lui, qu'il lui prenait ainsi son seul ami!

... Pendant plusieurs jours, Bou Saïd, en proie au délire, fut privé de connaissance. Enfin, un soir, vers la tombée de la nuit, il reprit conscience.

L'infirmier venait d'allumer la veilleuse et sa petite flamme falote répandait une clarté rosée dans la chambre garnie de quatre lits hauts et étroits, tous vides, à l'exception de celui de Bou Saïd. Lombard tenait son ami par la main, et il fut tout joyeux quand il vit que le malade le reconnaissait.

– Lombard... Lombard...

Bou Saïd était d'une faiblesse extrême. Décharné, ses larges yeux noirs béants dans sa face décomposée, ses lèvres collées sur les dents blanches, le beau garçon qu'il avait été était méconnaissable. Ce qui était affreux surtout, c'était le râle et le sifflement de sa respiration.

– Faut pas te faire de mauvais sang, disait Lombard, à qui le silence faisait peur. A présent que t'as ta raison, c'est fini, t'es sauvé.

Mais Bou Saïd hocha la tête.

– Lombard... les papiers... les lettres... mes effets... garde-les... c'est pour toi...

– Mais non! Qu'est-ce que tu chantes là? Faut pas te faire des idées comme ça, que ça me rompt le cœur!

Il disait cela, mais il voyait bien que c'était la fin, et il avait peur de se mettre à pleurer. Pendant un long instant, Bou Saïd resta immobile, les yeux clos. Lombard, le croyant endormi, garda le silence... Mais le râle du malade devint plus rauque et il roula sa tête vers l'artilleur... Il dégagea sa main de celle de Lombard et il leva l'index... Par trois fois, ses lèvres murmurèrent quelque chose que le tringlot ne comprit pas... Puis, après deux ou trois sursauts accompagnés d'un hoquet affreux, Bou Saïd se laissa aller dans les bras de son ami qui s'était levé, épouvanté.

– Bou Saïd! Bou Saïd! C'est, bon Dieu, pas possible, ça... c'est trop affreux! répétait en sanglotant le tringlot.

Morne, la tête entre ses mains crispées, il veilla jusqu'au matin le corps que les infirmiers avaient couvert d'un drap blanc.

Le matin, des hommes vêtus de blanc et d'aspect grave

YASMINA

vinrent laver le corps de Bou Saïd, dans la salle des autopsiés. Après, ils l'enroulèrent dans un grand linceul blanc et lui couvrirent le visage, pour toujours. Puis ils récitèrent des oraisons, sur un ton solennel et monotone. Dans un coin, Lombard, son képi à la main, écoutait, priant en lui-même le bon Dieu : chacun avait sa religion, mais il n'y avait qu'un seul bon Dieu, se disait le tringlot.

On emporta Bou Saïd sur un brancard recouvert d'un drap blanc. Lombard suivit le cortège qui sortit de la ville et descendit vers la vallée grise où est le cimetière des Ouled-Ahmed. En demi-cercle devant le cadavre posé à terre, les Arabes prièrent, sans se prosterner. Puis, ils le descendirent dans la fosse large et profonde, le recouvrirent de palmes vertes et, très vite, rejetèrent le sable sec... Lombard, toujours en tête, debout, suivait des yeux les mouvements des Arabes. Une douloureuse torpeur l'avait envahi et il regardait avec angoisse le point de la terre d'exil où son ami avait disparu pour l'éternité. Le caporal des tirailleurs disposa, sur un mouchoir de troupe, quelques galettes azymes et des figues sèches que les *tolba* et les mendiants emportèrent.

Puis, tous regagnèrent la ville. Lombard, seul, suivait ces hommes d'une autre race. Son chagrin était immense, accablant.

Quand il rentra dans *leur* chambre, il pleura désespérément à la vue de tous ces objets qu'*il* avait si bien disposés... La nuit tombante, quand il sortit pour aller chercher le courrier du sous-officier, il songea que plus jamais Bou Saïd ne lirait ses lettres avec lui...

Alors, en rentrant, Lombard comprit qu'il ne lui restait plus rien à faire dans ce pays, sinon à compter les jours qui le séparaient encore de sa libération...

Il se jeta sur son lit et pleura longtemps, tandis que le vent glacé de l'hiver nivelait, au cimetière musulman, le petit tertre de sable qui était la tombe de Dahmane Bou Saïd.

L'AMI

Note

A El Oued, en août 1900, Isabelle rencontre le maréchal des logis Slimène Ehnni, qui devint son ami, son amant et sera un an plus tard, son mari. Cette liaison fut plus ou moins tenue secrète car elle aurait paru scandaleuse aux yeux des musulmans (Mahmoud Saadi était un homme pour la plupart d'entre eux) et des Européens, les rares officiers qui connaissaient la véritable identité d'Isabelle.

Mais cette amitié amoureuse qui devint rapidement une passion partagée a pu inspirer cette nouvelle à Isabelle Eberhardt. Par Slimène elle connaît à merveille les petites histoires du « quartier » militaire et la vie des soldats qu'elle rencontre en ville dans les cafés maures.

Douar du Makhzen

Comme Oued-Dermel, comme Aïn-Sefra, comme tous les postes de la région, Beni-Ounif a son *douar* du Makhzen, ses tentes rayées dressées sur la nudité pulvérulente de la terre.

Il est bien calme et bien somnolent en apparence, ce *douar* isolé vers le sud-est du *ksar,* à l'orée des jardins. Et pourtant il recèle des intrigues, des ébauches de romans, voire même des drames.

Amour du cercle d'Aïn-Sefra, Hamyan de Méchéria, Trafi de Géryville, beaucoup d'entre les *mokhazni* sont mariés et traînent à leur suite la smala des femmes et des enfants, que les besoins du service leur font abandonner pendant des mois.

Cavaliers volontaires, sans tenue d'engagement, ne subissant pas d'instruction militaire, les *mokhazni* sont, de tous les soldats musulmans que la France recrute en Algérie, ceux qui demeurent les plus intacts, conservant sous le burnous bleu leurs mœurs traditionnelles.

Ils restent aussi très attachés à la foi musulmane, à l'encontre de la plupart des tirailleurs et de beaucoup de spahis.

Cinq fois par jour on les voit s'écarter dans le désert et prier, graves, indifférents à tout ce qui les entoure; et ils sont très beaux ainsi, avec leurs gestes nobles, à cette heure où ils redeviennent eux-mêmes.

Pourtant, au contact des réguliers, spahis ou tirailleurs, beaucoup de *mokhazni* prennent un peu de l'esprit plus léger, plus frondeur, du troupier indigène. Sans aucun profit moral, ils s'affranchissent de quelques-unes des observances patriarcales, de la grande réserve de langage des nomades. Ils finissent aussi, à la longue, par considérer leurs tentes presque comme des gîtes de hasard.

Et puis, dans leur dure existence d'alertes continuelles, de fatigues, dans l'incertitude du lendemain, les intrigues d'amour, si goûtées déjà au *douar* natal, prennent une saveur et un charme plus grands.

Fatalement les mœurs se relâchent, et, au *douar* du Maghzen, on fait presque ouvertement ce qu'au pays on faisait sous le sceau du secret, dans l'obscurité des nuits où l'amour côtoie de près la tombe...

Tous les soirs, les belles tatouées, au teint bronzé et au regard farouche, s'en vont par groupes, sous leurs beaux haillons de laine pourpre ou bleu sombre, vers les *feggaguir* de l'oued.

Elles jasent et elles rient entre elles, graves seulement et silencieuses quand quelque musulman passe.

Les cavaliers en burnous bleu ou rouge, qui mènent à l'abreuvoir leurs petits chevaux vifs, passent le plus près possible des voluptueuses fontaines. Pas un mot entre eux et les Bédouines. Et pourtant des offres, des aveux, des refus, des promesses, s'échangent par petits gestes discrets.

L'homme, très grave, passe sa main sur sa barbe. Cela signifie : Puisse-t-on me raser la barbe, m'enlever l'attribut visible de ma virilité, si je ne parviens pas à te posséder!

La femme répond, avec un sourire dans le regard, par un hochement de tête négatif, simple agacerie. Puis, furtivement, méfiante même de ses compagnes, elle esquisse un léger mouvement de la main.

Cela suffit, la promesse est faite. Il en coûtera quelques hardes aux couleurs chatoyantes, achetées chez le Mozabite, ou quelques pièces blanches, pas beaucoup.

Puis, plus tard, la passion s'emparera des deux amants,

peut-être la passion arabe, tourmentée, jalouse, qui souvent prend les apparences de la folie, jetant les hommes hors de leur impassibilité apparente ordinaire.

... Ainsi, en même temps qu'il est un campement de soldats durs à la peine et vaillants, le *douar* du Maghzen est aussi une petite cité d'amours éphémères et dangereuses, car ici les coups de feu partent facilement, et il est si facile de les attribuer à un *djich* quelconque!.. Le bled n'a pas d'échos.

Les *mokhazni* célibataires couchent à la belle étoile, dans la cour du bureau arabe provisoire.

Les hommes de garde eux-mêmes sommeillent roulés dans leur burnous, avec l'insouciance absolue des gens du Sud, accoutumés depuis toujours à sentir le danger tout proche dans l'ombre des nuits.

Et ce sont ces *mokhazni* isolés qui hantent le plus audacieusement les abords du *douar*, et qui braconnent le plus souvent dans le domaine de leurs camarades mariés qu'ils jalousent, et qu'ils méprisent un peu, d'être de si malheureux époux.

Note

Nous sommes dans le Sud oranais, à la fin de l'année 1903. Par goût, et pour les besoins de son reportage sur les troubles qui sévissent à la frontière algéro-marocaine, Isabelle Eberhardt partage la vie des *goumiers* et des *mokhazni*.

Elle dévoile ici quelques traits des « amours arabes » dans une scène haute en couleurs. On retrouve la même source d'inspiration dans l'*Amour à la Fontaine,* nouvelle écrite un an plus tard, après le séjour de l'auteur à Kenadsa, et publiée peu après sa mort (*Dans l'Ombre chaude de l'Islam*, Fasquelle, 1906).

Douar du Maghzen a été éditée dans *Notes de route* (Fasquelle, 1908).

Campement

Le jour d'hiver se levait, pâle, grisâtre sur la *hammada* pierreuse. A l'horizon oriental, au-dessus des dunes fauves de la Zousfana, une lueur sulfureuse pâlissait les lourdes buées grises. Les arêtes sèches, les murailles abruptes des montagnes se détachaient en teintes neutres sur l'opacité du ciel morne.

La palmeraie de Beni-Ounif, transie, aux têtes échevelées, s'emplissait de poussière blafarde, et les vieilles maisons en *toub* du *ksar* émergeaient, jaunâtres, de l'ombre lourde de la vallée, au-delà des grands cimetières désolés.

Une tristesse immense planait sur le désert, terne, dépouillé de sa parure splendide de lumière.

Dans la vallée, autour des chevaux entravés couverts de vieilles couvertures en loques, des chameaux couchés, *goumiers* et *sokhar* s'éveillaient. Un murmure montait des tas de burnous terreux, roulés sur le sol, parmi les bissacs noirs et blancs, les « tellis » en laine et toute la confusion des pauvres bagages nomades. Le rauquement plaintif des chameaux bousculés couvrait ces voix humaines, au réveil maussade.

En silence, sans entrain, des hommes se levaient pour allumer les feux. Dans l'humidité froide, les *djerid* secs fumaient, sans la gaîté des flammes.

Depuis des mois, abandonnant leurs *douar,* les nomades marchaient ainsi dans le désert, avec les convois et les colonnes, poussant leurs chameaux maigres dans la continuelle insécurité du pays sillonné de *djiouch* affamés, de bandes faméliques de coupeurs de routes, terrés comme des chacals guetteurs dans les défilés arides de la montagne.

Depuis des mois, ils avaient oublié la somnolente quiétude de leur existence de jadis, sans autre souci que leur maigre pitance, et les éternelles querelles de tribu à tribu, que vidaient quelques coups de fusil, sans écho...

Maintenant, c'était l'hiver, le froid glacial, les nuits sans abri, près des brasiers fumeux, dans l'attente et l'incertitude d'un nouveau départ.

Avec la grande résignation de leur race, ils s'étaient faits à cette vie, la subissaient, parce que, comme tout ici-bas, elle venait de Dieu.

Des voisinages de hasard, des amitiés étaient nées, de ces rapides fraternités d'armes, écloses un jour, et sans lendemain.

Et c'étaient des petits groupes d'hommes qui attachaient leurs chevaux ensemble, ou qui poussaient leurs chameaux vers le même coin du camp, qui mangeaient dans la même grande écuelle de bois, et mettaient en commun les intérêts peu compliqués de leur vie : achats de denrées, soins des bêtes – leur seule fortune – et, le soir, longues veillées autour du feu, passées à chanter les cantilènes monotones du bled natal, souvent lointain, et à jouer du petit *djouak* en roseau. Les uns étaient des Amour [1] d'Aïn-Sefra, d'autres des Hamyan [1] de Méchéria, des Trafi [1] de Géryville. Quelques-uns, poètes instinctifs et illettrés, improvisaient des mélopées sur les événements récents, disant la tristesse de l'exil, les dangers sans cesse renaissants, l'âpreté du *pays de la poudre*, les escarmouches si nombreuses qu'elles ne surprenaient ni n'inquiétaient plus personne, devenant chose accoutumée...

Et il y avait, au fond de tous ces chants, l'immense

---

1. Amour, Hamyan, Trafi : hommes des tribus des Hauts-Plateaux.

insouciance de tout, qui était latente en leurs cœurs simples, et qui les rendait braves.

Parfois, des *nefra* éclataient entre gens de tribus ou même de tentes différentes... Alors, souvent, le sang coulait.

... Le vent glacé balaya brusquement le camp des Trafi, soulevant des tourbillons de poussière et de fumée, faisant claquer la toile tendue du *marabout* blanc du chef de *goum*, ornée d'un fanion tricolore.

La silhouette de l'officier français passa... Placide, les mains fourrées dans les poches de son pantalon de toile bleue, la pipe à la bouche, il inspectait hommes et bêtes, distraitement.

Autour d'un feu, trois goumiers et un *sokhar* Hamyani parlaient avec véhémence, quoique bas. Leurs visages de gerfaut aux yeux d'ombre et aux dents de nacre se penchaient, attentivement, et la colère agitait leurs bras maigres : la veille au soir, l'un d'eux, Abdallah ben Cheikh s'était pris de querelle avec un chamelier marocain des Doui-Ménia [1] campés sur la hauteur, près du village.

Hammou Hassine, un très vieux dont une barbe neigeuse couvrait le masque brûlé et maigre, murmura :

– Abdallah... les nuits sont noires et sans lune. De nos jours la poudre parle souvent toute seule... On ne sait jamais.

Tout de suite, l'excitation des nomades tomba. Des sourires à dents blanches illuminèrent l'obscurité de leurs visages.

Ils achevèrent de boire le café, puis ils se levèrent, secouant la terre qui alourdissait leurs *burnous*. Lentement, paresseusement, ils vaquèrent aux menus soins du camp; ils suspendirent les vieilles musettes de laine rouge au cou des chevaux, ils étendirent de la menue paille fraîche devant leurs bêtes, firent un pansage sommaire au cheval gris de

---

1. Doui-Ménia : tribu marocaine de la région de Kenadsa.

l'officier. Quelques-uns commencèrent des reprises aux harnachements, à leurs *burnous*. D'autres montèrent au village, pour d'interminables marchandages chez les juifs, et de longues beuveries de thé marocain dans les salles frustes des cafés maures.

Ils n'éprouvaient pas d'ennui dans leur inaction forcée. Des chameaux grognèrent et se mordirent, un cheval se détacha et galopa furieusement à travers le camp. Deux hommes se disputèrent pour quelques brassées de paille...

Et ce fut tout, comme tous les jours, dans la monotonie des heures vides.

Abdallah ben Cheikh et le *sokhar* Abdeldjebbar ould Hada s'en allèrent lentement, la main dans la main, vers le lit desséché de l'oued.

Assis derrière une touffe de lauriers-roses, ils parlèrent bas, s'entendant pour la vengeance. Abdallah et Abdeldjebbar étaient devenus des amis inséparables. Très jeunes tous deux, très audacieux, ils avaient déjà poursuivi ensemble des aventures périlleuses d'amour, au *douar* du Makhzen, ou chez les belles Amouriat [1] de Zenaga.

Ils demeurèrent ensemble le restant de la journée, inspectant soigneusement, sans en avoir l'air, le camp des Doui-Ménia.

Après un crépuscule de sang trouble, sous la voûte tout de suite noire des nuages, la nuit tomba, lourde, opaque. Le vent s'était calmé et ce fut bientôt le silence dans l'immensité vide d'alentour.

Dans les camps, on chantait encore, autour des feux qui s'éteignaient, jetant parfois leurs dernières lueurs roses sur les nomades couchés, roulés dans leurs *burnous* noirs ou blancs.

Puis, tout se tut. Les chiens seuls grognaient de temps en temps, comme pour se tenir éveillés.

---

1. *Amouriat :* femme de la tribu des « Amour ».

CAMPEMENT

Un coup de feu déchira le silence. Ce fut un grand tumulte, des *djerid* qui s'enflammaient, agités à bras tendus : on trouva le Méniaï, près de ses chameaux, roulé à terre, la poitrine traversée.

Au camp des Trafi, Abdallah ben Cheikh joignait ses questions à celles de ses camarades, tandis que, dans l'ombre, Abdeldjebbar regagnait les chameaux de son père, entassés les uns près des autres, autour du brasier éteint.

L'enquête n'aboutit à rien. On enterra le Méniaï dans le sable roux, et on amoncela quelques pierres noires sur le tertre bas, que le vent rasa en quelques jours.

Le sirocco avait cessé de souffler et, dans les jardins, la fraîcheur humide des nuits faisait naître comme un pâle printemps, des herbes très vertes sous les dattiers dépouillés de leur moire de poussière grise.

Un grand mouvement régnait dans les camps et au village : l'ordre de partir était arrivé. Les *goumiers* Trafi et les Amour s'en allaient à Béchar, avec une colonne. Les *sokhar* descendaient vers le Sud, avec le convoi de Beni-Abbès.

Accroupis en cercle dans les rues du village, parmi les matériaux de construction et les plâtras, les *mokhazni* en *burnous* bleus, les spahis rouges et les nomades aux voiles fauves partageaient tumultueusement des vivres et de l'argent avant de se séparer : ils liquidaient les vies communes, provisoires.

Les *sokhar* et leurs *bach-hammar* poussaient les chameaux dans l'espace nu qui sépare la gare du chemin de fer des murailles grises de la redoute et du bureau arabe.

Parfois, un cavalier passait au galop, jetant l'épouvante et le désordre dans le groupe compact de chameaux dont la grande voix rauque et sauvage dominait tous les bruits.

Les nomades s'appelaient, se parlant de très loin, par longs cris chantants, par gestes échevelés.

Et c'était un chaos de chameaux, de chevaux sellés,

d'arabas grinçantes, de sacs, de caisses, de *burnous* claquant au vent, dans la poussière d'or tourbillonnant au soleil radieux...

Puis, le *goum* des Trafi, avec ses petits fanions tricolores flottant au-dessus des cavaliers, tourna la redoute et s'en alla vers l'ouest.

Pendant un instant, on le vit, baigné de lumière, sur le fond sombre de la montagne... Puis, il disparut.

Lentement les chameaux chargés descendirent dans la plaine, en longue file noire, poussés par les *sokhar*.

Une compagnie de tirailleurs fila sur la gauche avec un piétinement confus, piquant le rouge des *chechia* et des ceintures sur la teinte bise de la tenue de campagne.

Les derniers chameaux disparurent dans la brume rose, sur la route de Djenan-ed-Dar, vers le Sud. Dans sa vallée aride, Beni-Ounif retomba au silence somnolent.

Les nomades étaient partis, sans un regard de regret pour ce coin de pays où ils avaient vécu quelques semaines.

Sur l'emplacement désert des campements, des tas de cendre grise et des monceaux d'ordures attestaient seuls le séjour de tous ces hommes qui, après avoir dormi, mangé, aimé, ri et tué ensemble, s'étaient séparés, le cœur léger peut-être pour toujours.

Note

Ces scènes de vie nomade sur fond de guerre ont beaucoup inspiré Isabelle Eberhardt, sensible à la beauté triste des départs et des séparations.

On trouvait déjà, sur le même sujet, dans *Notes de route* (Fasquelle, 1908), deux nouvelles, *Nomades campés* et *Départ de caravane*, annonçant cette version plus aboutie.

Campement a été publiée dans la *Vigie algérienne* du 2 décembre 1903 puis dans *Pages d'Islam* (Fasquelle, 1920).

Le Djich

Fraction des Amourias dissidents [1], les Oueld Daoud n'étaient plus qu'une dizaine. Ils tenaient la montagne depuis des mois, affamés, guettant quelques maigres troupeaux à razzier.

Leurs loques avaient pris la teinte rougeâtre du sol. Des barbes incultes embroussaillaient leurs visages osseux brûlés par le soleil et le vent. Sur leurs abégas effrangés, sur les *burnous* fauves, de vieilles cartouchières en filali rouge serraient leurs ventres creux. Ils étaient misérables et farouches, méfiants comme les bêtes du désert, chassés par la faim et traqués.

Après l'affaire de Taghit [2], la route du Sud était devenue trop dangereuse pour eux et ils étaient remontés vers le Nord, rôdant autour des *douar* et des campements, surgissant partout où il y avait de la poudre.

Ils avaient horriblement souffert de la faim, serrés dans les gorges arides et dans les taillis de Beni-Smi.

Un jour, la chance était revenue et ils avaient enlevé quelques moutons et des chameaux près d'Ich. Alors ils étaient redescendus vers Figuig. A la nuit tombante, ils suivaient du côté de la vallée déserte les hautes murailles

---

1. Dissidents : qualificatif appliqué aux membres des tribus en lutte contre l'armée coloniale.
2. Taghit : oasis de la Zousfana, au sud-est de Béchar où était installé un poste militaire français. Des tribus insoumises du Maroc venaient d'en faire le siège. Mais la petite garnison réussit à résister. Le siège de Taghit fut relaté comme un haut fait militaire dans la presse algéroise et française.

en *toub* fauve du Ksar d'Andarh'ir. Leurs yeux noirs s'ouvraient avides sur les jardins féconds, sur les grandes maisons en terre, closes et muettes, et une joie ravivait leurs prunelles de vautours.

Hautes et rondes, percées de petites meurtrières, les tours de garde en terre qui flanquent les murailles se dessinaient en or terne sur le rouge du soir finissant parmi les frondaisons immobiles des dattiers noirs. Au pied des remparts, en une vingtaine de tentes basses et grisâtres, était tapi le camp des Amourias, lieu de pouillure sauvage et de prostitution. De petits brasiers fumeux jetant des reflets d'incendie sur les tentes et sur les murailles montrant parfois dans l'ombre croissante des silhouettes noires de femmes drapées de loques sombres.

Le *djich* famélique, tel un vol d'oiseaux de proie, vint s'abattre près des tentes, échangeant des salams joyeux avec les filles de leur race et les quelques maigres nomades étendus près des feux.

Des *djerids* secs jetés sur les cendres allumèrent brusquement une grande flamme très haute et très claire, toute droite dans l'air tranquille. Géantes, les ombres déformées des hommes et des choses dansèrent sur le fond terne de la poussière. Des voix et des cris de joie s'élevaient dans la joie du retour, de la sécurité provisoire de l'heure.

Les femmes maigres aux visages tatoués allaient et venaient, souhaitant la bienvenue aux rôdeurs, les reconnaissant, leur demandant des nouvelles de leurs compagnons. Et comme la plupart étaient morts, semant leurs ossements sans sépulture dans la montagne, les femmes appelaient sur les défunts la miséricorde divine.

Les Amourias se repurent avidement de couscous poivré où le sable croquait sous la dent, et de viandes maigres. Puis, gravement, ils préparèrent eux-mêmes le thé, besogne réservée aux hommes.

Leurs corps las se groupèrent sur de vieux tapis en des attitudes de bien-être. Pourtant, tous gardaient leurs

LE DJICH

fusils près d'eux par habitude et aussi parce que le Makhzen du Pacha d'Oudark'ir, ami des chrétiens, était proche.

La flamme des brasiers promenait des reflets sanglants sur leurs visages desséchés aux profils de gerfaut; d'un grand nègre Khartami, qui s'était glissé parmi eux, on ne voyait que les globes blancs de ses yeux et l'éclat mat de ses dents.

On échangea les nouvelles du bled, répétant les histoires de pillages, exaltant la valeur des uns, maudissant la défection des autres. Dans tous ces discours, un nom revenait souvent, pieusement, évoquant le souvenir du maître, du *cheikh* vénéré : Bou Amama [1]. Chaque fois qu'on le nommait, toutes les dextres se portaient aux fronts et aux lèvres en signe de soumission et de respect. Et ce nom de Bou Amama revenait à chaque instant. Il y avait des Ouled Daoud et même de tout petits Amourias bronzés qui s'appelaient Bou Amama.

On but beaucoup de thé, ce soir-là dans le camp des femmes. Puis un chant s'éleva, cadencé, monotone. La voix, à intervalle régulier, montait invraisemblablement en sonorités limpides de hautbois..., puis lentement elle s'éteignait en une plainte désolée.

Les coupeurs de route disaient : « *Hier, tout le jour, j'ai pleuré, j'ai gémi; aujourd'hui le soleil s'est levé et j'ai souri. Notre pays est le pays de la poudre et nos tombeaux sont marqués dans le sable.* » Et les petits *djouak* en roseaux accompagnaient en sourdine de leur susurrement l'immatérielle tristesse, le chant de mort des détrousseurs.

Les heures muettes de la nuit s'avançaient; les feux baissaient. Alors, lentement, avec des étirements de félins de leurs corps musclés, les Amourias se levèrent, suivant les femmes dans l'ombre chaude des tentes pour les étreintes ardentes après la longue chasteté de la guerre.

---

1. Bou Amama : l'« homme au turban »; marabout de la tribu des Ouled Sidi Cheikh, né à Figuig en 1840, mort en 1908. A la tête des diverses insurrections depuis 1881, infligea parfois de lourdes pertes à l'armée coloniale, avant d'être contraint de se réfugier au Maroc où il mourut.

YASMINA

Des bijoux d'argent cliquetèrent pendant un instant. Un vague murmure discret et voluptueux plana au-dessus des tentes sur le sort sauvage des nomades. Quelques bêlements plaintifs de brebis réveillées, quelques aboiements rauques des chiens inquiets au voisinage de tous ces étrangers.

Puis tous ces bruits se turent et un grand silence régna sur le camp des prostituées, sur Figuig endormie dans l'ombre humide de ses palmeraies où sommeillent les grands étangs bleuâtres.

Le jour se leva rose et lilas sur la vallée aux lignes harmonieuses. Le sommet dentelé des hautes montagnes abruptes s'alluma de lueurs rouges et des reflets métalliques glissèrent sur le velours bleu des jardins.

Les *ksour* fauves flambèrent tout en or dans la joie du matin.

Des hommes au visage singulier et grave, vêtus de *djellaba* en drap bleu marine et armés de fusils sortirent des murs d'Oudarh'ir. A leur tête marchait un grand Marocain mince, en *djellaba* blanche, coiffé d'une *chéchia* rouge pliée par le milieu sur d'étranges boucles de cheveux grisonnants. Son visage pâle était laid et son regard fuyant.

Les Amourias bondirent, prenant leurs fusils. L'officier du Makhzen du Pacha s'avança : « La paix soit avec vous! Qui êtes-vous et pourquoi êtes-vous ici? – Nous sommes des Amourias et nous venons du Nord pour demander l'*amam* et l'hospitalité aux gens de Figuig. »

Le Pacha s'était engagé à ne pas recevoir de dissidents et de pillards : « Allez-vous-en! »

La tête courbée, le regard farouche, les Amourias écoutaient; ils n'étaient que dix; si la poudre partait, c'était la mort.

Alors, sans un mot, ils ramassèrent leurs loques terreuses et ils s'en allèrent dans la vallée, vers l'Ouest, pour d'autres pillages.

Les femmes et les *Mokhazen* du Pacha les suivirent des

LE DJICH

yeux comme ils s'éloignaient dans la clarté rose du jour qui se levait tranquille et souriant.

Note

Ce n'est pas Isabelle Eberhardt, mais son double, le personnage de Mahmoud Saadi, le *taleb* affilié à la confrérie des *Qadriya*, qui peut se risquer, au moment des troubles à la frontière algéro-marocaine, jusque dans les campements favorables aux dissidents.

Dans l'une de ses *Notes de route, Vision de Figuig*, Isabelle raconte sa visite au *ksar* de Hamman Foukani, sa rencontre avec les Beni Guil, combattants des tribus insoumises, et une soirée passée avec Sidi Ahmed, le beau-frère de Bou Amama, et Ben Cheikh : « Le serviteur le plus dévoué de Bou Amama à Beni Ounif. » Celui-ci lui conseille : « Si Mahmoud, tu devrais aller voir Sidi Bou Amama, avec moi, car sous la protection de Si Ahmed, tu n'as rien à redouter. Tu iras à sa *zaouïa*, comme tu viens ici. Quant à Sidi Bou Amama, il te recevra à bras ouverts, comme son propre fils... Tu devrais faire cela, Si Mahmoud. Après, à ton retour, tu pourras dire aux Français : " J'ai vu Bou Amama, et il ne m'a fait aucun mal, il m'a bien reçu, comme il reçoit tous les musulmans algériens. Il n'est pas l'ennemi de la France et entre lui et elle, il n'y a qu'un malentendu... " »

Et elle ajoute : « J'écoute et je réponds évasiment : Inch châ Allah – que Dieu veuille –! J'irai peut-être un jour... »

S'est-elle risquée à accomplir cette mission périlleuse ? Sans doute pas. En tout cas elle n'a rien écrit sur une éventuelle rencontre avec le *cheikh* rebelle aux Français.

Bou Amama est devenu un héros national algérien. Un film lui a été consacré, et la tradition que notait Isabelle dans *Le Djich*, ne s'est pas perdue, des enfants des Ouled Sidi Cheikh se prénomment toujours Bou Amama.

Le Meddah

Dans les compartiments de troisième classe, étroits et délabrés, la foule, en *burnous* terreux, s'entasse bruyamment. Le train est déjà parti et roule, indolent, sur les rails surchauffés, que les Bédouins ne sont pas encore installés. C'est un grand brouhaha joyeux... Ils passent et repassent par-dessus les cloisons basses, ils calent leurs sacs et leurs baluchons en loques, s'organisant comme pour un très long voyage... Habitués aux grands espaces libres, ils s'interpellent très haut, rient, plaisantent, échangent des bourrades amicales.

Enfin, tout le monde est casé, dans l'étouffement croissant des petites cages envahies à chaque instant par des tourbillons de fumée lourde, chargée de suie noire et gluante.

Un silence relatif se fait.

Des baluchons informes, des sacs, émergent les *djouak*, les *gasba*, les *benadir* et une *rh'aïta*, tout l'orchestre obligé des pèlerinages arabes.

Alors, dans le compartiment du centre, un homme se lève, jeune, grand, robuste, fièrement drapé dans son *burnous* dont la propreté blanche contraste avec le ton terreux des autres... Son visage plus régulier, plus beau, d'homme du Sud est bronzé, tanné par le soleil et le vent. Ses yeux, longs et très noirs, brillent d'un singulier éclat sous ses sourcils bien arqués.

De sa main effilée d'oisif, il impose silence.

C'est El Hadj Abdelkader, le *meddah*. Il va chanter et tous les autres, à genoux sur les banquettes, se penchent sur les cloisons pour l'écouter.

Alors, tout doucement, en sourdine, les *djouak* et les *gasba* commencent à distiller une tristesse lente, douce, infinie, tandis que, discrètement encore, les *benadir* battent la mesure monotone.

Les roseaux magiques se taisent et le *meddah* commence, sur un air étrange, une mélopée sur le sultan des saints, Sidi Abdelkader Djilani de Bagdad.

Guéris-moi, ô Djilani, flambeau des ténèbres!
Guéris-moi, ô la meilleure des créatures!
Mon cœur est en proie à la crainte.
Mais je fais de toi mon rempart.

Sa voix, rapide sur les premiers mots de chaque vers, termine en traînant, comme sur une plainte. Enfin, il s'arrête sur un long cri triste, repris aussitôt par la *rh'aïta* criarde, qui sanglote et qui fait rage, éperdue, comme en désespoir... Et c'est de nouveau le bruissement d'eau sur les cailloux ou de brise dans les roseaux des *djouak* et des *gasba* qui reprend, quand se tait la *rh'aïta* aux accents sauvages... puis la voix sonore et plaintive du rapsode arabe.

Les auditeurs enthousiastes soulignent certains passages par des Allah! Allah! admiratifs.

Et le train, serpent noir, s'en va à travers la campagne calcinée, emportant les *ziar*, leur musique et leur gaîté naïve vers quelque blanche *koubba* de la terre africaine.

Vers le nord, les hautes montagnes fermant la Medjoua murent l'horizon. De crête en crête, vers le sud, elles s'abaissent peu à peu jusqu'à la plaine immense du Hodna.

Au sommet d'une colline élevée, sur une sorte de terrasse crevassée et rouge, sans un arbre, sans un brin

LE MEDDAH

d'herbe, s'élève une petite *koubba,* toute laiteuse, esseulée dans toute la désolation du chaos de coteaux arides et âpres où la lumière incandescente de l'été jette des reflets d'incendie.

En plein soleil, une foule se meut, houleuse, aux groupes sans cesse changeants et d'une teinte uniforme d'un fauve très clair... Les Bédouins vont et viennent, avec de grands appels chantants autour du *makam* élevé là en l'honneur de Sidi Abdelkader, le seigneur des Hauts-Lieux.

Sous des tentes en toile bise déchirée, des Kabyles en blouse et turban débitent du café mal moulu dans des tasses ébréchées. Attirées par le liquide sucré, sur les visages en moiteur, sur les mains, dans les yeux des consommateurs, les mouches s'acharnent, exaspérées par la chaleur.

Les mouches bourdonnent et les Bédouins discutent, rient, se querellent, sans se lasser, comme si leur gosier était d'airain. Ils parlent des affaires de leur tribu, des marchés de la région, du prix des denrées, de la récolte, des petits trafics rusés sur les bestiaux, des impôts à payer bientôt.

A l'écart, sous une grande tente rayée et basse, les femmes gazouillent, invisibles, mais attirantes toujours, fascinantes par leur seul voisinage pour les jeunes hommes de la tribu.

Ils rôdent le plus près possible de la bienheureuse *bith-ech-châr,* et quelquefois un regard chargé de haine échangé avec une sourde menace de la voix ou du geste révèle tout un mystérieux roman, qui se changera peut-être bientôt en drame sanglant.

...A demi couché sur une natte, les yeux mi-clos, le *meddah* se repose.

Très apprécié pour sa belle voix et son inépuisable répertoire, El Hadj Abdelkader ne se laisse pas mener par l'auditoire. Indolent et de manières douces, il sait devenir terrible quand on le bouscule. Il se considère lui-même comme un personnage d'importance et ne chante que quand cela lui plaît.

Originaire de la tribu – héréditairement viciée par les séculaires prostitutions – des Ouled-Naïl, vagabond dès l'enfance, accompagnant des *meddah* qui lui avaient enseigné leur art, El Hadj Abdelkader avait réussi à aller au pèlerinage des villes saintes, dans la suite d'un grand *marabout* pieux. Adroit et égoïste, mais d'esprit curieux, il avait, pour revenir, pris le chemin des écoliers : il avait parcouru la Syrie, l'Asie Mineure, l'Égypte, la Tripolitaine et la Tunisie, recueillant, par-ci par-là, les histoires merveilleuses, les chants pieux, voire même les cantilènes d'amour et de *nefra* affectionnés des Bédouins... Il sait dire ces histoires et ses propres souvenirs avec un art inconscient. Illettré, il jouit parmi les *tolba* eux-mêmes d'un respect général rendant hommage à son expérience et à son intelligence. Indolent, satisfait de peu, aimant par-dessus tout ses aises, le *meddah* ne voulut jamais tremper dans les louches histoires de vol qu'il a côtoyées parfois et n'a à se reprocher que les aventures, souvent périlleuses, que lui fait poursuivre sa nature de jouisseur, d'amoureux dont la réputation oblige.

En tribu, le coq parfait, l'homme à femmes risquant sa tête pour les belles difficilement accessibles, jouit d'une notoriété flatteuse et, malgré les mœurs, malgré la jalousie farouche, ce genre d'exploits jouit d'une indulgence relative, à condition d'éviter les conflits avec les intéressés et surtout le flagrant délit, presque toujours fatal. Pour l'étranger, cette quasi tolérance est bien moindre et l'auréole de courage du *meddah* se magnifie encore de ce surcroît de danger et d'audace.

Aussi, durant toute la fête, les yeux du nomade cherchent-ils passionnément à découvrir, sous le voile de mystère de la tente des femmes, quelque signe à peine perceptible, promoteur de conquête.

... Après les danses, les luttes, la longue station autour du *meddah*, dont la robuste poitrine ne se lasse pas, après les quelques sous de la *ziara* donnés à l'*oukil*, qui répond par des bénédictions, les Bédouins, las, s'endorment très

LE MEDDAH

tard, roulés dans leurs *burnous*, à même la bonne terre familière refuge de leur confiante misère. Peu à peu, un grand silence se fait, et la lune promène seule sa clarté rose sur les groupes endormis sur la terre nue...

C'est l'heure où l'on peut voir un fantôme fugitif descendre dans le lit desséché de l'*oued*, où, assis sur une pierre, le *meddah* attend, dans la grisante incertitude... Comment sera-t-elle, l'inconnue qui, dessous l'étoffe lourde de la tente, lui fit, au soleil couchant, un signe de la main?

... Sur des chariots, sur des mulets, à pied ou poussant devant eux de petits ânes chargés, les *ziar* de Sidi Abdelkader s'en vont, et, arrivés au pied de la colline, se dispersent pour regagner leurs *douars*, cachés par là-bas dans le flamboiement morne de la campagne.

Et le *meddah*, lui, prend au hasard une piste quelconque, son maigre paquet de hardes en sautoir, attaché d'une ficelle. Droit, la tête haute, le pas lent, il s'en va vers d'autres *koubba*, vers d'autres troupes de *ziar*, qu'il charmera du son de sa voix et dont les filles l'aimeront, dans les nuits complices...

Insouciant, couchant dans les cafés maures où on l'héberge et où on le nourrit pour quelques couplets ou quelques histoires, El Hadj Abdelkader s'en va à travers les tribus bédouines ou kabyles, sédentaires ou nomades, remontant en été vers le nord, franchissant en hiver les Hauts-Plateaux glacés pour aller dans les *ports* souriants du Sahara : Biskra, Bou-Saada, Tiaret...

De marché en marché, de *taâm* en *taâm*, il erre ainsi, heureux, en somme, du bonheur fugitif, peu compliqué des vagabonds nés...

Mais un jour vient, insidieux, inexorable, où toute cette progression, à travers des petites joies successives, faisant oublier les revers, s'arrête.

La taille d'El Hadj Abdelkader s'est cassée, sa démarche est devenue incertaine, l'éclat de ses yeux de flamme s'est éteint : le beau *meddah* est devenu vieux.

YASMINA

Alors, mendiant aveugle, il continue d'errer, plus lentement, conduit par un petit garçon quelconque, recruté dans l'armée nombreuse essaimée sur les grandes routes... Le vieux demande l'aumône et le petit tend la main.

Parfois, pris d'une tristesse sans nom, le vieux vagabond se met à chanter, d'une voix chevrotante, des lambeaux de couplets, ou à ânonner des bribes des belles histoires de jadis, confuses, brouillées dans son cerveau finissant...

... Un jour, des Bédouins qui s'en vont au marché trouvent, sur le bord de leur chemin, le corps raidi du mendiant, endormi dans le soleil, souriant, en une suprême indifférence... « Allah iarhemou [1] », disent les musulmans qui passent, sans un frisson...

Et le corps achève de se raidir, sous la dernière caresse du jour naissant, souriant avec la même joie mystérieuse à l'éternelle Vie et à l'éternelle Mort, aux fleurs du sentier et au cadavre du *meddah*...

Note

Cette évocation assez émouvante d'un errant (le thème de l'errance est une dominante dans l'œuvre d'Isabelle Eberhardt) a été écrite à Bou-Saada en février 1903.

A cette époque l'auteur faisait un deuxième séjour dans la *zaouïa* Rahmaniya, auprès de la *maraboute* Lella Zeyneb, chef de la confrérie. Les *ziar* du *meddah* sont Qadriya, comme Isabelle. Cette dernière confrérie a perdu beaucoup de son influence dans l'Algérie contemporaine. En revanche chaque année en novembre a toujours lieu à El Hamel, près de Bou-Saada, une *ziara* rahmaniya qui rassemble des centaines de khouans (frères) en costume traditionnel. On peut y voir encore des *meddah*, assis à l'ombre d'un mûrier et entourés d'un cercle de pèlerins atten-

1. « Dieu lui accorde sa miséricorde. » Se dit pour les morts. (Note de l'édition de 1920.)

tifs ou à l'occasion, un derouiche, vêtu de haillons multicolores, entraînant les pèlerins dans sa danse.

Le Meddah a paru dans la *Dépêche algérienne* du 13 mars 1903 puis dans l'*Akhbar* en 1906 et dans *Pages d'Islam* (Fasquelle, 1920).

La Derouïcha

Sous le ciel noir, des nuages en lambeaux fuient, chassés par le vent qui hurle. Au loin, derrière les montagnes où une obscurité sinistre semble ouvrir les portes des ténèbres infinies, la mer déferle et gronde, tandis que mugissent les *oued* boueux qui roulent des arbres déracinés et des rochers arrachés au flanc déchiqueté des hautes collines rouges. Le pays est raviné, hérissé de chaînes de montagnes enchevêtrées, boursouflé d'un chaos de collines où la brousse jette des taches lépreuses.

Il fait froid, il fait désolé, il pleut...

Sur les cailloux aigus, dans les flaques d'eau glacée de la piste sans nom qui est la *route* du *douar* de Dahra, une femme avance péniblement, ses loques grisâtres arrachées, enflées comme des voiles par le vent. Maigre et voûtée comme le sont vite les Bédouines porteuses d'enfants, elle s'appuie sur un bâton de *zebboudj*. Son visage sans âge est osseux. Les yeux, grands et fixes, ont la couleur terne des eaux dormantes et croupies. Des cheveux noirs retombent sur son front, ses joues et ses lèvres bleuies par le froid se retroussent et se collent sur des dents aiguës, jaunâtres.

Elle va droit devant elle, comme les nuages qui s'en vont sous la poussée du vent... Elle va sans savoir, peut-être.

Quand elle croise les rares *fellah* se rendant à l'ouvrage ou les bergers, elle passe indifférente et muette.

Après des heures longues, dans le froid atroce, elle

arrive à la porte d'un *bordj,* au fond d'un ravin que surplombent de hautes montagnes d'un noir d'encre, et où flottent des nuées livides.

Les chiens fauves, au poil hérissé, aux petits yeux louches, éclairant d'une lueur féroce le museau aigu, fait pour fouiller les chairs saignantes, s'acharnent sur la mendiante avec leur rauquement sourd qui n'a rien de l'aboiement joyeux des bons gardiens d'Europe. De son bâton, elle protège ses jambes maigres.

Sans appeler, sans frapper, elle entre dans la cour, puis, par la porte basse, dans un *gourbi* d'où s'échappe une fumée âcre et où bourdonnent des voix de femmes.

Autour d'un foyer de bois humide, allumé entre quatre pierres, des femmes en *mlahfa* blanches s'activent, préparant le premier repas de la longue journée de jeûne.

— Sois la bienvenue, mère Kheïra! disent les femmes avec une nuance de respect dans la voix. Et elles font à l'étrangère une place près du feu.

Mère Kheïra répond par monosyllabes, et ses traits gardent leur inquiétante immobilité. L'eau trouble de ses yeux ne s'allume d'aucune lueur dans le bien-être soudain du *gourbi* tiède.

Le groupe devient plus compact. Elles sont cinq ou six qui entourent une femme d'une trentaine d'années, au profil dur sous la *chechia* pointue des Oranaises. Chargée de bijoux, elle est vêtue plus proprement que les autres. Sa voix et ses manières sont impérieuses. C'est Bahtha, la femme du *caïd,* vieux marabout bédouin, débonnaire et souriant.

Par des ordres brefs, l'épouse du *caïd* dirige les mouvements des femmes autour du foyer et des marmites.

Cependant pour la *derouïcha* Kheïra, la dame hautaine se fait plus avenante et plus douce. Ses lèvres arquées en un pli méchant se détendent en un sourire.

— Comment es-tu venue, par un temps si affreux, mère Kheïra, et d'où viens-tu?

— De loin... Hier, j'ai lavé et habillé du linceul la fille

LE DEROUÏCHA

d'El-Hadj ben Halima, dans le Maïne... Puis, à la nuit, je suis partie... Il fait froid... Louange à Dieu!

— Louange à Dieu! répètent en un soupir les femmes en regardant la *derouïcha* avec admiration; depuis la veille, cette créature frêle et usée marche dans le froid et la tempête et elle est venue, poussée par sa mystérieuse destinée, chercher son pain à quatre-vingts kilomètres de l'endroit où, hier, elle exerçait sa lugubre profession de laveuse des morts.

— Et tu n'as pas peur, mère Kheïra? demandent les femmes.

— Dieu fait marcher ses serviteurs. Les hyènes et les goules fuient quand passe celui qui prie. Louange à Dieu!

Dans ce cerveau éteint, seule la foi en Dieu demeure vivace.

D'humain, mère Kheïra n'a plus que ce besoin de recours suprême qui attendrit les cœurs les plus durs, et qui, chez les simples, résume toute la poésie de l'âme.

La nuit tombe brusquement, et les hommes rentrent, annonçant que l'heure de rompre le jeûne est venue; à la mère Kheïra, femme d'entre les femmes, ils ne prennent pas garde et se font servir, parlant entre eux... Et comme je demande à l'un d'eux l'histoire de la *derouïcha*, il me la conte brièvement.

— Quand elle était jeune, elle était belle. Son père était un *khammès* très pauvre, et elle aimait garder les troupeaux dans la montagne. Elle se faisait des colliers de fleurs sauvages et parfumait ses loques avec du myrte et du *timzrit* (thym) écrasés entre deux pierres. Quand elle grandit, elle connut l'amour illicite et changeant des jeunes hommes qui vont, la nuit, guetter aux abords des *douars* les jeunes filles et les épouses, et qui, pour les joies prohibées, risquent leur vie.

Elle fut aimée par plusieurs, et deux jeunes hommes, tous deux fils de grande tente et semblables à des lions, échangèrent pour elle, une nuit, des coups de couteau...

L'un mourut, l'autre alla s'engager aux spahis, pour fuir la vengeance des parents de sa victime.

Puis, honteux de sa fille, le père de Kheïra, homme honnête et naïf, qui craignait Dieu, la donna en mariage à un *khammès* aussi pauvre que lui et qui avait déjà deux jeunes épouses. Tous les plus durs travaux furent imposés à Kheïra. Étroitement surveillée, accablée de besogne et de coups, elle vieillit vite. Son mari mourut et elle se réfugia chez son père qui eut pitié d'elle et qui la garda.

Un jour, elle prit un bâton et s'en alla le long des routes en demandant l'aumône au nom de Dieu. Elle est devenue *derouïcha* et elle prie le Seigneur. Depuis cinq ans qu'elle erre ainsi, elle est inoffensive et sa vie est devenue pure. Elle lave les morts et mendie. Quand on lui donne, elle partage avec tous les pauvres qu'elle rencontre et, souvent, ne garde rien pour elle... Elle est devenue aussi douce que l'agneau qui joue près de sa mère et l'innocence de sa vie la met à l'abri de tous les maux... Dieu pardonne nos péchés et ceux de tous les musulmans!

Le vieil homme se tut, mais le regard pensif de ses yeux d'ombre fixé sur la *derouïcha* disait peut-être ce qu'avaient tu ses lèvres...

Quand elle eut mangé et loué Dieu, malgré les instances des femmes, mère Kheïra se leva, reprit son bâton et sortit dans la nuit d'épouvante et de tempête, l'âme éteinte, insensible désormais aux agitations et aux passions humaines, comme à la morsure du vent et à la menace des ténèbres.

Note

Ce portrait de femme tranche sur l'ensemble de ceux qu'a tracés Isabelle Eberhardt. Il s'apparente plutôt aux textes consacrés à l'errance : la derouïcha a pris la route, libérée de toutes contraintes, et y mourra probablement comme le vieillard de la nouvelle intitulée *Dans le Sentier de Dieu.*

La Derouïcha a été publiée dans l'*Akhbar* en 1902 et dans *Pages d'Islam* (Fasquelle, 1920).

M'tourni

Une masure en pierres disjointes, un champ maigre et caillouteux dans l'âpre montagne piémontaise, et la misère au foyer où ils étaient douze enfants... Puis, le dur apprentissage de maçon, chez un patron brutal.

Un peu aussi, plus vaguement, à peine ébauchées dans sa mémoire d'illettré, quelques échappées de soleil sur les cimes bleues, quelques coins tranquilles dans les bois obscurs où poussent les fougères gracieuses au bord des torrents.

A cela se bornaient les souvenirs de Roberto Fraugi, quand, ouvrier errant, il s'était embarqué pour Alger avec quelques camarades.

Là-bas, en Afrique, il travaillerait pour son propre compte, il amasserait un peu d'argent, puis quand approcheraient les vieux jours, il rentrerait à Santa-Reparata, il achèterait un bon champ et il finirait ses jours, cultivant le maïs et le seigle nécessaires à sa nourriture.

Sur la terre ardente, aux grands horizons mornes, il se sentit dépaysé, presque effrayé : tout y était si différent des choses familières!

Il passa quelques années dans les villes du littoral, où il y avait des compatriotes, où il retrouvait encore des aspects connus qui le rassuraient.

Les hommes en burnous, aux allures lentes, au langage incompréhensible, lui inspiraient de l'éloignement, de la méfiance, et il les coudoya dans les rues, sans les connaître.

Puis, un jour, comme le travail manquait à Alger, un chef indigène des confins du Sahara lui offrit de grands travaux à exécuter dans son *bordj*. Les conditions étaient avantageuses, et Roberto finit par accepter, après de longues hésitations : l'idée d'aller si loin, au désert, de vivre des mois avec les Arabes l'épouvantait.

Il partit, plein d'inquiétude.

Après de pénibles heures nocturnes dans une diligence grinçante, Fraugi se trouva à M'sila.

C'était l'été. Une chaleur étrange, qui semblait monter de terre, enveloppa Roberto. Une senteur indéfinissable traînait dans l'air, et Fraugi éprouva une sorte de malaise singulier, à se sentir là, de nuit, tout seul au milieu de la place vaguement éclairée par les grandes étoiles pâles.

Au loin dans la campagne, les cigales chantaient, et leur crépitement immense emplissait le silence à peine troublé, en ville, par le glouglou mystérieux des crapauds tapis dans les *séguia* chaudes.

Des silhouettes de jeunes palmiers se profilaient en noir sur l'horizon glauque.

A terre, des formes blanches s'allongeaient, confuses : des Arabes endormis fuyant au-dehors la chaleur et les scorpions.

Le lendemain, dans la clarté rosée de l'aube, un grand Bédouin bronzé, aux yeux d'ombre, réveilla Fraugi dans sa petite chambre d'hôtel.

— Viens avec moi, je suis le garçon du *caïd*.

Dehors, la fraîcheur était délicieuse. Un vague parfum frais montait de la terre rafraîchie et un silence paisible planait sur la ville encore endormie.

Fraugi, juché sur un mulet, suivit le Bédouin monté sur un petit cheval gris, à long poil hérissé, qui bondissait joyeusement à chaque pas.

Ils franchirent l'*oued*, dans son lit profond. Le jour

naissant irisait les vieilles maisons en *toub,* les *koubba* sahariennes, aux formes étranges.

Ils traversèrent les délicieux jardins arabes de Guerfala et entrèrent dans la plaine qui s'étendait, toute rose, vide, infinie.

Très loin, vers le sud, les monts des Ouled-Naïl bleuissaient à peine, diaphanes.

– La plaine, ici, c'est le Hodna... Et là-bas, sous la montagne, c'est Bou-Saâda, expliqua le Bédouin.

Très loin, dans la plaine, au fond d'une dépression salée, quelques masures grisâtres se groupaient autour d'une *koubba* fruste, à haute coupole étroite.

Au-dessus, sur un renflement pierreux du sol, il y avait le *bordj* du *caïd,* une sorte de fortin carré, aux murailles lézardées, jadis blanchies à la chaux. Quelques figuiers rabougris poussaient dans le bas-fond, autour d'une fontaine tiède dont l'eau saumâtre s'écoulait dans la *seguia* où s'amassaient le sel rougeâtre et le salpêtre blanc en amas capricieux.

On donna au maçon une chambrette nue, toute blanche, avec, pour mobilier, une natte, un coffre et une *matara* en peau suspendue à un clou.

Là, Fraugi vécut près d'une demi-année, loin de tout contact européen, parmi les Ouled-Madbi bronzés, aux visages et aux yeux d'aigle, coiffés du haut *guennour* à cordelettes noires.

Seddik, le garçon qui avait amené Fraugi, était le chef d'une équipe de manœuvres qui aidaient le maçon, accompagnant leur lent travail de longues mélopées tristes.

Dans le *bordj* solitaire, le silence était à peine troublé par quelques bruits rares, le galop d'un cheval, le grincement du puits, le rauquement sauvage des chameaux venant s'agenouiller devant la porte cochère.

Le soir, à l'heure rouge où tout se taisait, on priait, sur la hauteur, avec de grands gestes et des invocations solennelles. Puis, quand le *caïd* s'était retiré, les *khammès* et les domestiques, accroupis à terre, causaient ou chantaient, tandis qu'un *djouak* murmurait ses tristesses inconnues.

Au *bordj*, on était affable et bon pour Fraugi, et surtout peu exigeant. Peu à peu, dans la monotonie douce des choses, il cessa de désirer le retour au pays, il s'accoutumait à cette vie lente, sans soucis et sans hâte, et, depuis qu'il commençait à comprendre l'arabe, il trouvait les indigènes sociables et simples, et il se plaisait parmi eux.

Il s'asseyait maintenant avec eux sur la colline, le soir, et il les questionnait ou leur contait des histoires de son pays.

Depuis sa première communion, Fraugi n'avait plus guère pratiqué, par indifférence. Comme il voyait ces hommes si calmement croyants, il les interrogea sur leur foi. Elle lui sembla bien plus simple et plus humaine que celle qu'on lui avait enseignée et dont les mystères lui cassaient la tête, disait-il...

En hiver, comme les travaux aux *bordj* étaient terminés et que le départ s'approchait, Fraugi éprouva de l'ennui et un sincère regret.

Les *khammès* et les manœuvres eux aussi le regrettaient : le *roumi* n'avait aucune fierté, aucun dédain pour eux. C'était un *Oulid-bab-Allah*, un bon enfant.

Et un soir, tandis que, couchés côte à côte dans la cour, près du feu, ils écoutaient un *meddah* aveugle, chanteur pieux venu des Ouled-Naïl, Seddik dit au maçon :

– Pourquoi t'en aller? Tu as un peu d'argent. Le *caïd* t'estime. Loue la maison d'Abdelkader ben Hamoud, celui qui est parti à La Mecque. Il y a des figuiers et un champ. Les gens de la tribu s'entendent pour construire une mosquée et pour préparer la *koubba* de Sidi Berrabir. Ces travaux te feront manger du pain, et tout sera comme par le passé.

Et « pour que tout fût comme par le passé », Fraugi accepta.

Au printemps, quand on apprit la mort à Djeddah d'Abdelkader, Fraugi racheta l'humble propriété, sans même songer que c'était la fin de ses rêves de jadis, un pacte éternel signé avec la terre âpre et resplendissante qui ne l'effrayait plus.

Fraugi se laissait si voluptueusement aller à la langueur des choses qu'il ne se rendait même plus à M'sila, se confinant à Aïn-Menedia.

Ses vêtements européens tombèrent en loques et, un jour, Seddik, devenu son ami, le costuma en Arabe. Cela lui sembla d'abord un déguisement, puis il trouva cela commode, et il s'y habitua.

Les jours et les années passèrent, monotones, dans la paix somnolente du *douar*. Au cœur de Fraugi, aucune nostalgie du Piémont natal ne restait plus. Pourquoi aller ailleurs, quand il était si bien à Aïn-Menedia?

Il parlait arabe maintenant, sachant même quelques mélopées qui scandaient au travail ses gestes de plus en plus lents.

Un jour, en causant, il prit à témoin le *Dieu en dehors de qui il n'est pas de divinité*. Seddik s'écria : «*Ya Roubert!* Pourquoi ne te fais-tu pas musulman? Nous sommes déjà amis, nous serions frères. Je te donnerais ma sœur, et nous resterions ensemble, en louant Dieu!»

Fraugi resta silencieux. Il ne savait pas analyser ses sensations, mais il sentit bien qu'il l'était déjà, musulman, puisqu'il trouvait l'islam meilleur que la foi de ses pères... Et il resta songeur.

Quelques jours plus tard, devant des vieillards et Seddik, Fraugi attesta spontanément qu'*il n'y a d'autre Dieu que Dieu et que Mohammed est l'Envoyé de Dieu.*

Les vieillards louèrent l'Éternel, et Seddik, très ému sous ses dehors graves, embrassa le maçon.

Roberto Fraugi devint Mohammed Kasdallah.

La sœur de Seddik, Fathima Zohra, devint l'épouse du *m'tourni*. Sans exaltation religieuse, simplement, Mohammed Kasdallah s'acquitta de la prière et du jeûne.

YASMINA

**
* **

Roberto Fraugi ne revint jamais à Santa Reparata de Novare, où on l'attendit en vain...

Après trente années, Mohammed Kasdallah, devenu un grand vieillard pieux et doux, louait souvent Dieu et la toute-puissance de son *mektoub*, car il était écrit que la maisonnette et le champ qu'il avait rêvé jadis d'acheter un jour à Santa Reparata, il devait les trouver sous un autre ciel, sur une autre terre, dans le Hodna musulman, aux grands horizons mornes...

Note

Quitte à heurter les convictions coloniales les mieux établies, Isabelle Eberhardt a souvent défendu l'idée que la terre africaine finirait par absorber les conquérants français. Comme elle l'avait fait des précédents, les Phéniciens, les Romains, les Vandales ou les Turcs... *M'tourni* illustre cette thèse qui dut choquer bien des lecteurs européens quand elle parut dans l'*Akhbar* en 1905.

M'tourni fait irrésistiblement penser à l'itinéraire personnel de l'auteur qui, venue de Suisse, finit par se fondre tout à fait dans la civilisation musulmane.

Cette nouvelle a été publiée dans la *Dépêche algérienne* le 30 septembre 1903 puis éditée en 1920 dans *Pages d'Islam* (Fasquelle).

Dans le sentier de Dieu

Les champs crevassés agonisaient sous le soleil. Les collines fauves, nues, coupées de falaises qu'ensanglantaient les ocres et les rouilles, fermaient l'horizon où des vapeurs troubles traînaient.

Çà et là, tranchant durement sur le rayonnement terne du sol, quelques silhouettes noires de caroubiers ou d'oliviers sauvages jetaient une ombre courte, rougeâtre.

Vers le sud, au-delà des ondulations basses et des ravins desséchés où se mouraient les lauriers-roses, une ligne s'étendait, d'un bleu sombre, presque marin : la grande plaine du Hodna, barrée, très loin et très haut dans le ciel morne, par la muraille azurée, toute vaporeuse, du *djebel* Ouled-Naïl.

L'immense campagne calcinée dormait dans la chaleur et la soif. Quelques broussailles de jujubiers et de lentisques nains avaient poussé à l'ombre grêle d'un bouquet d'oliviers grisâtres, aux troncs contournés et bizarres. Les menues herbes du printemps, desséchées, tombaient en poussière, parmi l'envahissement épineux des charbons poudreux.

Enveloppé de loques terreuses, un vieillard était couché là, seul dans tout ce vide et ce silence. Décharné, le visage osseux, de la teinte brune rougeâtre de la terre alentour, avec une longue barbe grise, l'œil clos, il semblait mort, tellement son souffle était faible et son attitude raidie.

Près de lui, dans un tesson de terre cuite, quelques

débris de galette azyme attestaient la charité des croyants de quelque *douar* voisin, caché dans les ravins profonds.

Un essaim de mouches exaspérées couvrait le visage et les mains noueuses du vieux, dont le soleil brûlait les pieds nus. Insensible, il dormait béatement.

Sur la piste qui serpentait au pied des collines, trois cavaliers parurent : un Européen, portant le képi brodé des administrateurs, et deux indigènes drapés dans le *burnous* bleu du makhzen.

Le *roumi* aperçut le vieillard endormi et sa pitié en fut émue. Aux questions des *mokhaznis*, l'errant répondit de sa voix presque éteinte déjà : « Je suis Abdelkader ben Maammar, des Ouled-Darradj de Barika. Je ne fais point de mal, et comme je n'ai rien, sauf la crainte de Dieu, c'est Dieu qui pourvoit à la vie qu'il m'a donnée, jusqu'à ce que l'heure soit sonnée. »

Mais le *hakem roumi* crut devoir adoucir les dernières heures du vieux musulman, et il lui dit qu'il serait transporté à dos de mulet jusqu'à l'hôpital de Bordj-bou-Arreridj, où il aurait un bon lit et une nourriture suffisante. Il pourrait s'y reposer, y reprendre au moins quelques forces.

Insensible, sans un mot, le vieillard se laissa charger sur un mulet amené du *douar*. Le hakem en avait décidé ainsi et lui, l'Arabe, n'avait pas à juger cette décision. Il se soumettait sans joie ni révolte, parce que c'était ainsi.

Couché sur l'étroit lit blanc, lavé de ses souillures et revêtu de linges immaculés, l'errant semblait se rétablir, revenir à la vie.

Pourtant, il gardait son silence farouche. Obstinément il tournait le vague de son regard terne vers la large baie ouverte sur le vide du ciel incandescent. Dans tout ce bien-être inusité, lui, le nomade, fils de nomades, regrettait la misère pouilleuse et les longues marches pénibles sous le soleil de feu, à la recherche des maigres offrandes *dans le sentier de Dieu...*

Et bientôt cette longue salle blanche et sévère, ce lit trop doux, ce calme et cette abondance lui devinrent intolérables...

Il se dit guéri, supplia en pleurant les médecins de le laisser partir. On l'accusa d'ingratitude, on lui dit qu'il n'était qu'un sauvage, et, pour s'en débarrasser, on le laissa sortir.

Un matin limpide dans la grande joie du jour commençant, il reprit ses haillons et son long bâton d'olivier. Sans un regret, presque allégrement, il se hâta vers la porte de la ville et s'en alla, sordide et superbe dans le soleil levant.

Sur la croupe nue d'une colline aride, en face du Hodna bleuâtre, immense et monotone comme la mer, une *koubba* blanche dressait la silhouette neigeuse de ses murs rectilignes, de sa coupole ovoïde.

Alentour, pas un arbre, pas une ombre sur la terre brûlée d'un rouge sombre qui flambait au soleil.

Vers le nord, les coteaux s'étageaient, comme les vagues figées d'un océan tourmenté. Ils allaient, montant insensiblement, jusqu'à la montagne géante des monts de Kabylie.

Une famille grise de petites tombes en pierre brute se pressait sous la protection de Sibi Abdelkader de Baghdad, maître de la *koubba* et Seigneur des Hauts Lieux...

Accroupi contre le mur lézardé, près de la petite porte basse, le vieux cheminot rêvait l'œil mi-clos, son bâton entre ses genoux maigres.

Depuis qu'il avait quitté l'asile abhorré où il s'était senti prisonnier, le vieillard avait erré de *douar* en *douar*.

Maintenant, sa vie vacillante s'éteignait. Une grande

langueur engourdissait ses membres et un froid lui semblait monter de la terre qui l'appelait.

Il était venu échouer là, près de la *koubba* sainte. Une très vieille femme au visage parcheminé, drapée d'une *mlahfa* de laine en loques, gardait seule le lieu vénéré, gîtant dans un vieux *gourbi* en pierres sèches. Elle aussi était avare de paroles et usée, bien près de la fin.

Tous les matins et tous les soirs, la pieuse veuve déposait devant le vagabond, hôte de Dieu, une galette d'orge et un vase en argile plein d'eau fraîche. Puis elle rentrait dans l'ombre de la *koubba* pour y brûler du benjoin et marmotter des prières.

Tous deux, sans presque jamais se parler, avaient associé leurs décrépitudes, attendant l'heure sans hâte ni effroi.

Quand, par hasard, quelques Bédouins venaient prier sous les voûtes basses de la *koubba* miraculeuse, le vieillard, par accoutumance, élevait sa voix chevrotante en une psalmodie monotone.

– Pour Dieu et Sidi Abdelkader Djilani, seigneur de Baghdad, sultan des saints, faites l'aumône, ô croyants!

Et gravement, les musulmans tiraient de leurs capuchons de laine un peu de galette noire ou quelques figues sèches.

Les jours s'écoulaient, monotones, dans la somnolence de l'été finissant...

Aux premières fraîcheurs de l'automne, le vent du Nord balaya les brumes troubles de l'horizon, et la lumière terne des journées accablantes devint dorée sur la terre reposée et dans le ciel serein.

Le vieillard s'était encore desséché, son corps s'était comme replié sur lui-même, comme rapetissé, son œil cave s'était voilé des premières ombres de la nuit définitive et sa voix s'était éteinte.

Il finissait, lentement, sans secousses ni angoisses, avec les dernières ardeurs de l'été.

DANS LE SENTIER DE DIEU

Le chant éclatant des coqs perchés sur le toit du *gourbi* réveilla la vieille, sur sa mince natte usée.

Elle prit une petite amphore d'eau, fit les ablutions rituelles. En silence, selon la coutume des femmes, elle pria, se prosternant devant la majesté de Dieu, *seigneur de l'aube*.

Elle pria longuement accroupie, ses doigts osseux et gourds égrenant son chapelet. Son visage de momie, raccourci et noir, sous le turban de laine rouge et de linges sombres des nomades, n'exprimait rien, comme celui d'une morte. Puis, elle redressa ses reins cassés avec un gémissement, prit sous un grand plat en bois une galette froide, emplit un petit vase rouge à la peau de bouc, et sortit.

Le jour se levait, lilas et rose, sur le moutonnement infini des collines, sur le vide marin de la plaine.

De grandes ombres violettes obscurcissaient encore le fond des ravins, entre les dos éclairés des coteaux, tandis que la *koubba* solitaire flambait déjà, toute rouge.

La gardienne caduque s'en alla à pas lents vers la porte du sanctuaire, portant l'offrande quotidienne au vieil hôte.

Depuis la veille, tassé, affalé à sa place coutumière, sans quitter le bâton symbolique, le vagabond n'avait pas bougé.

Ses traits s'étaient comme adoucis et la vieille crut voir une singulière clarté glisser sur le visage mort. Sans agonie, sans plaintes, le vieux était retourné à la poussière, durant les heures calmes de la nuit. Sans frayeur, la gardienne étendit le corps déjà glacé, lui tournant le visage vers le soleil rouge qui montait à l'horizon. Puis, elle le recouvrit des pans rabattus de son *burnous* en invoquant Dieu.

Lentement, comme tous les jours, elle nettoya le sol plâtré de la *koubba*, elle secoua la poussière des draperies de vieille soie rouge et verte couvrant le *makam*. Quand elle eut terminé ces soins pieux, elle rentra dans son *gourbi*

YASMINA

et s'enveloppa de son *haïk* noir, et son bâton à la main, elle s'en vint au *douar* voisin.

Des hommes graves, *hachem* en *burnous* fauves, le front ceint de cordelettes noires, vinrent laver le corps du vagabond et l'envelopper du linceul blanc. Debout, superbes dans la gloire du soleil d'automne, ils prièrent, tandis que deux autres creusaient la fosse à coup de hachette. Quand le corps fut couché dans le trou béant, les Bédouins le couvrirent de branches de myrte et l'isolèrent du sol par des poutrelles grossièrement taillées. Puis ils rejetèrent la terre sanguine, comblant la fosse.

La vieille femme apporta, sur un chiffon de laine, des galettes azymes et des figues sèches qu'elle distribua, en mémoire du mort, aux quelques mendiants, habitués à hanter les enterrements.

Graves, calmes devant la mort qu'ils jugeaient nécessaire et sans laideur ni épouvante, les *hachem* s'en allèrent.

La vieille resta seule, près de la tombe récente, pour attendre l'heure proche où elle aussi descendrait dans l'obscurité éternelle.

Note

La nouvelle a été écrite en 1903 à Beni-Ounif, à la frontière algéro-marocaine où Isabelle Eberhardt se trouvait en reportage pour l'*Akhbar* et la *Dépêche algérienne*. L'auteur s'est inspiré d'une aventure personnelle, comme le révèle Robert Randau dans son livre de souvenirs. C'était en 1902, Isabelle se promenait à cheval avec son ami Randau, adjoint de la commune mixte de Ténès et découvrit dans une masure un vieillard moribond. Elle se précipita à son chevet et obtint qu'on le transporte à l'hôpital. Mais dès le lendemain le « vieux » s'en échappait pour retourner mourir dans son *gourbi*.

Dans le Sentier de Dieu est paru dans la *Dépêche algérienne* le 5 janvier 1904, dans l'*Akhbar* en 1906 et dans *Pages d'Islam* (Fasquelle, 1920).

Dans la Dune

C'était sur la fin de l'automne 1900, presque en hiver déjà. Je campais alors, avec quelques bergers de la tribu des Rebaïa, dans une région déserte entre toutes, au sud de Taïbeth-Guéblia, sur la route d'Eloued à Ouargla [1].

Nous avions un troupeau de chèvres assez nombreux, et quelques malheureux chameaux, maigres et épuisés, – épaves de l'expédition d'In-Salah, qui a dépeuplé de chameaux le Sahara pour des années, car la plupart ne sont pas revenus des convois lointains d'El-Goléa et d'Igli [2].

Nous étions alors huit, en nous comptant, mon serviteur Aly et moi. Nous vivions sous une grande tente basse en poil de chèvre, que nous avions dressée dans une petite vallée entre les dunes. Après les premières petites pluies de novembre, l'étrange végétation saharienne commençait à renaître. Nous passions nos journées à chasser les innombrables lièvres sahariens, et surtout à rêver, en face des horizons moutonnants.

Le calme et la monotonie, jamais ennuyeuse cepen-

---

1. A ce moment Isabelle Eberhardt, partant comme un héros de roman d'aventures, s'était mis en tête de savoir au juste dans quelles conditions le marquis de Morès avait trouvé la mort. Les indices qu'elle avait pu recueillir à Tunis et dans le Sahel tunisien, l'année précédente, avaient lancé sa jeune curiosité dans cette voie.
  Elle devait, pour arriver à son but, se familiariser avec les tribus nomades du Sud Constantinois, vivre de leur vie, écouter patiemment les récits de la tente. – Elle trouvait surtout dans cette vie un merveilleux champ d'études. (Note de Victor Barrucand.)
2. Mission (soi-disant scientifique) de M. Flamand, janvier 1900.

dant, de cette existence au grand air provoquaient en moi une sorte d'assoupissement intellectuel et moral très doux, un apaisement bienfaisant.

Mes compagnons étaient des hommes simples et rudes, sans grossièreté pourtant, qui respectaient mon rêve et mes silences – très silencieux eux-mêmes d'ailleurs.

Les jours s'écoulaient, paisibles, en une grande quiétude, sans aventures et sans accidents...

Cependant, une nuit que nous dormions sous notre tente, roulés dans nos *burnous*, un vent du Sud violent s'éleva et souffla bientôt en tempête, soulevant des nuages de sable.

Le troupeau bêlant et rusé réussit à se tasser si près de la tente que nous entendions la respiration des chèvres. Il y en eut même quelques-unes qui pénétrèrent dans notre logis et qui s'y installèrent malgré nous, avec l'effronterie drôle propre à leur espèce.

La nuit était froide, et je dus accueillir, sans trop de mécontentement, un petit chevreau qui s'obstinait à se glisser sous mon *burnous* et se couchait contre ma poitrine, répondant par des bourrades de son front têtu à toutes mes tentatives d'expulsion.

Fatigués d'avoir beaucoup erré dans la journée, nous nous endormîmes bientôt, malgré les hurlements lugubres du vent dans le dédale des dunes et le petit bruit continu, marin, du sable qui pleuvait sur notre tente.

Tout à coup, nous fûmes à nouveau réveillés en sursaut, sans pouvoir, au premier moment, nous rendre compte de ce qui arrivait, mais écrasés, étouffés, sous un poids très lourd : une rafale plus violente avait chaviré notre tente, nous ensevelissant sous ses ruines. Il fallut sortir, ramper à plat ventre, péniblement, dans la nuit noire où le vent froid faisait fureur, sous un ciel d'encre.

Impossible ni de remonter la tente dans l'obscurité, ni d'allumer notre petite lanterne. Il pouvait être trois heures déjà, et nous préférâmes nous coucher, maussades, à la belle étoile, en attendant le jour. Aly dut encore extraire à grand-peine quelques couvertures et quelques *burnous* de dessous la tente, et il fallut aussi sauver les chèvres qui gémissaient et se débattaient furieusement.

Étouffant dans mon *burnous* sur lequel le sable continuait de tomber en pluie, tenue éveillée par les hennissements de frayeur et les ruades de mon pauvre cheval attaché à un piquet et bousculé par les chèvres inquiètes, je ne parvins plus à me rendormir.

Le vent avait cessé presque tout à fait. Aly était occupé à allumer un grand feu de broussailles. Nous nous assîmes tous autour du bienfaisant brasier, transis et courbaturés. Seul Aly conservait sa bonne humeur habituelle, nous plaisantant sur nos airs de déterrés.

Le jour se leva, limpide et calme, sur le désert où la tourmente de la nuit avait laissé une infinité de petits sillons gris, comme les rides d'une tempête sur le sable.

L'idée me vint d'aller faire un temps de galop dans la plaine qui s'étendait au-delà de la ceinture de dunes fermant notre vallée.

Aly resta pour reconstruire la tente et mettre en ordre notre petit ménage ensablé et dispersé durant la nuit. Il me recommanda cependant de ne pas trop m'éloigner du camp.

Mais bah! dès que je fus dans la plaine, je lâchai la bride à mon fidèle « Souf[1] » qui partit à toute vitesse, énervé, lui aussi, par la mauvaise nuit qu'il avait passée.

Longtemps nous courûmes ainsi, à une vitesse vertigineuse, ivres d'espace, dans le calme serein du jour naissant.

Enfin, mettant à grand-peine mon cheval au pas, je me retournai et je vis que j'étais très loin déjà des dunes...

Sans aucune hâte de rentrer au campement, l'idée me vint de passer par les collines qui ferment la plaine. Je m'engageai donc dans un dédale de monticules de plus en plus élevés, en prenant le chemin de l'Ouest.

1. Souf : nom du cheval qu'Isabelle avait pu se procurer à El Oued. Ce fut là son seul luxe.

Il y avait là des vallées semblables à la nôtre et, pour ne pas perdre trop de temps, je laissais trotter « Souf » dans ces endroits plus plats.

Peu à peu, le ciel s'était de nouveau couvert de nuages, et le vent commençait à tomber. Sans la bourrasque de la nuit qui avait séché et déplacé toute la couche superficielle du sable, un vent aussi faible n'eût pu provoquer aucun mouvement à la surface du sol. Mais la terre était réduite à l'état de poussière presque impalpable, et le sable continuait doucement à couler des dunes escarpées. Je remarquai bientôt que mes traces disparaissaient très vite.

Après une heure je commençais à être étonnée de ne pas encore être arrivée au camp. Il était déjà assez tard, et la chaleur devenait lourde. Pourtant, je remontais bien vers l'ouest?...

Enfin, je finis par m'arrêter, comprenant que j'avais fait fausse route et que j'avais dû dépasser le campement.

Mais je demeurais perplexe... Où fallait-il me diriger? En effet, je ne pouvais pas savoir si je me trouvais au-dessus ou au-dessous de la route, c'est-à-dire si j'avais passé au nord ou au sud du camp. Je risquais donc de m'égarer définitivement. Cependant, je me décidai à prendre résolument la direction du nord, la moins dangereuse dans tous les cas.

Mais, là encore, je n'aboutis à rien, après avoir marché pendant une heure; alors, je redescendis vers le sud.

Il était trois heures après midi, déjà, et ma mésaventure ne m'amusait plus : je n'avais qu'un pain arabe dans le capuchon de mon *burnous* et une bouteille de café froid. Je commençais à me demander ce que j'allais devenir, si je ne retrouvais pas mon chemin avant la nuit.

Laissant mon « Souf » dans une vallée, je grimpai sur la dune la plus élevée de la région; autour de moi, de tous côtés, je ne vis que la houle grise des monticules de sable, et je ne parvenais pas à comprendre comment j'avais pu, en si peu de temps, m'égarer à ce point.

Enfin, ne voulant plus continuer à errer sans but,

craignant d'être prise par la nuit dans un endroit stérile où mon cheval, déjà privé d'eau, ne trouverait même pas d'herbe, je me mis à la recherche d'une vallée commode pour passer la nuit.

— Demain, dès l'aube, je me mettrai en route vers le nord, pensai-je, et je gagnerai la route de Taïbeth...

Je découvris un vallon profond et allongé, où une végétation plus touffue avait poussé, étonnamment verte. Je débarrassai « Souf » de son harnachement, et je le lâchai, allant moi-même explorer mon « île de Robinson ».

Au milieu d'un espace découvert, je trouvai un tas de cendres à peine mêlées de sable, et quelques os de lièvre : des chasseurs avaient dû passer la nuit là. Peut-être reviendraient-ils ?

Ces chasseurs du Sahara sont des hommes rudes et primitifs, vivant à ciel ouvert, sans résidence fixe. Quelques-uns laissent leurs familles très loin, dans les *ksour*, d'autres sont de véritables enfants des sables, errant avec femmes et enfants — mais ceux-là sont rares. Leur vie à tous est aussi libre et aussi peu compliquée que celle des gazelles du désert.

Parmi ces chasseurs, il y a bien quelques « irréguliers » fuyant dans les solitudes la justice des hommes. Cependant, dans ces régions encore assez voisines des villes et des villages, les dissidents, comme on les appelle en langage administratif, sont rares, et je souhaitais de voir apparaître les chasseurs dont j'avais retrouvé les traces, afin de sortir au plus vite de la situation ridicule où je m'étais mise. Dans quelles transes devaient être mes compagnons, surtout le fidèle Aly ?

Un hennissement joyeux me tira de ces réflexions : mon cheval s'était approché d'un fourré très épais et très vert et, la tête enfoncée dans les branches, semblait flairer quelque chose d'insolite.

... Entre les buissons, il y avait un de ces *hassi* nombreux du Sahara, perdus souvent en dehors de toutes les

YASMINA

routes, puits étroits et profonds, que seuls les guides connaissent.

La végétation presque luxuriante de la vallée s'expliquait par la présence de cette eau à une faible profondeur.

Je me mis en devoir de puiser, au moyen de ma bouteille attachée au bout de ma ceinture.

Soudain j'entendis une voix qui disait, tout près derrière moi :

— Que fais-tu là, toi?

Je me retournai : devant moi se tenaient trois hommes bronzés, presque noirs, en loques, portant leur maigre bagage dans des sacs de toile et armés de longs fusils à pierre.

— J'ai soif.
— Tu t'es égaré?
— Je campe non loin d'ici avec des Rebaïa [1], des Souafa [2], des bergers...
— Tu es musulman?
— Oui, grâce à Dieu!

Celui qui m'avait adressé la parole était presque un vieillard. Il étendit la main et toucha mon chapelet.

— Tu es de Sidi Abd-el-Kader Djilani... Alors, nous sommes frères... Nous aussi nous sommes Kadriya [3].
— Dieu soit loué! dis-je.

J'éprouvai une joie intense à trouver en ces nomades des confrères : entre adeptes de la même confrérie l'aide mutuelle et la solidarité sont de règle. Eux aussi portaient en effet le chapelet des Kadriya.

— Attends, nous avons une corde et un bidon; nous ferons boire ton cheval et tu passeras la nuit avec nous; demain matin, nous te ramènerons à ton camp. Tu t'es beaucoup éloigné vers le sud, tu as passé le camp des Rebaïa et, maintenant, en prenant par les raccourcis, il faut au moins trois heures pour y arriver.

---

1. Rebaïa : tribu nomade du Sud-Est.
2. Souafa : gens du « Souf ».
3. Kadriya (ou Qadriya) : confrérie à laquelle Isabelle venait d'être initiée.

DANS LA DUNE

Le plus jeune d'entre eux se mit encore à rire :
— Tu es dégourdi, toi!
— De quelles tribus êtes-vous?
— Moi et mon frère, nous sommes des Ouled-Seïh de Taïbeth-Guéblia et celui-là, Ahmed Bou-Djema, est Chaambi des environs de Berressof. Son père avait un jardin à El Oued, dans la colonie des Chaamba qui est au village d'Elakbab. Il s'est sauvé, le pauvre...
— Pourquoi?
— A cause des impôts. Il est parti à In-Salah avec notre *cheikh*, Sidi Mohammed Taïeb; quand il est revenu, il a trouvé sa femme morte, emportée par l'épidémie de typhus, et son jardin privé de toute culture; alors, il a gagné le désert — à cause des impôts.

Le jeune Seïhi qui parlait ainsi avait attiré mon attention par la primitivité de ses traits et l'éclat sournois de ses grands yeux fauves. Il eût pu servir de type accompli de la race nomade, fortement métissée d'Arabe asiatique, qui est la plus caractéristique du Sahara.

Ahmed Bou-Djema, maigre et souple, semblait être son aîné, autant qu'on en put juger, car la moitié de sa face était voilée de noir, à la façon des Touareg.

Quant au plus âgé, il avait une belle tête de vieux coupeur de routes, aquiline et sombre.

Ahmed Bou-Djema portait, pendus à sa ceinture, deux superbes lièvres. Il s'écarta un peu du puits et, après avoir dit « Bismillah! » il se mit à vider son gibier.

Le soleil avait disparu derrière les dunes, et les derniers rayons roses du jour glissaient au ras du sol, entre les buissons aux feuilles pointues et les jujubiers. Les touffes de *drinn* semblaient d'or, dans la grande lueur rouge du soir.

Sélem, l'aîné des deux frères, s'écarta de notre groupe et, étendant son *burnous* loqueteux sur le sable, il commença à prier, grave et comme grandi.

— Vous n'avez point de famille? demandai-je à Hama

Srir, pendant que nous creusions un trou dans le sable pour la cuisson des lièvres.

— Sélem a sa femme et ses enfants à Taïbeth. Moi, ma femme est dans les jardins de Remirma, dans l'*oued* Rir, chez sa tante.

— Ne t'ennuies-tu pas, loin de ta famille?

— Le sort est le sort de Dieu. Bientôt j'irai chercher ma femme. Quand les enfants de Sélem seront grands ils chasseront comme leur père.

— *In châ Allah!*

— *Amine.*

Tout me charmait et m'attirait, dans la vie libre et sans souci de ces enfants du grand Sahara splendide et morne.

Après avoir lié en boule les lièvres, nous les mîmes, avec leur fourrure, au fond du trou, sous une mince couche de sable. Puis nous allumâmes par-dessus un grand feu de broussailles.

— Alors, tu t'es marié chez les Rouara [1]?

Hama Srir fit un geste vague :

— C'est toute une histoire! Tu sais que nous autres, Arabes du désert, nous ne nous marions guère en dehors de notre tribu...

Le roman de Hama Srir piquait ma curiosité. Voudrait-il seulement me le conter? Cette histoire devait être simple, mais empreinte du grand charme mélancolique de tout ce qui touche au désert.

Après le souper, Sélem et Bou-Djema s'endormirent bientôt. Hama Srir, à demi couché près de moi, tira son *matoui* (petit sac en filali pour le kif) et sa petite pipe. Je portais, moi aussi, dans la poche de ma *gandoura,* ces insignes du véritable Soufi. Nous commençâmes à fumer.

— Hama, raconte-moi ton histoire?

— Pourquoi? Pourquoi t'intéresses-tu à ce qu'ont fait des gens que tu ne connais pas?

1. Rouara : habitants de région de l'*oued* Rir, près de Touggourt, à 95 km d'El Oued.

DANS LA DUNE

— Je t'adopte pour frère, au nom d'Abd-el-Kader Djilani.
— Moi aussi.
Et il me serra la main.
— Comment t'appelles-tu?
— Mahmoud ben Abdallah Saâdi [1].
— Écoute, Mahmoud, si je ne t'adoptais pas, moi aussi, pour frère, si nous ne l'étions pas déjà par notre *cheikh* et notre chapelet, et si je ne voyais pas que tu es un *taleb*, je me serais mis fort en colère au sujet de ta demande, car il n'est pas d'usage, tu le sais, de parler de sa famille. Mais écoute, et tu verras que le *mektoub* de Dieu est tout-puissant, que rien ne saurait le détourner.

Deux années auparavant, Hama Srir chassait avec Sélem dans les environs du *bordj* de Stah-el-Hamraïa, dans la région des grands *chotts* sur la route de Biskra à El Oued.
C'était en été. Un matin, Hama Srir fut piqué par une *lefaâ* (vipère à corne) et courut au *bordj* : la vieille belle-mère du gardien, une Riria (originaire de l'*oued* Rir) savait guérir toutes les maladies — celles du moins que Dieu permet de guérir.
Le gardien était parti pour El Oued avec son fils, et le *bordj* était resté à la garde de la vieille Mansoura et de sa belle-fille déjà âgée, Tébberr. Vers le soir, Hama Srir ne souffrait presque plus et il quitta le *bordj*, pour aller rejoindre son frère dans le *chott* Bou Djeloud. Mais il avait un peu de fièvre et il voulut boire. Il descendit à la fontaine, située au bas de la colline rougeâtre et dénudée de Stah el Hamraïa.
Là, il trouva l'aînée des filles du gardien, Saâdia, qui avait treize ans et qui, femme, déjà, était belle sous ses haillons bleus. Et Saâdia sourit au nomade, et longuement ses grands yeux roux le fixèrent.

---

1. Le nom arabe usuel d'Isabelle était Mahmoud Saâdi. Ce « ben Abdallah » (fils d'Abdallah) est un nom qu'elle s'invente pour ajouter à la crédibilité de son personnage.

247

— Dans quinze jours, je reviendrai te demander à ton père, dit-il.

Elle hocha la tête.

— Il ne voudra jamais. Tu es trop pauvre, tu es un chasseur.

— Je t'aurai quand même, si Dieu en a décidé ainsi. Maintenant remonte au *bordj*, et garde-toi pour Hamra Srir, pour celui que Dieu t'a promis.

— *Amine!*

Et lentement, courbée sous sa lourde *guerba* en peau de bouc pleine d'eau, elle reprit le chemin escarpé de son *bordj* solitaire.

Hama Srir ne parla point à Sélem de cette rencontre mais il devint songeur.

— Il ne faut jamais dire ses projets d'amour, cela porte malheur, précisa-t-il.

Tous les soirs, quand le soleil embrasait le désert ensanglanté et déclinait vers l'*oued* Rir salé, Saâdia descendait à la fontaine pour attendre « celui que Dieu lui avait promis ».

Un jour qu'elle était sortie à l'heure ardente de midi, pour abriter son troupeau de chèvres, elle crut défaillir : un homme, vêtu d'une longue *gandoura* et d'un *burnous* blancs, armé d'un long fusil à pierre, montait vers le *bordj*.

En hâte elle se retira dans un coin de la cour où était leur humble logis et là, tremblante, elle invoqua tout bas Djilani « l'Émir des Saints » car, elle aussi, était de ses enfants [1].

L'homme entra dans la cour et appela le vieux gardien :

— Abdallah ben Hadj Saâd, dit-il, mon père était chasseur, il appartenait à la tribu des Chorfa Ouled Seïh, de la ville de Taïbeth-Gueblia. Je suis un homme sans tare et dont la conscience est pure — Dieu le sait. Je viens te

---

[1]. Abd-el-Kader Djilani (Bagdad, XIIe siècle). A fondé la confrérie des Qadriya.

demander d'entrer dans ta maison, je viens te demander ta fille.

Le vieillard fronça les sourcils.

— Où l'as-tu vue?

— Je ne l'ai pas vue. Des vieilles femmes d'El Oued m'en ont parlé... Telle est la destinée.

— Par la vérité du Koran auguste, tant que je vivrai jamais un vagabond n'aura ma fille!

Longuement Hama Srir regarda le vieillard.

— Ne jure pas les choses que tu ignores... Ne joue pas avec le faucon : il vole dans les nuages et regarde en face le soleil. Évite les larmes à tes yeux que Dieu fermera bientôt!

— J'ai juré.

— *Chouf Rabbi!* (Dieu verra) dit Hama Srir.

Et sans ajouter un mot, il partit.

Si Abdallah, indigné, entra dans sa maison et, s'adressant à Saâdia et à Emborka, il dit :

— Laquelle de vous deux, chiennes, a laissé voir son visage au vagabond?

Les deux jeunes filles gardèrent le silence.

— Si Abdallah, répondit pour elles l'aïeule vénérée, le vagabond est venu le mois dernier se faire panser pour une morsure de *lefaâ*. Ma fille Tébberr, qui est âgée, m'a aidée. Le vagabond n'a vu aucune des filles de Tébberr. Nous sommes vieilles, le temps du *hedjeb* (retraite des femmes arabes) est passé pour nous. Nous avons soigné le vagabond dans le sentier de Dieu.

— Garde-les, et qu'elles ne sortent plus.

Saâdia, l'âme en deuil, continua pourtant à attendre, obstinément, le retour de Hama Srir, car elle savait que, si vraiment Dieu le lui avait destiné, personne ne pouvait les empêcher de s'unir.

Elle aimait Hama Srir, et elle avait confiance.

Près d'un mois s'était écoulé depuis que le chasseur était monté au *bordj* pour demander Saâdia, et il ne reparaissait pas. Il était bien près, cependant, attardé dans la région des *chotts,* et, chaque nuit, les chiens féroces de Stah-el-Hamraïa aboyaient...

Lui aussi, il avait juré.

Un soir, se relâchant un peu de sa surveillance farouche, comme Tébberr était malade, Si Abdallah ordonna à Saâdia de descendre à la fontaine, sans s'attarder.

Il était déjà tard, et la jeune fille descendit, le cœur palpitant.

La pleine lune se levait au-dessus du désert, baigné d'une transparence aussi bleue que peut l'être la nuit. Dans le silence absolu, les chiens avaient des rauquements furieux.

Pendant qu'elle remplissait sa *guerba,* les bras dans l'eau du bassin, Saâdia vit passer une ombre entre les figuiers du jardin.

– Saâdia!

– Louange à Dieu!

Hama Srir l'avait saisie par le poignet et l'entraînait.

– J'ai peur! J'ai peur!

Elle posa sa main tremblante dans la main forte du nomade et ils se mirent à courir à travers le *chott* Bou-Djeloud, dans la direction de l'*oued* Rir... et quand elle disait « J'ai peur, arrête-toi! » il la soulevait irrésistiblement dans ses bras, car il savait que cette heure lui appartenait et que toute la vie était contre lui.

Ils fuyaient, et déjà les aboiements des chiens s'étaient lassés.

Le vieillard, surpris et irrité du retard de sa fille, sortit du *bordj* et l'appela à plusieurs reprises. Mais sa voix, sans réponse, se perdit dans le silence lourd de la nuit. Un frisson glaça les membres du vieillard. En hâte, il alla chercher son fusil et descendit.

La gamelle flottait sur l'eau et la *guerba* vide traînait à terre.

DANS LA DUNE

— Chienne! elle s'est enfuie avec le vagabond. La malédiction de Dieu soit sur eux!

Et il rentra, le cœur irrité, sans une larme, sans une plainte.

— Celui qui engendre une fille devrait l'étrangler aussitôt après sa naissance, pour que la honte ne forçât pas un jour la porte de sa maison, dit-il en rentrant chez lui. «Femme, tu n'as plus qu'une seule fille... et celle-ci est même de trop!... Tu n'as pas su garder ta fille.»

Les deux vieilles et Emborka commencèrent à pleurer et à se lamenter comme sur le cadavre d'une morte, mais Si Abdallah leur imposa silence.

... Cependant, les deux amants avaient fui longtemps à travers la plaine stérile.

— Arrête-toi, supplia Saâdia, mon cœur est fort mais mes jambes sont brisées... Mon père est vieux et il est fier. Il ne nous poursuivra pas.

Ils s'assirent sur la terre salée et Hama Srir se mit à réfléchir. Il avait tenu parole, Saâdia était à lui, mais pour combien de temps?

Il résolut enfin, pour échapper aux poursuites, de la mener à Taïbeth, et, là, de l'épouser devant la *djemaâ*[1] de sa tribu, sans acte de mariage.

Saâdia, lasse et apeurée s'était couchée près de son maître. Il se pencha sur elle et calma d'un baiser son cœur encore bondissant...

Quatre nuits durant ils marchèrent, mangeant les dattes et la *mella* de Hama Srir. Pendant la journée, par crainte des *deïra* et des spahis d'El Oued, ils se tenaient cachés dans les dunes.

Enfin, vers l'aube du cinquième jour, ils virent se profiler au loin les murailles grises et les coupoles basses de Taïbeth-Guéblia.

---

1. Djemaa : assemblée des sages.

YASMINA

Hama Srir mena Saâdia dans la maison de ses parents et leur dit : « Celle-ci est ma femme. Gardez-la et aimez-la à l'égal de Fathma Zohra votre fille. »

Quand ils furent devant l'assemblée de la tribu, Hama Srir dit à Saâdia :

– Pour que Dieu bénisse notre mariage, il faut que ton père nous pardonne. Sans cela, lui, ta mère et ton aïeule qui m'a été secourable, pourraient mourir avec le cœur fermé sur nous. Je te mènerai dans ton pays, chez ta tante Oum el Aâz. Quant à moi, je sais ce que j'ai à faire.

Le lendemain, dès l'aube, il fit monter Saâdia, strictement voilée, sur la mule de la maison, et ils descendirent vers l'*oued* Rir.

Ils passèrent par Mezgarine Kedina pour éviter Touggourth, et furent bientôt rendus dans les jardins humides de Remirma.

Oum el Aâz était vieille. Elle exerçait la profession de sage-femme et de guérisseuse. On la vénérait et même certains hommes parmi les Rouara superstitieux la craignaient.

C'était une Riria bronzée avec un visage de momie dans le scintillement de ses bijoux d'or, maigre et de haute taille, sous ses longs voiles d'un rouge sombre. Ses yeux noirs, où le *khôl* jetait une ombre inquiétante, avaient conservé leur regard. Sévère et silencieuse, elle écouta Hama Srir et lui ordonna d'écrire en son nom une lettre au père de Saâdia.

– Si Abdallah pardonnera, dit-elle avec une assurance étrange. D'ailleurs, il ne durera plus longtemps.

Hama Srir entra dans l'oasis et découvrit un *taleb* qui, pour quelques sous, écrivit la lettre.

– Louange à Dieu seul ! – Le salut et la paix soient sur l'Élu de Dieu !

« Au vénérable, à celui qui suit le sentier droit et fait le bien dans la voie de Dieu, le très pieux, le très sûr, le père et l'ami, Si Abdallah bel Hadj Saâd, au *bordj* de Stah

DANS LA DUNE

el Hamraïa, dans le Souf, le salut soit sur toi, et la miséricorde de Dieu, et sa bénédiction pour toujours! Ensuite, sache que ta fille Saâdia est vivante, et en bonne santé, Dieu soit loué! – et qu'elle n'a d'autre désir que celui de se trouver avec toi et sa mère et son aïeule et sa sœur et son frère Si Mohammed en une heure proche et bénie. Sache encore que je t'écris ces lignes sur l'ordre de ta belle-sœur, lella Oum el Aâz bent Makoub Rir'i, et que c'est dans la maison de celle-ci qu'habite ta fille. Apprends que j'ai épousé, selon la loi de Dieu, ta fille Saâdia et que je viens te demander ta bénédiction, car tout ce qui arrive arrive par la volonté de Dieu. Après cela, il n'y a que la réponse prompte et propice et le souhait de tout le bien. Et le salut soit sur toi et ta famille de la part de celui qui a écrit cette lettre, ton fils et le pauvre serviteur de Dieu :

« HAMA SRIR BEN ABDERRAHMAN CHERIF. »

Quand cette lettre parvint au vieil Abdallah, illettré, il se rendit à Guémar, à la *zaouïya* de Sidi Abd-el-Kader. Un mokaddem lui lut la lettre, puis, le voyant fort perplexe, lui dit :

— Celui qui est près d'une fontaine ne s'en va pas sans boire. Tu es près de notre *cheikh* et tu ne sais que faire : va-t'en lui demander conseil.

Abdallah consulta donc le *cheikh* qui lui dit :

— Tu es vieux. D'un jour à l'autre Dieu peut te rappeler à lui, car nul ne connaît l'heure de son destin. Il vaut mieux laisser comme héritage un jardin prospère qu'un monceau de ruines.

Alors, obéissant au descendant de Djilani et son représentant sur la terre, Si Abdallah ploya sous sa doctrine et pria le *mokaddem* de composer une lettre de pardon pour le ravisseur.

« ... Et nous t'informons par la présente que nous avons pardonné notre fille Saâdia! Dieu lui accorde la raison, et que nous appelons la bénédiction du Seigneur sur elle,

253

YASMINA

pour toujours. Amin! Et le salut soit sur toi de la part du pauvre, du faible serviteur de Dieu :

« ABDALLAH BEL HADJ. »

La lettre partit.

Oum-el-Aâz, silencieuse et sévère, parlait peu à Saâdia. Elle passait son temps à composer des breuvages et à deviner le sort par des moyens étranges, se servant d'omoplates de moutons tués à la fête du printemps, de marc de café, de petites pierres et des entrailles des bêtes fraîchement saignées.

— Abdallah pardonne, avait-elle dit à Hama Srir, après avoir consulté ses petites pierres, mais il ne durera plus longtemps... son heure est proche.

Saâdia était devenue songeuse. Un jour, elle dit à son époux :

— Mène-moi dans le Souf. Je dois revoir mon père avant qu'il meure.

— Attends sa réponse.

La réponse arriva. Hama Srir fit de nouveau monter Saâdia sur la mule de la maison, et ils prirent la route du nord-est, traversant le *chott* Mérouan desséché.

Au *bordj* de Stah-el-Hamraïa, la diffa fut servie et l'on fit grande fête, et il ne fut parlé de rien puisque l'heure des explications était passée.

Le cinquième jour, Hama Srir ramena sa femme à Remirma...

Le mois suivant, en redjeb, une lettre de Stah-el-Hamraïa annonçait à la vieille Oum-el-Aâz que son beau-frère venait d'entrer dans la miséricorde de Dieu.

— Tous les mois je descends à Remirma, pour voir ma femme, me dit Hama Srir en terminant son récit. Dieu ne nous a pas donné d'enfants.

Un instant, très pensif, il garda le silence, puis il ajouta plus bas, avec un peu de crainte :

— Peut-être est-ce parce que nous avons commencé dans le *haram* (le péché, l'illicite). Oum el-Aâz le dit... Elle sait.

DANS LA DUNE

... Il était très tard déjà, et les constellations d'automne avaient décliné sur l'horizon. Un grand silence solennel régnait au désert. Nous nous étions roulés dans nos *burnous*, près du feu éteint, et nous rêvions — lui, le nomade dont l'âme ardente et vague était partagée entre la jouissance de sa passion triomphante et la crainte des sorts, la peur des ténèbres, et moi, la solitaire, que son idylle avait bercée.
— Et je songeais au tout-puissant amour qui domine toutes les âmes, à travers le mystère des destinées!

Note

« Isabelle Eberhardt était à nos yeux le plus intéressant de ses personnages», écrivait Victor Barrucand dans la préface de *Pages d'Islam. Dans la Dune* présente ce personnage en pleine action, en route, au cours de l'une de ces expéditions qui lui faisaient aimer le Sud au point de vouloir y demeurer le restant de sa vie.

L'action se situe à l'automne 1900, alors qu'Isabelle était venue s'installer à El Oued, ville mirage entrevue un an auparavant et qui fut pour elle une révélation. Lors d'un séjour à Paris, elle avait rencontré la marquise de Morès, veuve d'un personnage haut en couleurs : explorateur impétueux et ambitieux, assassiné en 1896 à l'extrême sud de la Tunisie. La marquise avait offert à Isabelle la somme de 1.500 F pour tenter de retrouver l'identité des meurtriers de son époux. Somme acceptée avec enthousiasme par Isabelle car elle lui permettait de revenir à El Oued. On n'a jamais su exactement le résultat de cette mission, mais les autorités militaires s'en inquiétèrent et cette suspicion fut à l'origine de l'expulsion d'Isabelle du territoire algérien en juin 1901.

Dans la Dune est l'un des rares textes qui permettent de se faire une idée précise de la façon dont Isabelle-Mahmoud voyageait et enquêtait.

Dans la Dune est extraite de : *Dans l'Ombre chaude de l'Islam* (Fasquelle, 1906).

La Zaouïa

Tous les matins, à l'heure où le soleil se levait, je venais m'asseoir sous le porche de la *zaouïa* Sidi Abd er Rahman, à Alger.

J'entrais, mon déguisement aidant, dans la sainte *zaouïa* à l'heure de la prière...

Chose étrange! J'ai ressenti là, à l'ombre antique de cette mosquée sainte de l'islam, des émotions ineffables au son de la voix haute et forte de l'imam psalmodiant ces vieilles paroles de la foi musulmane en cette belle langue arabe, sonore et virile, musicale et puissante comme le vent du désert où elle est née, d'où elle est venue, sous l'impulsion d'une seule volonté humaine, conquérir la moitié de l'Univers...

J'écoutais ces paroles que je devais bientôt comprendre et aimer... Et je regardais l'imam. C'était un très vieux *cheïkh* et Iriquâ du Sud, un Arabe de pure et antique race sans mélange de sang berbère. Tout blanc déjà, avec de très grands yeux longs, atones, mais encore très noirs.

Ces yeux s'allumaient parfois d'une lueur intense, comme une étincelle ranimée par un souffle soudain, puis, ils reprenaient leur immobilité troublante et lourde.

Il n'y avait pas beaucoup de monde, généralement.

Parmi eux, il y avait de vrais croyants, des convaincus qui semblaient boire avec extase les paroles de l'imam...

Il y en avait un surtout qui devait être un fanatique. C'était un m'zabite d'une quarantaine d'années, au type berbère très prononcé. Il était maraîcher à Mustapha et s'appelait Youssef ben el Arbi. Il arrivait tous les jours à la mosquée au même moment que moi, et à la fin, nous commençâmes à échanger un *salamhaleïk* très amical.

Cet homme avait, pendant toute la durée de la prière, une expression vraiment extatique... Il devenait pâle et ses yeux brillaient singulièrement, tandis qu'il répétait sans la précipitation de beaucoup d'autres les gestes consacrés.

Quand il sortait, après avoir remis ses mauvaises *papoudj*, il donnait toujours quelques *sourdis* aux enfants indigènes qui mendiaient...

Moi, je sortais, et je m'asseyais sur le pas de la porte, quand tout le monde était parti. J'allumais une cigarette « L'Orient », et les jambes croisées, j'attendais l'Aimé qui ne manquait jamais de venir me rejoindre à cet endroit de prédilection.

Pour arriver à la *zaouïa*, si j'avais passé la nuit à mon domicile officiel au quai de la Pêcherie, je devais d'abord aller rue de la Marine, chez une certaine blanchisseuse italienne, Rosina Menotti, qui habitait une seule cave où j'échangeais mes vêtements de femme contre l'accoutrement correspondant à mes plans pour le reste de la journée. Ensuite j'allais très lentement à la *zaouïa*.

Si au contraire j'avais passé ma nuit soit à rôder imprudemment dans des quartiers dangereux, soit dans l'un de mes autres logis de la ville haute ou de Bab Azoun, il me fallait prendre par des raccourcis fantastiques.

J'avais un pied-à-terre chez une chanteuse du quartier de Sid Abdallah. Un autre rue Si Rahmdan, chez des Juifs...

Le troisième, non loin de l'ancienne mosquée d'El Kasbah Beroui, aujourd'hui désaffectée et transformée en église chrétienne.

J'avais chez un charbonnier nègre soudanais de Bab Azoun le droit de demander l'hospitalité quand je trouvais bon de m'exiler si loin. Mais le plus souvent, je passais mes nuits en courses extraordinairement risquées ou dans

LA ZAOUÏA

les mauvais lieux où je contemplais des scènes invraisemblables dont plusieurs finirent dans le sang répandu en abondance.

Je connaissais un nombre infini d'individus tarés et louches, de filles et de repris de justice qui étaient pour moi autant de sujets d'observation et d'analyse psychologique. J'avais aussi plusieurs amis sûrs qui m'avaient initiée aux mystères de l'Alger voluptueuse et criminelle.

Quand j'avais passé ma nuit dans de telles observations, c'était parfois de très loin que je me rendais le matin à la *zaouïa*...

Le soleil éclairait en plein la place coquette et les arbres du jardin Marengo. Le ciel était toujours d'une pureté immatérielle, d'une transparence de rêve.

La mer scintillait à la lumière, opaline et claire, encore rosée des reflets du ciel matinal. Le port s'animait, et en bas, à Bab Azoun, sur le boulevard de la République et sur la jetée Kheïr Ed Dine, une foule bariolée se mouvait en deux torrents roulant en sens inverse.

Je me reposais à cette heure douce et étonnamment joyeuse. Mon âme semblait flotter dans le vide charmeur de ce ciel inondé de lumière et de vie.

Ce furent des heures bienheureuses, des heures de contemplation et de prix, de renouveau de tout mon être, d'extase et d'ivresse que celles que je passais assise sous ce déguisement, sur cette marche de pierre à l'ombre fraîche de cette belle *zaouïa* tranquille. Ce furent des heures de volupté réelle et intense, de jeunesse et de vie!

Je restais parfois longtemps à attendre assise, sans jamais m'impatienter, calme toujours. Je savais que j'arrivais toujours avant l'heure fixée, pour écouter la prière.

Enfin, de l'autre côté de la place, je voyais apparaître la haute silhouette élancée et mince d'Ahmed.

Lui aussi me voyait et me faisait un signe de la main droite. Il arrivait courant presque, toujours souriant, toujours gai. Ses beaux yeux se posaient sur les miens toujours avec une égale tendresse et il me disait avec son joli sourire :

— Bon musulman! Tu es là, toi, et moi j'ai encore tardé! *Sélam Haleïk, habiba, mahchouki,* bonjour ma bien-aimée!

Il s'asseyait à côté de moi et commençait par allumer à la mienne son éternelle cigarette. Après, c'était une causerie interminable, douce infiniment.

Je me grisais de sa voix mélodieuse en cette langue arabe qu'il parlait aussi bien que sa langue maternelle, le turc. Il développait d'ingénieuses et subtiles théories d'art et de philosophie, toujours neuves et toujours empreintes de son souriant épicurisme voluptueux et indolent.

Il m'écoutait aussi lui dire mes pensées à moi, mes doutes et mes séductions, et il me disait parfois :

— Tu as une âme étrange et ton intelligence est puissante... mais il y a sur toi la fatalité de ta race et tu es pessimiste invinciblement.

J'aimais l'écouter me parler de toutes ces choses en français, puisqu'il ne pouvait les exprimer toutes au moyen de l'arabe...

Pourtant il préférait me parler cette langue qu'il aimait et que je commençais très vite à comprendre. Ensuite il me disait avec un gai sourire d'enfant :

— Je vais mourir de faim... Viens donc, nous irons déjeuner.

Nous allions dans une échoppe quelconque dans les vieilles rues arabes, et nous déjeunions gaîment. Mon déguisement et le titre de Sidi que me décernaient naïvement les Arabes faisaient beaucoup rire Ahmed.

Lui, le philosophe, sceptique et incrédule, étrange anomalie dans son peuple, en avait gardé toutes les qualités. Il avait une gaîté enfantine et communicative aux heures où il se départissait de son flegme un peu dédaigneux, mais toujours doux et souvent très mélancolique.

En amour, il était voluptueux et raffiné, semblable à une sensitive que tout contact brutal fait souffrir. Son amour, pour calme et doux qu'il était, n'avait pas moins une intensité extrême...

Pour lui, le plaisir des sens n'était pas la volupté suprême. Il y ajoutait la volupté intellectuelle, infiniment supérieure. En lui le mâle était presque assoupi, presque tué par cet intellect puissant et délié d'essence purement transcendantale. Il me disait souvent :

— Combien ta nature est plus virile que la mienne et combien plus que moi tu es faite pour les luttes dures et impitoyables de la vie...

Il s'étonnait de ma violence. J'étais très jeune, alors, je n'avais pas vingt ans et le volcan qui depuis lors s'est couvert de cendres et qui ne fait plus irruption comme jadis bouillonnait alors avec une violence terrible, emportant dans les torrents de sa lave brûlante tout mon être vers les extrêmes...

Parfois notre frère Mahmoud venait se joindre à nous et nous apporter sa folle gaîté et son exubérance juvénile.

— Mahmoud est une nature masculine pure et il est à mille lieues de moi, et pourtant, je l'aime avec une tendresse infinie! disait Ahmed.

Nous flânions alors à trois dans la banlieue, à Si Abd er Rahman bou Koubria, le cimetière musulman sur la route de Hussein Dey.

Puis aussi venait l'étrange « seconde vie », la vie de la volupté, de l'amour. L'ivresse violente et terrible des sens, intense et délirante, contrastant singulièrement avec l'existence de tous les jours, calme et pensive qui était la mienne. Quelles ivresses! Quelles soûleries d'amour sous ce soleil ardent! Elle était ardente aussi ma nature à moi, et mon sang coulait avec une rapidité enfiévrée dans mes veines gonflées sous l'influence de la passion.

Je dépensais follement ma jeunesse et ma force vitale, sans le moindre regret. Je pensais parfois par expérience qu'un jour viendrait où le dégoût et la lassitude m'envahiraient et où tout cela serait fini, emporté par mon inconstance native...

YASMINA

Mais dans la griserie de l'heure présente, j'oubliais tout et surtout l'avenir. Ou plutôt cet avenir m'apparaissait comme une continuation indéfinie du présent... C'était une ivresse sans fin. Tantôt l'ivresse de mon âme dans ce pays merveilleux, sous ce soleil unique et les envolées sublimes de la pensée vers les régions calmes de la spéculation, tantôt les douces extases toujours mêlées à de la mélancolie, les extases de l'art, cette quintessencielle et mystérieuse jouissance des jouissances.

Note

Avec *La Zaouïa*, on se trouve incontestablement en présence d'une œuvre de jeunesse. Nous situerons l'écriture de cette nouvelle très intime, restée inédite jusqu'ici, en juillet 1900, quand Si Mahmoud part pour son premier long séjour dans le Sud.

A propos des prières de l'imam, Isabelle écrit : « Ces paroles que je devais bientôt comprendre et aimer... » Ce sont donc les souvenirs d'une période d'initiation qu'elle évoque. Elle dit ailleurs avoir appris à parler l'arabe dialectal dans les premiers six mois de son existence en Algérie.

Initiation aussi à la vie des bas-fonds d'Alger qui la fascinent alors, et aux jeux amoureux. Le personnage d'Ahmed fait songer à l'un de ses amis de Genève, Archavir Gasparian, un intellectuel arménien avec lequel elle vient d'avoir une courte liaison.

La Zaouïa figure dans la donation Barrucand, fonds Isabelle-Eberhardt, au dépôt des Archives d'outre-mer à Aix-en-Provence. Le manuscrit se compose de 13 feuillets couverts d'une grande écriture hâtive, comme si la nouvelle avait été écrite d'un seul jet, avec peu de ratures, et jamais recorrigée ou modifiée.

Lexique

Acha (ou *Icha*) : dernière prière du soir.
Aghalik : poste d'Agha, notable placé au-dessus du caïd.
Aman : confiance.
Bach-Hammar : guide de caravanes ou de convois.
Bachaga : haut fonctionnaire indigène.
Baraka : bénédiction divine, influence bienfaisante produite par un saint, vivant ou mort, ou par un objet sacré.
Baroud : guerre, combat.
Benadir (ou *Bendir*) : tambour des nomades.
Berdha : bât de mulet. Nom expressif que donnent à leur sac les tirailleurs indigènes.
Beylik (mot venant du turc) : seigneur.
Bled, pays, campagne.
Bith-Ech-Châr : la maison des femmes.
Bordj : place forte, bastion militaire, ferme fortifiée.
Burnous : grand manteau de laine, à capuchon.
Cadi : juge musulman.
Cahouadji : cafetier.
Caïd : chef de tribu nommé par la France pendant la colonisation.
Chaouch : huissier, appariteur ou gardien.
Chechia (ou *Chechiya*) : calotte de laine rouge.
Cheikh : chef de confrérie, professeur, directeur spirituel, vieil homme.
Chenâbeth (pluriel, par formation arabe, du mot sabir : *Chambith*) : garde champêtre.
Chott : bord, rive, lac salé.
Dar-Ed-Diaf : maison communale réservée aux voyageurs.
Deira : garde municipal.

YASMINA

Derouicha (masculin, *Derouich*) : femme ou homme vivant sa passion de Dieu dans une extrême pauvreté.
Dikr : formule rituelle et sacrée que prononcent les membres d'une même confrérie religieuse.
Diss, plante utilisée pour couvrir les toits.
Djebel, montagne.
Djellabah (ou *Djellaba*) : longue robe à capuchon.
Djerid, palmes.
Djich (pluriel : *Djiouch*) : razzia, pillage. Par extension, les pilleurs.
Djouak : flûte en roseau.
Douar : groupe de tentes, village.
Drinn : plante du désert.
Erg : région de dunes.
Feggaguir : système d'irrigation.
Fellah : paysan, cultivateur.
Gandoura : longue tunique en tissu léger.
Gasba : instrument de musique.
Goum : contingent militaire composé de nomades dirigés par leur caïd.
Goumiers : soldats arabes ou berbères réunis dans un goum.
Gourbi : maison sommaire.
Guennour : coiffure d'homme en turban.
Haik : châle, voile.
Hakem (pluriel : *Hokkam*) : administrateur.
Hamada (ou *Hammada*) : désert de pierres.
Haram : interdit religieux.
Harka : bande armée.
Hassi : puits.
Kaftan : vêtement oriental, veste.
Kefer (ou *Kakir*) : mécréant.
Khammes : métayer.
Khodja : secrétaire administratif, civil ou militaire.
Khôl (ou *Kehol*) : fard pour les yeux, poudre d'antimoine.
Koubba (ou *Kouba*) : sanctuaire consacré à un marabout.
Ksar (pluriel *Ksour*) : village du sud.
Lithoua : voile enroulé autour de la tête, dont parfois un pan est laissé libre en arrière.
Maghreb : heure du coucher du soleil.
Makam : sépulture du saint.

INDEX

Makhsen : corps supplétif de la gendarmerie ou de l'armée, composé de ressortissants algériens.
Makhzenia (ou *Mokhazen*) : cavalier d'administration.
Marabout : saint de l'Islam, ou lieu saint; tombeau.
Matara : outre pour conserver l'eau.
Mechta : hameau, ferme.
Meddah : rhapsodie arabe.
Mektoub : le destin, la volonté de Dieu.
Mella : galette que l'on fait cuire dans le sable.
Mlahfa : robe des femmes du sud.
Mokkadem : directeur d'une zaouïya, nommé par le cheikh.
Mokhazni (pluriel : *Makhzenia*) : cavalier du Makhzen.
Moueddhen (ou *Muezzin*) : préposé à l'appel de la prière.
Mouled (ou *Mouloud*) : anniversaire de la naissance du prophète.
Narba : querelle.
Nefra : différend, combat, bataille.
Nouba : musique des régiments de tirailleurs africains.
Oued : cours d'eau.
Oukil : sorte d'administrateur chargé des affaires financières.
Papoudj : babouches.
Qadri (pluriel : *Qadriya*) : confrérie fondée au XIIe siècle par Abd-el-Kader Djilani, de Bagdad.
Redir : flaque d'eau dans les terres argileuses.
Rezzou (singulier de *Razzia*) : expédition de pillards contre une tribu, une bourgade, afin d'enlever les troupeaux ou le produit des récoltes.
Rhaita (ou *Ghaïta*) : sorte de clarinette.
Roumi : terme utilisé à l'origine pour désigner les Romains; par extension, désigne aujourd'hui les Français ou les Européens.
Sebkha : lac salé souvent asséché.
Seguia : canal d'irrigation à ciel ouvert.
Sokkhar : convoyeur responsable des chameaux.
Souafas : habitants de la région du Souf.
Soufia : femme du Souf, région d'El Oued.
Sourdis : pièces de monnaie.
Taâm : nourriture.
Taleb (pluriel : *Tolba*) : étudiant, lettré musulman.
Tolba : pleureuses qui accompagnent les enterrements.
Toub : argile séchée.

YASMINA

Turco : tirailleurs de l'ancienne armée d'Afrique.
Zaouïa (ou *Zaouiya*) : établissement religieux, école, siège d'une confrérie.
Zebboudj : olivier sauvage.
Zeribas : sortes de huttes.
Ziar : pèlerin.
Ziara : pèlerinage.

LIANA LEVI *piccolo*

n° 1 Primo Levi, *Poeti* (inédit)
n° 2 Henry James, *Washington Square*
n° 3 Sholem Aleikhem, *Un conseil avisé* (inédit)
n° 4 Isabelle Eberhardt, *Yasmina*
n° 5 Ernest J. Gaines, *4 heures du matin* (inédit)
n° 6 Sholem Aleikhem, *Le Traîne-Savates*
n° 7 Linda Cirino, *La Coquetière*
n° 8 Émile Gaboriau, *L'Affaire Lerouge*

Table

La Rivale	37
Yasmina	43
Pleurs d'amandiers	75
Fiancée	81
Le portrait de l'Ouled-Naïl	89
Tessaadith	95
Le Magicien	119
Oum-Zahar	127
La Main	139
Criminel	143
Ilotes du Sud	151
Les Enjôlés	155
Le Major	159
L'Ami	185
Douar du Makhzen	197
Campement	201
Le Djich	207
Le Meddah	213
La Derouïcha	221
M'tourni	227
Dans le sentier de Dieu	233
Dans la Dune	239
Le Zaouïa	257

Cet ouvrage a été achevé d'imprimer
sur les presses de l'imprimerie
Normandie Roto Impression s.a.s.
61250 Lonrai
en mars 2002
Numéro d'imprimeur : 020621
Dépôt légal : janvier 2002